Sauglück

Veronika A. Grager wurde in Wien geboren, lebt aber seit vielen Jahren mit ihrem Mann in einem kleinen Dorf in Niederösterreich. Wenn sie mit ihren beiden großen Hunden durch Wald und Wiesen streift, entwickelt sie ihre mörderischen Ideen und haarsträubenden Fälle.

Dieses Buch ist ein Roman. Handlungen und Personen sind frei erfunden. Ähnlichkeiten mit lebenden oder toten Personen sind nicht gewollt und rein zufällig. Wichtiger Hinweis für Leserinnen und Leser, die des österreichischen Idioms nur bedingt mächtig sind: Im Glossar gibt es Hilfe, ab Seite 244.

VERONIKA A. GRAGER

Sauglück

KRIMINALROMAN

emons:

Bibliografische Information der Deutschen Nationalbibliothek
Die Deutsche Nationalbibliothek verzeichnet diese Publikation in der Deutschen Nationalbibliografie; detaillierte bibliografische Daten sind im Internet über http://dnb.d-nb.de abrufbar.

MIX
Papier aus verantwortungsvollen Quellen
FSC® C083411

Umschlagmotiv: iStockphoto.com/woyzzeck
Umschlaggestaltung: Tobias Doetsch
Gestaltung Innenteil: César Satz & Grafik GmbH, Köln
Lektorat: Carlos Westerkamp
Druck und Bindung: CPI – Clausen & Bosse, Leck
Printed in Germany 2017
ISBN 978-3-7408-0055-0
Originalausgabe

Dieser Roman wurde vermittelt durch die
Verlagsagentur Lianne Kolf, München.

Für Manfred –
danke für wunderbare
einundzwanzig Jahre (bisher)

SANDRA

Man sieht nur mit dem Herzen gut,
das Wesentliche ist für die Augen unsichtbar.
Antoine de Saint-Exupéry

Langsam fuhr Sandra in den Ort ein. Sie parkte den Mietwagen, den sie am Flughafen genommen hatte, auf der Hauptstraße und sah sich um. Eigentlich wirkte nichts vertraut, auch nichts wirklich fremd. Sie versuchte sich zu erinnern. Da vorne befand sich der Hauptplatz. Rechts war das Gemeindeamt und gegenüber der Kirchenwirt. Ein Stück weiter, fast schon wieder aus dem Ort hinaus, lag der Bauernhof und frühere Gasthof Adametz. Sie seufzte. Es war nicht leicht für sie, hierherzukommen. Doch es nützte alles Jammern nichts. Großvater hatte sie nach Hause zitiert. Oma war gestorben. Morgen sollte das Begräbnis sein.

Ob wohl irgendjemand sie wiedererkannte? Sie war vierzehn Jahre weg gewesen. Da stellte sich schon fast die Frage, ob ihre Familie sie erkannte.

Sie lächelte. Stieg wieder in den Wagen und glitt langsam die Hauptstraße entlang, bis zur Abzweigung. Der Hof war nicht zu verfehlen, denn auf der bröckelnden grauen Fassade des großen Gebäudes prangte in verblichenem Tannengrün und altmodischer Schrift: »Gasthof Adametz«.

Sie stellte den Wagen auf dem Parkplatz ab. Eigentlich wünschte sie sich weit weg. Wieder nach Brüssel, wo sie seit sechs Jahren lebte. Mit ihrer Familie verband sie nichts als der Name. Entschlossen schüttelte sie den Kopf, löste den Sicherheitsgurt und öffnete die Autotür. Auf in den Kampf!

***

Scheiße, was für eine Nacht! Dorli wankte ins Bad und übergab sich zum Gott weiß wievielten Mal. Dabei kam nur mehr bitterer gelber Schleim. Ein Blick in den Spiegel bestätigte ihr, dass sie genauso aussah, wie sie sich fühlte. Wie eine tote Katze. Zum Fürchten. Was zum Teufel hatte sie gegessen, dass ihr so elend schlecht geworden war? Wahrscheinlich das Fiakergulasch auf der Heimfahrt.

Das Telefon klingelte. Schon eine ganze Weile. Dorli war

noch nicht bereit, der Welt gegenüberzutreten. Nicht einmal per Telefon.

Gestern hatten sie mit dem Motorrad die erste Ausfahrt nach der Winterpause gemacht. Sie hatte sich so sehr darauf gefreut. Besonders, weil nun auch Lupo auf zwei Rädern unterwegs war. Der Tag war herrlich gewesen, die Sonne für Ende April unerwartet warm. Mittags im Kaiserhof, einem Biker-Gasthaus in Aschach an der Donau, hatten sie gutbürgerliche Küche genossen und waren dann am Fluss in der Sonne gesessen.

Überall explodierte die Natur. Das Gras überwucherte saftig grün die braunen Büschel, Reste des Winters. Auf den Wiesen, voll mit Gänseblümchen, Krokussen und Primeln, lagen wiederkäuende Kühe. Daneben blühten die ersten Kirschenbäume. Über Gartenzäune quollen die gelben Sterne der Forsythien, und wenn der Wind durch die Birken strich, schüttelten sie ihre Pollen als weiße Wölkchen aus. Die Rosskastanien trugen große Knospen, vereinzelt schon offene Blütenstände. Es roch süß nach Frühling. Mit einem kräftigen Schuss des kommenden Sommers.

Auf dem Heimweg waren sie bei Sankt Christophen von der Autobahn abgefahren und hatten irgendwo vor der Klammhöhe eine Rast eingelegt. In einem der kleinen Orte waren sie in einem Landgasthof eingekehrt, um eine Kleinigkeit zu essen. Ungefähr drei Stunden später war Dorli totenübel geworden. Und jetzt war Morgen, und sie hing mit der Nase immer noch über der Kloschüssel.

Das Telefon meldete sich erneut mit einem durchdringenden Ton. Vermutlich sollte sie drangehen.

Eine ihr unbekannte Stimme fragte, ob sie mit Dorothea Wiltzing spreche. Mein Gott! Nicht schon wieder lästige Telefonwerbung. Und das an einem Sonntag. An dem ihr noch dazu so richtig schlecht war. Eine echte Zumutung.

»Hallo? Sind Sie noch dran?«, fragte die Unbekannte.

»Ja.« Kalter Schweiß bildete sich auf Dorlis Stirn. »Was kann ich für Sie tun?«, zwang sie sich zu fragen.

»Hier spricht Sandra Adametz. Kannst du dich an mich erinnern? Ich war lange weg.« Die Anruferin rollte das »R« wie ein Franzose.

»Mein Gott, Sandra! Bist du wieder zu Hause?«

»Nur zu Omas Begräbnis. Aber es ist etwas passiert. Und wie ich höre, ist dein Mann Detektiv.«

Jetzt vergaß Dorli kurzzeitig, dass ihr schlecht war. »Was ist denn geschehen?«

»Der Opa ist weg. Omas Begräbnis war am Freitag. Am Abend haben ihn noch alle gesehen. Aber gestern niemand mehr. Und als er heute zum Frühstück auch nicht erschienen ist, habe ich alles abgesucht. Er ist einfach nicht da. Kann dein Mann mir helfen?«

»Er ist nicht mein Mann, wir sind verlobt. Er wird dich in ein paar Minuten anrufen. Ich glaub, er schläft noch.«

Kaum hatte Dorli aufgelegt, wankte Lupo mit einem Gang wie ein Cowboy, der tagelang nicht aus dem Sattel gekommen war, in die Küche. »Wie geht's dir denn, Dorli? Schon besser?«

Dorli schüttelte den Kopf. »Brauch heute kein Frühstück. Höchstens Kamillentee. Und wie steht's um deinen Hintern?«

»Frag nicht. Fühlt sich an, als wäre ich vierundzwanzig Stunden im Sattel auf einem wilden Mustang geritten. Und meine Arme zittern.«

Jetzt musste Dorli doch lächeln. »Das wird mit der Zeit besser. Aber am Anfang spürt man, wie viele Muskeln man hat, die man sonst nie benutzt.«

»Wer war denn das am Telefon?«

»Ach ja, ein Auftrag für dich. Der alte Adametz ist nach dem Begräbnis seiner Frau verschwunden. Seine Enkelin war dran. Ich nehme an, du sollst ihn suchen.«

***

Als Lupo den ehemaligen Gasthof betrat, wunderte er sich über die Ruhe. Im Hof gackerten ein paar Hühner, mehrere kleine Katzen huschten durch den ehemaligen Gastraum, ein struppiger alter Hund trottete auf ihn zu, schnüffelte an seiner Hose. Lupo schien nicht seinen Dufterwartungen zu entsprechen. Der Hund beutelte sich, dass die Ohren schlackerten, und ging dann mit steifen Beinen Richtung Hoftür. Man roch immer noch den kalten Zigarettenrauch von Jahrzehnten, der sich vermutlich in jeder Holzfuge eingenistet hatte, obwohl der Gasthof schon seit vielen Jahren geschlossen war. Der Raum wirkte düster, wozu sicher die dunkle Holztäfelung und die kleinen Fenster beitrugen.

»Hallo? Ist da jemand?«, rief Lupo.

Stille.

Er fischte sein Handy aus der Sakkotasche und rief Sandra Adametz an. Sie meldete sich beim dritten Klingeln.

»Ich bin da. Stehe in der Gaststube, aber hier ist niemand.«

»Einen Moment, ich hole Sie.«

Sandra Adametz war eine große, schlanke Frau. Langes blondes Haar war zu einem unordentlichen Knoten zusammengefasst.

»Es tut mir leid, dass ich Sie am Sonntag belästige, aber schön langsam mache ich mir um Opa Sorgen.«

»Sie haben ihn am Freitagabend zuletzt gesehen?«

»Ja, er hat nach Omas Beerdigung wie jeden Tag im Stall gearbeitet. Gestern, als er nicht aufgetaucht ist, dachten wir alle, er hätte vielleicht am Abend einen zu viel gekippt. Also hat mein Vater die Kühe und Schweine allein versorgt. Auch am Abend. Es war ja nicht auszuschließen, dass Opa vielleicht im Gasthof in Buchau sitzt und seinen Kummer in ein paar Bier ertränkt. Aber als er heute weder zum Frühstück erschien noch in seinem Zimmer war, das Bett unberührt, da bin ich losgezogen und hab den ganzen Hof abgesucht. Ich hab ihn nicht gefunden.«

»Wer lebt denn sonst noch hier?«

»Eine Menge Leute. Meine Eltern, die drei Geschwister meines Vaters, die beiden Söhne meiner Tante, mein kleiner Bruder mit Downsyndrom sowie die Freundin meines jüngeren Onkels.«

»Und wo sind die alle?«

Sandra zuckte die Achseln. »Die meisten werden noch schlafen. Onkel Werner ist sicher dicht bis zu den Mandeln, wie jeden Tag. Den sieht nie jemand vor dem Mittagessen. Vater ist im Stall, Mutter in der Kirche. Tante Kathi sitzt vermutlich in ihrem Zimmer und starrt Löcher in die Luft. Die Buben, Toni und Rudi, sind wahrscheinlich mit ihren Fahrrädern unterwegs und hecken irgendwelche Dummheiten aus. Und Lukas, mein jüngerer Onkel, den ich nicht so nennen darf, weil er sich sonst alt fühlt, hockt unter Garantie mit seiner minderjährigen Freundin Gina an irgendeinem versteckten Platz, und sie kiffen sich zu.«

Nette Familie! War die einzig Normale Sandra, die nur zum Begräbnis der Großmutter nach Hause gekommen war?

»Haben Sie die Polizei verständigt?«

»*Oui*, aber der Polizist hat gesagt, Opa ist großjährig und ich soll mich erst wieder melden, falls er nach achtundvierzig Stunden nicht auftaucht. Das dauert mir zu lang.«

»Verstehe. Zeigen Sie mir, wo Sie gesucht haben. Machen wir einen Rundgang durch das Haus und den Hof. Und wenn wir dann Ihren Großvater nicht finden, müssen Sie wohl nach Ablauf der achtundvierzig Stunden Abgängigkeitsanzeige bei der Polizei erstatten.«

»Okay.« Sandra führte Lupo durch den weitläufigen Gasthof. Viele der ehemaligen Zimmer waren zusammengelegt und in einfache Wohnungen umgebaut worden.

Das Schlafzimmer von Siegfried Adametz war ein relativ großer, dunkler Raum. Auf einer Seite des Doppelbettes lag kein Bettzeug. Die andere war schlampig mit der Decke bedeckt, das Kissen aufgeschüttelt und unberührt.

»So hat es hier gestern auch schon ausgesehen. Ich hab nur das Fenster gekippt, damit ein wenig Luft reinkommt.«

Zu wenig, so wie es hier roch. Nach ungewaschener Bettwäsche, saurem Schweiß und ein wenig Stallmief. Aber wenn die Frau des alten Mannes gestorben war, dann hatte er vermutlich andere Sorgen als seine tägliche Körperpflege gehabt.

Hinter der Fensterscheibe summte eine Biene. Sandra ging hin, öffnete das Fenster und scheuchte das Insekt nach draußen. »Hier ist nichts für dich. Flieg zu den Blumen!«

Im Haus war der Alte nicht. Sie gingen in den Hof.

»Die Scheune da drüben, das ist die Wohnung von Onkel Werner. Da er meist betrunken ist, darf er nicht mehr ins Haus, seit er Oma in die volle Suppenschüssel gekotzt hat, als sie das Essen serviert hat. Daneben ist der Kuhstall, und dahinter sind die Schweine. Meine Mutter findet, das sei eine passende Nachbarschaft für ihn.«

Ein Hauch von Sarkasmus schwang in Sandras Stimme mit. Das Verhältnis zu ihrer Mutter schien jedenfalls nicht das beste zu sein. Als könnte sie Gedanken lesen, wandte sich Sandra zu ihm und sagte: »Wissen Sie, was das Traurigste ist? Ich habe das hier als Kind schon als so deprimierend erlebt. Und es hat sich bis heute nichts geändert.«

Als sie den Stall betraten, traf der Gestank Lupo wie ein Keulenschlag. Die Kühe muhten und klimperten mit ihren Ketten. Aus dem nächsten Raum hörte man die Schweine grunzen und quieken. Beim Hörnervieh trafen sie auf Sandras Vater Adam.

»Immer noch keine Spur vom Alten?«, fragte er seine Tochter.

Sie verneinte. »Das hier ist Herr Schatz. Er ist Detektiv und wird mit mir jetzt Opa suchen.«

Der Mann mit der Mistgabel in der Hand musterte ihn misstrauisch. »Der oide Depp wird scho wiederauftauchen.« Und an seine Tochter gewandt: »Solltest dein Geld für was G'scheiteres ausgeben. A Detektiv!« Er schüttelte missbilligend den Kopf.

»Wär dir lieber gewesen, die Polizei wäre gleich gekommen?«

»Ach, mach, was d' willst. Du hörst ja eh auf niemanden.«

Der Bauer drehte sich um und warf in hohem Bogen eine Gabel voll Heu in die Futterraufen.

Sandra wandte sich zu Lupo. »Mein Vater. Grob wie immer. Denken Sie sich nichts. Hier lebt eine total zerstrittene Familie auf einem Haufen. Jeder hasst jeden, und es gibt kein Miteinander, sondern nur ein ständiges Gegeneinander. Das war auch einer der Gründe, warum ich schon als ganz junges Mädchen abgehauen bin.«

Als sie den Stall hinter sich gelassen hatten, war nur mehr ein Nebengebäude übrig.

»Das ist die alte Remise. Da standen früher die Pferdewagen, heute nur mehr ein paar Anhänger, der Traktor und Zubehör. Hier wohnt keiner. Aber auch hier hab ich heute schon Nachschau gehalten.«

Lupo ging trotzdem mit Sandra in die riesige Scheune.

»Was ist da oben?«, fragte er und deutete auf eine Zwischendecke, die für gut den halben Raum einen ersten Stock bildete. Eine wacklige Holzleiter führte hinauf.

»Da war früher der Heuboden. Jetzt liegt da nur mehr altes Zeug. Ausrangierte Werkzeuge, Spielzeug von den Kindern, die heute schon lang erwachsen sind, Kleider, Schulsachen. Hier ist alles gelandet, was man nicht wegwerfen wollte. Aus nostalgischen Gründen. Oder weil man es vielleicht noch einmal brauchen könnte. Sie wissen sicher, wie das ist. Aber Opa ist nicht dabei.« Ein Hauch von Lächeln huschte über ihr Gesicht.

Bei den Sachen, die man nicht wegwirft, weil man sie vielleicht noch mal braucht. Lupo war nicht sicher, ob sie das wirklich so gemeint hatte. »Wenn das alle Gebäude waren, dann frage ich Sie jetzt: Gibt es etwas, wo der Großvater verunfallt sein könnte? Einen Silo? Eine Senkgrube?«

Sandras Augen wurden groß. »Ach, an so etwas hab ich noch gar nicht gedacht. Kommen Sie mit!«

Sie eilte aus dem Schuppen. Draußen empfing sie ein kalter Nieselregen, der soeben in richtigen Regen überging. Innerhalb von Sekunden war Lupo nass bis auf die Haut. Sandra lief nochmals in die Remise und nahm zwei alte Mäntel von einem Haken. »Das sind Klepper-Regenmäntel. Uralt, aber immer noch dicht. Ziehen Sie einen über. Der Silo ist dort drüben!« Sandra deutete mit einer vagen Handbewegung irgendwohin in die graue Gischt. Neben dem Silo lagen Unmengen in Folie eingeschweißter Heuballen, die den typischen eklig mostigen Geruch verströmten, den sie bald nach dem Einschweißen bekamen. Gärendes Gras für glückliche Kühe im Dauerrausch.

Sandra blickte nach oben. »Die Silotür ist zu. Dann ist niemand drin.«

»Ich seh lieber nach.« Lupo kletterte über die glitschigen Sprossen der außen angeschweißten Leiter nach oben, öffnete die Luke und spähte ins Dunkel. Der Mief, der ihm entgegenschlug, war um nichts besser als der aus den gärenden Heuballen. Er wartete einen Moment, bis sich seine Augen an das fahle Licht gewöhnt hatten. Soweit er das überblicken konnte, war hier niemand. Er schlug den Deckel zu und trat den Rückzug an.

Sandra sah mittlerweile aus, als hätte ihr jemand einen Kübel Wasser über den Kopf gekippt.

»Haben Sie auch eine Senkgrube?«

»Ja. Und eine Güllegrube dazu.«

Je näher sie an die Jauchegruben kamen, desto schärfer wurde der Geruch. Die Eisenplatte auf der Senkgrube war fest verschlossen und so schwer, dass Lupo sie nicht einen Millimeter bewegen konnte.

»Wie bekommen Sie die denn weg, wenn ausgepumpt werden muss?«

»Mit einem Kran.«

»Dann können wir davon ausgehen, dass Ihr Großvater da wohl nicht drinliegt.« Lupo lächelte. Wäre es dem alten Herrn gelungen, diese Abdeckung zu heben, dann könnte er mit der Nummer im Zirkus auftreten.

Gleich danach erreichten sie die Rückseite der Ställe. Hier floss der flüssige Teil der Exkremente der Kühe und Schweine in eine Rinne und von dort in einen riesigen abgedeckten Pool, allerdings mit den Ausmaßen eines städtischen Schwimmbades.

Lupo wies auf die Güllegrube. »Woraus besteht die Abdeckung?«

»Der größte Teil davon ist eine Zementdecke.« Sandra deutete auf die dem Stall gegenüberliegende Seite. »Nur der vordere Teil hat einen abnehmbaren Deckel aus Metall, damit man die Gülle auspumpen kann.«

»Das ist das Zeug, das dann auf den Feldern so furchtbar stinkt«, schnaubte Lupo, der mit dem Mist schon mal unliebsame Bekanntschaft geschlossen hatte.

Sandra hob die Achseln. »Na ja, eine Landwirtschaft ist halt keine Parfumfabrik.«

»Bringen Sie mich zu dem Teil, wo man die Abdeckung entfernen kann.«

Sandra blickte sich unsicher um. »Meine Güte, ich war so lang weg, ich weiß nicht einmal mehr, auf welcher Seite die Abdeckung ist.«

»Lassen Sie sich Zeit. Nass sind wir ohnehin schon.«

Doch Sandra hatte ihre Erinnerung wohl wiedergefunden, denn sie strebte mit langen Schritten zu einem Ende der Grube. Von ihrem vorigen Standpunkt aus hatte alles ganz normal gewirkt. Doch hier sah man, trotz des mittlerweile mit Macht niederprasselnden Regens, dass eine Abdeckplatte verschoben war.

»Ist das immer so?«

»Oh Gott, nein!«, rief Sandra. »Denken Sie, Opa könnte hier reingefallen sein?«

»Das werden wir nur erfahren, wenn wir die Platte abnehmen.«

Schweigend zogen und stemmten sie die erste Metallplatte weg. Die dunkelbraune Brühe gab nichts preis, kräuselte sich allerdings unter den einschlagenden Regentropfen. Es stank bestialisch.

»Noch eine Platte«, verlangte Lupo. Sie zogen, zerrten und stießen, dann war auch diese Abdeckung weg.

Aus Sandras Mund kam ein krächzendes Geräusch. Mit zitternden Fingern deutete sie in die braune Brühe. Dort schwamm etwas. Bei genauerer Betrachtung ein Mensch, mit dem Gesicht nach unten. Vermutlich Opa.

»Ist er da hineingefallen?«, stieß sie hervor.

»Wenn ja, dann hat er nachher die Platten wieder über die Grube gezogen. Glauben Sie das?«

Sandra schnappte nach Luft. »Scheiße, nein.«

Passender hätte das Lupo auch nicht formulieren können. »Dann hat vermutlich jemand nachgeholfen.«

***

Gruppeninspektor Bertl Wagner von der Polizeiinspektion Buchau begrüßte Lupo mit Handschlag.

»Ist bei euch in der Familie wohl ansteckend«, meinte er.

»Was denn?«

»Na ja, üblicherweise stolpert die Dorli über die Toten.«

»Ich bin nicht drüber gestolpert. Die Enkelin hat mich gerufen, weil der alte Bauer abgängig war.«

»Hättest dir nicht wenigstens a besseres Wetter aussuchen können, wennst unbedingt a Leich finden musst?«

»Hm. Als ich hierherkam, war es noch recht schön. Schaut fast so aus, als hättest du das Sauwetter mitgebracht«, zog Lupo ihn auf.

»Mann, wenn i daran denk, was Dornröschen dazu sagen wird, wenn er hier Spuren suchen soll, dann würd i am liebsten wegrennen.«

Dornröschen war der Spitzname für Dornross, den Leiter der Spurensicherung Niederösterreich-Süd: Dramaqueen, bekannt für seine Wutanfälle und Schreiduelle mit seinen Leuten. Er hasste Einsätze am Wochenende. Das Einzige, was er noch mehr hasste, war Wetter, das alle Spuren vernichtete. Da Sonntag war und der Regen niederprasselte, konnte sich Lupo lebhaft vorstellen, wie der Mann sich über die Situation freuen würde.

»Dorli meinte, der sollte eigentlich Zornröschen heißen.«

»Aber echt!« Bertl Wagner lachte. Das Wasser lief ihm aus den Haaren in die Augen. Er wischte sich mit einer fahrigen Bewegung über das Gesicht. Dabei hätte er um ein Haar seine Brille von der Nase gefegt.

»Scheißding!«, kommentierte er, nahm sie ab, faltete die Bügel und schob sie in eine Brusttasche. »Hab mich noch nicht dran g'wöhnt, dass i jetzt so was brauch. Und das Ärgste ist, dass du bei Regen oder Schnee überhaupt nix siehst. Jedenfalls no weniger als ohne das Mistding.«

Lupo bemerkte aus dem Augenwinkel, dass Dornröschen und seine Mannen in den Hof einfuhren. Er streckte Bertl die Hand hin.

»Ich muss dann. Viel Spaß mit dem Wutzappel!« Er wies zur Einfahrt. »Wer ist denn das im anderen Auto?«

»Mensch, der Rechtsmediziner! Den hab i seit Jahren nimmer im Einsatz gesehen.«

»Kenn ich auch nur mehr vom Hörensagen. Also tschüss.«

»Pfiat di. Jetzt beneid ich dich, weil du einfach abhauen kannst. Und ich muss mich mit Dornröschen herumplagen.«

Lupo ging ins Haus und verabschiedete sich von Sandra.

»Den Rest wird jetzt die Polizei übernehmen. Wenn ich noch etwas für Sie tun kann, dann rufen Sie mich einfach an. Meine Nummer haben Sie nun ja.«

»Danke. Das mache ich. Glauben Sie, dass einer von uns den Opa auf dem Gewissen hat?«

»Schwer zu sagen. Hätte jemand ein Motiv?«

»Die Frage lautet eher: Hätte jemand keines?«

»War Ihr Großvater denn so unbeliebt?«

»Er war ein alter, engstirniger Bauer. Alles Neue war immer schon Teufelswerk. Und Opa, der es selber aus seiner Kindheit nicht anders kannte, war noch ein passionierter Anhänger der Prügelstrafe.«

»Tja, so wird man sicher nicht das beliebteste Familienmitglied.«

»Außerdem war er halt ein richtiger sturer Bauernschädel. Was er gesagt hat, war Gesetz. Auch wenn's der größte Blödsinn war. Widerreden gab's nicht. Wahrscheinlich ist das der Grund, dass alle seine Sprösslinge irgendwie gestört sind. Mein Vater inklusive.«

»Das heißt noch lange nicht, dass ihn einer aus der Familie vom Leben zum Tode befördert hat. Immerhin wär's ja auch möglich, dass der Opa in die Gülle gefallen ist. Irgendwann hat dann jemand bemerkt, dass die Abdeckung nicht ganz zu ist, und hat sie einfach geschlossen, ohne sich viel dabei zu denken. Warten Sie mal ab, was die Obduktion ergibt und was die Spurensicherung findet.«

Sandra nickte. »Ich rufe an, wenn ich was weiß. Danke und liebe Grüße an Dorli. Ich melde mich bei ihr, sobald der Zirkus da vorbei ist.«

Sie wies durch das Fenster nach draußen, wo Dornröschen eben wieder einen seiner sagenhaften Auftritte bot.

»Wo ist denn der entsprungen?«, fragte Sandra.

»Vermutlich aus der Anstalt für unheilbare Neurotiker. Aber auf dem Gebiet der Spurensicherung ist er eine Koryphäe«, antwortete Lupo im Hinausgehen.

***

»Hallo, Dorli!«

Lore, Dorlis Schwägerin und Exfrau ihres Bruders, stürmte zur Tür herein und brachte einen Schwall feuchter Luft mit. »So ein elendes Wetter! Gestern so schön und warm und heut so ein mistiger Regen und ein grauslicher Wind.«

»Erzähl mir was Neues«, lautete Dorlis muffige Antwort.

»Was ist denn dir über die Leber g'rennt?«, fragte Lore.

»Ein verdorbenes Gulasch. Hab die halbe Nacht mit dem Kopf in der Kloschüssel verbracht.«

»Hoffentlich hat das Gulasch ned in acht Monat an Namen.«

Dorli warf Lore einen fragenden Blick zu. »Was soll denn das heißen?«

»Na, dass du vielleicht schwanger bist?«

»Kannst vergessen. Des Gulasch bleibt namenlos. Außerdem schwimmt's eh schon im Gully.«

Lore zuckte mit den Achseln. »Hätt ja sein können. Wo du endlich in festen Händen bist.«

»Lore, ich warne dich. Wennst mir jetzt jedes Mal, wenn mir schlecht ist, eine Schwangerschaft andichten willst, dann werd ich grantig.«

»Geh, sei ned so ang'rührt!«

»Was treibt dich denn überhaupt zu mir? Verkuppeln wirst mich ja wohl nimmer wollen, oder?«

»Eher nicht. Bin froh, dass wir das Kapitel abg'schlossen haben. Apropos verkuppeln. Stell da vor, die Hinterleitner Gerti, die mit mir in der Volksschul war, die versucht jetzt dauernd, mich zu verkuppeln.«

»Ha! Das vergönn ich dir. Jetzt weißt, wie es mir mit dir dauernd gegangen ist.«

»Na ja, aber was die für Typen daherschleppt ...«

»Soweit ich mich erinnern kann, hast du mir a alles andrah'n wollen, was Hosen ang'habt hat.«

»Na geh! So war des a wieder ned.«

»Ah ja. Und wen hat s' so für dich in petto?«

Lore strich sich eine vorwitzige Haarsträhne aus dem Gesicht. »Zum Beispiel den Sprendlinger Sepp. Brillen wia Aschenbecher. Dem seine Dioptrien werden nur von sein IQ unterschritten.«

Dorli lachte. »Des stimmt ned.«

»Wieso?«

»Von der Hausnummer a. Er wohnt am Hoiderbichl 9.«

Lore prustete los. »A wieder wahr! Aber du musst schon zugeben, dass i dir solche Typen nie zuaschanzen wollt.«

»Na, i weiß ned. Da waren schon G'stalten dabei, wenn i denen in der Nacht begegne, geh i auf der Oberleitung heim.«

Lore lachte noch mehr und verschluckte sich. Dorli klopfte ihr mit der flachen Hand auf den Rücken. »He, bleib aufrecht.« Sie nahm einen Schluck von ihrem lauwarmen Kamillentee und stellte die Tasse mit angewidertem Gesicht zurück auf den Tisch. »Ich glaub, ich brauch jetzt irgendwas anderes. Das G'schloder bring i nimmer runter.«

»Dann bist eindeutig am Weg der Besserung. Sag, wo ist denn eigentlich Lupo?«

»Der hat seit heut früh an Einsatz am Adametz-Hof.«

»Dort is die Bäurin g'storben. War da irgendwas ned in Ordnung?«

»Na, na, der Bauer is verschwunden.«

»Der Sigi, der oide Nazi? Na, der hat si's sicher zur Feier des Tages irgendwo mit an Doppelliter g'mütlich g'macht.«

»Schon möglich. Todtraurig ist der vermutlich ned, dass sei Frau gestorben ist. Aber ned zwa Tag.«

»Oha. Na hoffentlich ist ihm nix passiert. Aber eigentlich bin i wegen ganz was anderem kommen. Sag, kannst du mir morgen auf die Kinder aufpassen?«

»Lasst si einrichten. Was hast denn vor?«

»I muass aufs G'richt. Wegen der Alimente.«

»Hat mein lieber Bruder noch immer nix bezahlt?«

Lore schüttelte den Kopf. »I erreich ihn nicht einmal. Hast du a Ahnung, wo er si jetzt herumtreibt?«

Dorli musste passen. »Ich hab seit Monaten nix von ihm g'hört. Hoffentlich versumpert er ned ganz mit seine halbseidenen Mäderln. Es war auf jeden Fall richtig, dass du dich hast scheiden lassen. Sonst wär jetzt wahrscheinlich das letzte Geld durch den Kamin.«

»Irgendwie schad. Er is ka schlechter Mensch. Und so viele Jahr hat er brav g'arbeitet und war a toller Vater für unsere Kinder. Und von an Tag auf den anderen … aus.«

»Midlife-Crisis? Na, vielleicht erfangt er sich ja no irgendwann. Aber mach dir bitte nicht zu viele Hoffnungen.«

»Eh ned. Aber jetzt muass i an die Kinder denken. Wenn er ned freiwillig Alimente zahlt, dann muass ihn des G'richt eben dazu zwingen.«

***

Sandra Adametz räumte den Tisch ab und schlichtete das Geschirr in die Spülmaschine. Das Mittagessen war wieder mal der blanke Horror gewesen. Sie freute sich schon, wenn der ganze Schlamassel hier beendet war und sie wieder nach Hause fahren konnte. Wobei das auch nicht ganz stimmte. Denn zu Hause hatte sie sich in Brüssel nie gefühlt. In all den Jahren war es ihr nicht gelungen, dort wirklich heimisch zu werden. Ja, ihre Arbeit war zeitweise recht interessant. Besonders wenn sie gerade wieder mal den Wanderzirkus der EU-Parlamentarier mitmachte, die mal in Brüssel und mal in Strasbourg tagten. Doch das Gros ihrer Arbeit bestand aus langweiligen Übersetzungen von Gesetzestexten oder Entwürfen dazu. Oft gespickt mit einem Haufen technischem Kauderwelsch, das sogar sie nachschlagen musste.

Freunde hatte sie mit Ausnahme einer Handvoll Kolleginnen, mit denen sie gelegentlich ins Kino oder etwas trinken ging, auch keine. Nicht einmal einen Freund, sah man mal von Alain ab, mit dem sie eine lockere Beziehung pflegte. Unter der Woche, verstand sich, denn die Wochenenden verbrachte er meist bei seiner Frau und den drei Kindern in Paris.

Vielleicht sollte sie den Rest ihres dreiwöchigen Urlaubs nützen, um sich nach einem adäquaten Job in Österreich umzusehen. In Wien, wo immer wieder internationale Konferenzen stattfanden, würden sie doch sicherlich auch Dolmetscher brauchen. Hier auf dem Hof hielt sie nichts. Sie fühlte sich unwohl. Nicht zu Hause. Und die Familie war echt zum Schmeißen.

Ihre Eltern hatten sich beim Essen erst angeschwiegen, und dann war wieder der übliche Streit ausgebrochen, weil ihre Mutter zum hundertsten Mal davon anfing, was Adam jetzt alles auf dem Hof ändern sollte, wo er ihn doch erbte.

Daraufhin war Onkel Werner aufgesprungen und hatte die Serviette samt Besteck auf den Tisch geknallt. »Das wermer erscht sehen!«, schrie er. »Des Scheißtestament werd i anfechten. Der Oide war ja gar ned mehr kloar im Kopf.«

»Als ob du das jemals wärst!«, lautete der Kommentar ihrer Mutter Erika.

Tante Kathis Söhne lümmelten am Tisch und maulten laut, dass ihnen Sandras »Koschernod« nicht schmecke.

»Nächstes Mal könnts ja ihr die Kocherei übernehmen«, entgegnete Erika barsch. Doch an Sandra gewandt setzte sie giftig hinzu: »Aber du hättst wirklich a amoi kochen lernen können.«

»Wozu? Unter der Woche hab ich oft einen Vierzehn-Stunden-Tag und esse in der Kantine. Und am Wochenende bin ich meist unterwegs und speise im Restaurant. Aber wenn alle so unzufrieden sind, dann übernimmst halt du die Küche. Ich nehme an, du kannst ausgezeichnet kochen.«

Mit einem süffisanten Grinsen mischte sich nun Sandras Vater ein. »Woher denn. Kocht hat immer die Mama. Die Erika hat ja so viel zum tuan. In die Kirchen rennen, dem Pfarrer a Loch in Bauch reden, dem Buagamasta schöntuan, mit ihre Weiber vom Kirchenbeirat im Kaffeehaus umananderhocken …«

»Das nennt man soziale Kontakte pflegen, du oider Depp. Du gehst ja ned amoi ins Gasthaus.«

»I hab ka Zeit, muass arbeiten. Wer sonst soll denn die Viecha versorgen? Aber du kannst des gern amoi a paar Tag übernehmen. Dann hab i a Gelegenheit für a bisserl Vergnügen.«

»Du gingest ja eh nur ins Wirtshaus.«

»Grad hast g'sagt, dass i ned amoi ins Wirtshaus geh. Also was willst jetzt eigentlich? Und was unterscheidet des Gasthaus vom Kaffeehaus? Ah ja, die hochkatholischen Weiber. Die san überhaupt die größten Heuchler. Sie reden si ein, dass ihr Gott sicher nix dagegen hat, wenn sie de Gebote brechen. Denn er is ja a gnädiger Gott, der alles verzeiht. I waß nur ned, wie ihr drauf kommts. Denn in der Bibel steht: Aug um Aug und Zahn um Zahn.«

Worauf Sandras Mutter kommentarlos aufstand und die Küche verließ. Hinter ihr krachte die Tür ins Schloss. Keiner sagte ein Wort.

Gleich darauf waren alle anderen auch verschwunden. Niemand hatte sich für das Essen bedankt oder auch nur angeboten, den Tisch abzuräumen oder den Abwasch zu übernehmen. Sandra hatte nichts anderes erwartet. So war sie eben, die liebe Familie. Zum Kotzen.

***

Gruppeninspektor Bertl Wagner hielt vor dem Haus. Sandra war zufällig am Fenster gestanden und hatte ihre Bettdecke ausgeschüttelt. Sie lief die Treppe hinab und erwartete ihn in der ehemaligen Gaststube, die jetzt als Empfangsraum für alle möglichen Besucher diente. Meist waren das der Metzger oder der Tierarzt. Aber heute zur Abwechslung die Polizei.

»Was gibt es Neues? Haben Sie schon ein Ergebnis der Obduktion? Oder der Spurensicherung?«

Bertl Wagner strich sich das vom Wind zerzauste Haar aus der Stirn. »Ja. Und es wird Ihnen nicht gefallen.«

»Wollen wir uns setzen?« Sandra wies auf einen alten Wirtshaustisch, der direkt vor dem Fenster stand. Draußen fuhr eben ein Traktor vorbei. Durch die Erschütterung klirrten die Scheiben. Der Raum war riesig, aber durch die dunkle Holzdecke wirkte er düster.

Bertl Wagner nickte und nahm Platz. Er rückte umständlich seine Brille zurecht, nahm einen Packen Papier aus seiner Aktentasche und legte ihn auf den Tisch. Durch die Tür, die Sandra offen gelassen hatte, hörte man Kuhglocken bimmeln und Schweine grunzen. Enten schnatterten, und eine Ziege meckerte. Es klang so ähnlich, wie die Frau von Bertls Vorgesetztem auf der Dienststelle sprach. Er musste an sich halten, dass er nicht laut lachte. Zwei vorwitzige Hennen kamen gackernd in die Gaststube gelaufen.

»Entschuldigen Sie.« Sandra stand auf, jagte die Hühner hinaus und schloss die Tür. »Das geht ja gar nicht, dass die da einfach reinspazieren.« Dann setzte sie sich erwartungsvoll Bertl Wagner gegenüber.

»Also.« Er blätterte ein paar Seiten auf. »Ihr Großvater ist nicht in der Gülle ertrunken. Es steht zweifelsfrei fest, dass er erdrosselt und dann sterbend in die Güllegrube geworfen wurde. Es fand sich kaum Jauche in der Lunge und im Magen.« Er ließ die Blätter sinken. »Den Rest erspar ich Ihnen. Aber jetzt müssen wir herausfinden, wer ihn ermordet hat.«

»Oh mein Gott. Ich kann nur hoffen, dass es keiner aus der Familie war. Was sagt die Spurensicherung?«

»Na ja, die Ergebnisse sind natürlich mager. Infolge des starken Regens konnten nur ein paar Fingerabdrücke auf den Platten gefunden werden. Da waren erwartungsgemäß die von Ihnen und von Lupo. Außerdem die Ihres Vaters, Ihres Großvaters und zwei weiterer Personen, von denen wir noch nicht wissen, wem sie zuzuordnen sind. Vielleicht weiteren Familienmitgliedern, die einmal beim Abdecken und Auspumpen mitgeholfen haben.«

»Wahrscheinlich war einer von Oma. Den werden Sie allerdings nicht mehr bekommen.«

»Da bin ich nicht so sicher. Im Schlafzimmer werden sicher welche von ihr sein. Wir werden alle Bewohner bitten, uns ihre Fingerprints zu geben.«

»Und wie geht es jetzt weiter?«

»Sämtliche Mitglieder dieses Haushalts werden einvernommen. Wir werden versuchen herauszufinden, ob jemand ein Motiv hatte. Wie es mit den Alibis aussieht. Dann sehen wir weiter.«

Sandra schwieg eine Weile und sah zum Fenster hinaus. Schließlich wandte sie sich abrupt Bertl Wagner zu.

»Halten Sie es für möglich, dass auch Oma ermordet wurde? Es ist nämlich schon ein seltsamer Zufall, dass ausgerechnet ihre sanfte Lieblingskuh sie erdrückt haben soll. Und gleich darauf wird der Opa umgebracht.«

»Möglich ist alles. Aber solange es keinen Hinweis darauf gibt, dass das kein Unfall war, sehe ich keine Möglichkeit, dieser Vermutung nachzugehen.«

Sandra schluckte. »Wissen Sie, ich war seit vierzehn Jahren nicht mehr hier. Dafür gab es eine Menge Gründe, bessere und schlechtere. Oft habe ich mir ausgemalt, was geschehen würde, wenn ich mal zu Hause auftauche. Aber die aktuelle Variante hätte ich mir nicht einmal im Traum vorgestellt. Hätte ich gewusst, was mich erwartet, wäre ich wahrscheinlich nicht einmal zur Beerdigung von Oma gekommen.«

»Sie müssen das anders sehen. Wären Sie nicht gekommen, wüsste wahrscheinlich bis heute keiner, was mit Ihrem Großvater passiert ist.«

Sandra nickte zaghaft. »Ein kleiner Trost.«

»Übrigens würde ich mich gerne in den Räumen Ihrer Großeltern umsehen. Ob es irgendwelche Hinweise gibt.«

»Kommen Sie, ich zeige Ihnen den Weg.«

Sie erklommen die Treppe in den ersten Stock. Sandra ging den düsteren Flur entlang bis zur letzten Tür. Als sie diese öffnete, schlug ihnen ein muffiger Geruch entgegen.

»Das war das Schlafzimmer der Großeltern. Nebenan ist das Bad, das sie alleine benutzten. Auf der anderen Seite haben sie sich so etwas wie ein Wohnzimmer eingerichtet. Küche gibt es hier keine. Gekocht hat die Oma für die ganze Familie, allerdings unten, in der ehemaligen Wirtshausküche.«

Sandra ging zum Fenster und riss es weit auf. »Tut mir leid, dass die Luft so abgestanden ist. Aber hier oben war niemand mehr, seit Opa gestorben ist.« Sie schüttelte den Kopf. »Ich kann es immer noch nicht fassen, dass ihn jemand umgebracht hat.«

***

Zwei Wochen später lud Bertl Wagner Sandra zu einem Gespräch in die Dienststelle in Berndorf. Sandra hoffte, dass es jetzt endlich mal ein Ergebnis gab. Denn seit sie angekommen war, waren mehr als zwei Wochen ihres Urlaubs vergangen. Die Zeit wurde knapp.

»Es liegt ein vorläufiger Abschlussbericht im Fall Ihres Großvaters vor.«

»Und wer war es?«

»Das wissen wir leider nicht. Die Mitglieder Ihrer Familie sind zwar alle ein wenig verdächtig, und keiner hat ein vernünftiges Alibi. Aber ein handfestes Motiv konnten wir auch nicht finden. Die Spurenauswertung war unergiebig. Die beiden nicht identifizierten Fingerabdrücke auf der Abdeckung der Jauchegrube sind immer noch nicht eindeutig zuordenbar. Einer stammt mit an Sicherheit grenzender Wahrscheinlichkeit von Ihrer Großmutter. Wir haben ihn überall im Haus und im Stall gefunden. Der andere passt zu niemandem auf dem Hof. Wir haben sie in unsere Datei eingegeben. Auch kein Treffer.«

Sandras Miene verfinsterte sich. »Und was bedeutet das jetzt?«

»Wir haben noch eine Chance. Wissen Sie schon, wer der Erbe ist?«

»Nein. Alle suchen wie verrückt das Testament. Onkel Werner hofft, dass es nicht auftaucht. Dann würde vielleicht doch er erben.«

»Aber der wurde doch schon vor vielen Jahren enterbt. Das weiß jeder in Buchau und Umgebung.«

»So ist es.«

»Wenn das rechtsgültig geschehen sein sollte, dann haben Ihre

Großeltern das sicher von einem Notar abfassen lassen. Und dort sollte auch das Testament hinterlegt sein.«

Sandra schlug sich gegen die Stirn. »Himmel, darauf hätten wir aber auch kommen können. Ich werde in den nächsten Tagen bei den Notaren in der Gegend anfragen.«

»Nicht notwendig. Rufen Sie bei dem in Berndorf an. Der ist von der Entfernung her der nächste. Falls es nicht ohnehin bei ihm ist, dann kann er im Notariatsverzeichnis nachsehen, wo das Testament aufliegt. Außerdem ist er ein Saurier. Mindestens so alt, wie Ihr Großvater war.«

»Gute Idee. Und wie geht es dann weiter?«

»Tja, wenn das Testament irgendeinen Hinweis auf ein eventuelles Mordmotiv bieten könnte, dann gehen wir dem noch nach. Wenn nicht, werden die Ermittlungen wahrscheinlich eingestellt, und der Akt wandert zu den unerledigten Fällen.«

»Aber –«

»Ich weiß, was Sie sagen wollen. Doch wir haben in der Zwischenzeit neue Fälle hereinbekommen, bei denen noch die Aussicht auf Erfolg besteht. Und unsere Ressourcen sind sehr begrenzt.«

Sandra schluckte. »Sie können doch den Mörder nicht einfach davonkommen lassen!«

»Frau Magister Adametz, wir haben keine verwertbaren Spuren und keinen wirklich Verdächtigen. Es tut mir leid.«

Sandra erhob sich aus dem Besucherstuhl. »Ich kümmere mich jetzt um den Notar. Wenn ich weiß, wer der Erbe ist, reden wir noch einmal, oder?«

»Genau. Und dann entscheidet mein Vorgesetzter, ob der Fall weiterbearbeitet wird oder in die Ablage wandert.«

Und Sandra würde umgehend ihren Vorgesetzten in Brüssel anrufen und um Urlaubsverlängerung bitten müssen. Denn bis hier alles in geregelten Bahnen verlief, konnte sie doch nicht einfach abhauen. Oder doch?

***

Entgegen ihrer Erwartung wurde Sandra bei ihrer Suche nach dem Notar, bei dem das Testament ihrer Großeltern hinterlegt sein könnte, auf Anhieb fündig. Es befand sich wirklich beim alten Komarek in Berndorf.

Als Sandra die Kanzlei betrat, in der seit mindestens vierzig Jahren kein neues Möbel dazugekommen war, wusste sie, was Bertl Wagner gemeint hatte mit dem »Saurier«. Und als sie dem verhutzelten Männchen gegenübersaß, schlich sich ein kleines Lächeln in ihr Gesicht. Er hatte eine gewisse Ähnlichkeit mit Yoda! Nur die Ohren waren weniger spitz – dafür genauso abstehend.

Als sie sich vorstellte und ihn fragte, ob er das Testament von Siegfried und Brunhilde Adametz habe, legte er seinen Kopf in den Nacken.

»Ich glaub schon. Warten S' a bisserl, Kinderl.«

Er erhob sich mühsam und schlurfte zu einem riesigen Stahlschrank. Mit einem Schlüssel, der aussah wie ein Safeschlüssel, öffnete er die Tür. Blätterte durch einen Stoß Akten und zog schließlich ein gelbes Kuvert heraus.

»Da hammas ja!«

Er kehrte mit Zeppelschritten zum Schreibtisch zurück.

»Haben Sie die Totenscheine von den beiden?«

Sandra fischte sie aus der Handtasche.

Der Alte setzte eine andere Brille auf und studierte die vorgelegten Dokumente.

»Die Brunhilde ist aber schon fast drei Wochen tot. Wieso kommen Sie erst jetzt?«

»Tja, ich bin nur die Enkelin und lebe nicht hier. Weil es bei der Oma vermutlich nichts zu erben gibt, hat das Testament keinen interessiert. Aber nach Opas Tod geht es um den Bauernhof. Und jetzt streiten sich alle herum, wer den wohl bekommen wird.«

»Na gut.«

Er griff nach einem Brieföffner, der seltsam gebogen war. Er sah aus wie ein Krummsäbel im Miniformat und trug seltsame Ornamente auf den Breitseiten. Damit schlitzte er den gelben Umschlag auf. Er entnahm zwei geschlossene Kuverts und ein Blatt Papier. Mit gefurchter Stirn las er, was er möglicherweise selbst vor Jahren darauf notiert hatte. Er ließ das Blatt sinken.

»Da die beiden Erblasser schon vor einiger Zeit verstorben

sind, sollten wir die Eröffnung des Nachlasses möglichst bald ansetzen.«

»Ich bitte darum. Denn unter den Söhnen herrscht schon ein erbitterter Streit. Wäre schön, wenn die auch mal wieder an etwas anderes denken könnten.«

»Nun gut. Sagen wir, kommenden Dienstag um zehn Uhr. Ich schicke die Einladung an alle Beteiligten heute noch weg.«

Der Dienstag würde spannend werden. Vor allem die Frage, wer von den Brüdern den Hof wirklich erbte und wie die anderen reagierten. Und sie konnte endlich wieder in ihr Leben zurückkehren und die Streithanseln sich selbst überlassen.

***

Am Nachmittag fasste Sandra einen Entschluss. Sie rief Lupo an. Als er bei ihr eintraf, zog sie sich mit ihm in ihr Zimmer zurück.

Vor dem Fenster krächzte ein Eichelhäher, den Lupo an den blitzblau-schwarz gebänderten Flügelspitzen erkannte. Ein Specht hämmerte einen nervösen Rhythmus in einen nahen Baumstamm.

Sandra bat ihn, sich zu setzen. »Ich will nicht, dass uns jemand belauscht«, erklärte sie ihm. »Die Polizei hat mir heute mitgeteilt, dass die Ermittlungen zu nichts geführt haben und vermutlich demnächst eingestellt werden. Ich will mich aber nicht damit zufriedengeben, dass der Mörder einfach so davonkommen soll. Noch dazu, wo nicht einmal sicher ist, ob nicht auch Oma umgebracht wurde. Ich will, dass Sie herausfinden, wer die beiden auf dem Gewissen hat.«

»Ist das ein Ermittlungsauftrag?«

»Sicher.«

»Sie wissen aber schon, dass das nicht ganz billig wird?«

»Ja. Und es ist mir egal, ich verdiene gut.«

»Können Sie mir nochmals kurz einen Überblick geben, wer hier mit wem und wie verwandt ist?«

»Ich habe Ihnen die Verwandtschaftsverhältnisse aufgezeichnet. Hier bitte.« Sandra reichte Lupo das Blatt.

So aufgeschrieben wirkte es ganz einfach.

Stammbaum der Familie Adametz

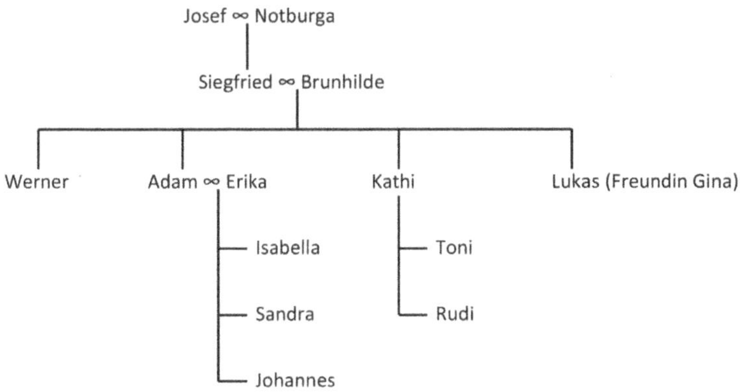

»Ihre Schwester Isabella lebt nicht hier?«

»Könnte man so sagen. Sie ist tot.«

»Tut mir leid.«

»Konnten Sie ja nicht wissen.«

»Wissen Sie schon, wer der Erbe des Hofes ist?«

»Nein. Aber ich habe den Notar gefunden, bei dem das Testament aufliegt. Es ist der alte Komarek in Berndorf. Die Testamentseröffnung ist am Dienstag um zehn.«

»Möchten Sie, dass ich Sie begleite?«

»Warum nicht? Dann sehen Sie vielleicht gleich, wer sich auffällig verhält.«

In dem Moment wurde die Tür aufgerissen, und ein Junge mit Downsyndrom kam ins Zimmer gestürmt. Er war ein wenig pummelig, nicht sehr groß, das Gesicht pausbäckig. Das Alter mochte irgendwo zwischen zehn und fünfzehn Jahren liegen. Schwer zu schätzen.

»Sandra?«

»Ja, mein Schatz?«

»Da war wieder der Mann«, brabbelte er.

»Welcher Mann, Janni?«

»Der schwarze Mann!« Der Junge klang aufgeregt.

»Den gibt es doch nur im Märchen«, versuchte Sandra ihn zu beruhigen.

»Na … Na, der war schon mal da.«

Interessiert beugte sich Lupo zu dem Jungen vor.

»Wann war denn der schwarze Mann da?«, fragte Lupo.

Das Kind nahm die Finger und zählte lautlos ab. Fing von vorne an. »Mehr Tag als zweimal alle Finger.«

Sandra und Lupo warfen sich über den Kopf von Johannes einen Blick zu.

»Wie sah er denn aus?«, fragte Sandra und strich dem Buben liebevoll übers Haar.

Johannes zuckte mit den Achseln. »Waß ned.«

Lupos Augenbrauen gingen nach oben. Sandra sah, dass er seine aufkeimende Hoffnung begrub, hier auf eine Spur zu stoßen.

Doch Sandra gab noch nicht auf. »Du kannst doch so gut zeichnen. Kannst du nicht ein Bild von ihm malen?«

»Hab schon«, antwortete der Kleine.

Sandra nahm ihn in den Arm. »Das ist ja ganz toll. Würdest du es uns zeigen?«

Johannes nickte ernst.

»Dann hol es bitte her.«

Der Junge verschwand eilig.

»Mein Bruder Johannes. Der lang ersehnte Erbe meiner Eltern. Und der Schock ihres Lebens. Nach zwei Mädchen endlich ein Bub. Und dann kam er mit Downsyndrom zur Welt. Er wirkt noch sehr kindlich, ist aber schon fünfzehn.«

»Sie hatten noch eine Schwester«, erwiderte Lupo. »Was ist mit ihr passiert?«

»Sie hat Selbstmord begangen. Sie hat diese Familie einfach nicht ertragen. Das war für mich der Auslöser, abzuhauen.«

»Das tut mir leid. Wie alt waren Sie damals?«

»Fünfzehn.«

»Und Sie wurden nicht gesucht?«

»Keine Ahnung. Ich habe mein Geburtsdatum auf dem Geburtsschein gefälscht. Habe gejobbt und nebenbei die Abendschule besucht und Matura gemacht. Mit achtzehn habe ich einen richtigen Pass beantragt, Sprachen studiert, Russisch und Französisch, die Dolmetscherprüfung abgelegt. Und seit fünf Jahren arbeite ich jetzt als Übersetzerin für das EU-Parlament.«

»Wow! Dann kannten Sie Johannes noch gar nicht?«

»Nur als Baby. Aber da war schon klar, dass er behindert ist. Ich hab ihn erst wiedergetroffen, als ich zu Omas Beerdigung kam. Es war furchtbar, zu erleben, dass sich keiner um ihn kümmert. Niemand hatte Zeit für ihn. Ich hab nicht mitansehen können, wie vernachlässigt Johannes war. Da habe ich beschlossen, mich ein bisschen um ihn zu kümmern. So bin ich auch draufgekommen, dass er wunderbar zeichnen kann.«

Wie aufs Stichwort stürmte Johannes zur Tür herein. Er schwenkte einen Zeichenblock in der Hand, den er mit glückseligem Lächeln auf Sandras Schoß legte. Langsam blätterte sie mit ihm durch die Seiten. Da waren der räudige alte Hund, zwei Katzen, eine Ansicht des Hofes. Der Junge war wirklich begabt und ein guter Beobachter. Ein paar Blätter weiter deutete er aufgeregt auf eine Figur. »Da, der schwarze Mann.«

Eine dunkle Gestalt stand weit entfernt am Zaun und schien den Hof zu beobachten. Allerdings war das Gesicht nicht zu erkennen. Durch einen breitkrempigen Hut lag es im Schatten.

»Hast du noch eine andere Zeichnung von dem Mann?«, fragte Sandra.

Johannes nickte eifrig. Blätterte um. Und da war es. Das Porträt eines alten Mannes.

Lupo konnte natürlich nicht wissen, wie sehr es dem Mann wirklich ähnlich sah. Aber wenn man von den Tierzeichnungen auf die Detailtreue und das handwerkliche Geschick des Buben schließen konnte, dann war das Bild so gut wie ein Foto. In Schwarz-Weiß.

»Borgst du mir dieses Blatt für einen Tag?«, fragte Lupo. »Du bekommst es wieder zurück.«

Johannes blickte fragend zu seiner Schwester. Sie nickte ihm zu. »Bitte tu das, Janni. Du würdest mir sehr damit helfen.«

Der Junge trennte das Blatt vorsichtig aus dem Block und überreichte es Lupo mit feierlicher Miene.

»Ich danke dir!« Und an Sandra gewandt setzte er hinzu: »Ich werde es auch an Bertl Wagner weiterleiten. Vielleicht haben die den Kerl in der Datenbank.«

***

Am Dienstag schüttete es wie aus Eimern. Als die gesamte Familie Adametz beim Notar zur Testamentseröffnung erschien, sammelte sich unter der Garderobe, wo die Mäntel und Schirme abgelegt wurden, eine große Lache, die langsam in den Ritzen und Spalten des abgetretenen Parkettbodens versickerte.

Notar Komarek ging mit winzigen Schritten zu seinem Schreibtisch, vor dem ein paar Stühle aufgestellt waren. Mit zittrigen Händen legte er zwei Kuverts auf den Tisch. Er hob den Blick und musterte mit wässrigen Augen die versammelten Familienmitglieder.

»Sind alle da?«, fragte er mit seiner dünnen, hohen Stimme.

Lupo blickte fragend zu Sandra. Die nickte und antwortete dann: »Vollzählig, Herr Dr. Komarek.«

»Na gut, dann wollen wir mal.«

Er ergriff einen der Umschläge und schlitzte ihn umständlich mit einem verbogenen Brieföffner auf, nahm die Blätter heraus und legte sie vor sich in drei Stapeln auf den Tisch. Es herrschte eine gespannte Ruhe, nur unterbrochen vom Husten und Räuspern der Söhne. Vermutlich eine Verlegenheitsäußerung. Die versammelte Familie beäugte Lupo misstrauisch. Sie fragten sich sicher immer noch, was ein Fremder bei der Testamentseröffnung zu suchen habe. Auch wenn ihnen Sandra erklärt hatte, dass Lupo im Mordfall der Großeltern ermittle und daher rein beruflich hier sei.

»Dies ist das Testament von Brunhilde Adametz. Sie hat verfügt, dass im Falle ihres Todes ihr Gatte erbberechtigt ist für alles, was mit dem Bauernhof zusammenhängt. Finanzielle Zuwendungen im Ausmaß von rund zehntausend Euro gehen an alle Kinder. Da Siegfried Adametz zum Zeitpunkt des Todes seiner Frau noch gelebt hat, ist das Testament in dieser Form gültig.«

Erika Adametz rutschte auf ihrem Stuhl unruhig herum. »Herrgott, das interessiert doch keinen. Machen Sie weiter. Was steht im Testament vom Alten?«

Sandras Mund wurde zu einem Strich. »Der Alte war immerhin dein Schwiegervater«, knurrte sie in Richtung ihrer Mutter. Die hatte für sie nur eine abfällige Handbewegung übrig.

Der Notar legte die Blätter aus dem Testament der Großmutter zusammen, schob sie umständlich in das Kuvert zurück und griff nach dem größeren gelben Umschlag. Seine Hände schlotterten, als er ihn aufschlitzte. Um ein Haar wäre ihm der Krummsäbel, den er dazu verwendete, aus den Händen gerutscht. Vermutlich Parkinson. War ja nicht anzunehmen, dass er sich vor der Familie Adametz fürchtete.

»Das hier ist das Testament von Siegfried Adametz. Ich glaube, es ist am besten, wenn ich es Ihnen wortwörtlich vorlese.« Er schob die Brille auf seiner Nase zurecht und hielt das Blatt etwas weiter weg. »Ich seh nicht mehr so gut«, erklärte er entschuldigend.

»Als ob das irgendwen interessieren würde«, schnappte Werner Adametz. So laut, dass es wirklich jeder im Raum hören konnte.

Sandra beugte sich zu Lupo. »Sie müssen zugeben, diese Familie ist wirklich nur zum Fremdschämen.«

Notar Komarek räusperte sich und begann mit leiser, monotoner Stimme vorzulesen: »›Mein letzter Wille. Der Hof mit allem beweglichen und unbeweglichen Inhalt und Zubehör geht, abzüglich der Pflichtteile, an …‹« Komarek räusperte sich erneut.

»Jetzt mach schon!«, rief Erika.

Der Notar blickte scharf in ihre Richtung. »Wenn Sie mich nicht unterbrechen, geht es schneller.«

Sie zuckte resignierend die Achseln.

»Also, der Hof geht an – ›meine Enkelin Sandra Adametz‹.«

Tumultartige Szenen waren die Folge.

»Warum an dieses blöde Gör?«, schrie deren Mutter.

»Das kann ja nicht wahr sein!« Werner, der Älteste, ausnahmsweise relativ nüchtern, sprang vom Sessel auf. »Die hat doch von nix eine Ahnung!«

Sandra saß mit vor Überraschung geweiteten Augen ganz still da und schüttelte dann ungläubig den Kopf.

»Wenn Sie Ihre Plätze wieder einnehmen und ruhig sind, kann ich Ihnen den weiteren Wortlaut des Testaments zu Gehör bringen«, sagte der alte Komarek mit einem sanften Lächeln im Gesicht.

»›Der Grund für meine Entscheidung ist folgender:

Sollte meine Frau mich überleben, so erhält sie neben dem Pflichtteil lebenslanges Wohnrecht auf dem Hof.

Mein Sohn Werner ist Alkoholiker und hat sein Leben lang

noch nichts zusammengebracht. Er würde den Hof verkaufen und sich in kürzester Zeit zu Tode saufen. Deshalb habe ich ihn schon vor Jahren enterbt. Sofern er einen erfolgreichen Entzug macht, bekommt er eine finanzielle Zuwendung in Höhe von zwanzigtausend Euro als Startkapital für ein eigenes Leben. Aber er muss den Hof verlassen.

Meine Tochter Kathi ist völlig lebensunfähig, und ihre Söhne sind eine absolute Zumutung. Ich würde anregen, Kathi in eine betreute Einrichtung zu stecken und die schrecklichen Buben ihrem Vater zur Erziehung zu überlassen.

Mein Sohn Adam hat zwar fleißig am Hof gearbeitet, und das soll auch nicht unbelohnt bleiben. Aber er hat keinen eigenen Willen und steht voll unter der Fuchtel seiner fürchterlichen und gierigen Frau. Da sie keine Ahnung hat, wie man einen Hof führt, und er ohne Anweisung nicht arbeiten kann, ist auch das keine Option.

Und Lukas, mein Jüngster, säuft nicht nur, er nimmt auch Rauschgift und ist sexsüchtig. Er ist alt genug, dass er endlich begreift, dass das Leben kein Wunschkonzert ist, und jung genug, noch etwas daraus zu machen. Er ist enterbt. Er geht aber mit der Zusage, dass er zwanzigtausend Euro erhält, wenn er binnen eines Jahres clean ist und eine Arbeit hat.

Sein Flittchen, das für jeden die Beine breit gemacht hat, muss das Haus auf der Stelle verlassen. Sie hat sogar die Kinder Toni und Rudi in ihr Bett geholt. Rudi ist 2002 geboren. Ich kenne den Tag meines Todes nicht, aber es mag sein, dass er selbst dann noch nicht einmal vierzehn Jahre alt ist. Dr. Komarek hat den Auftrag, in dem Fall Strafanzeige gegen Gina wegen Unzucht mit Minderjährigen zu erstatten.

Meine Enkelin Sandra scheint mir der einzige Mensch unter meinen Nachkommen zu sein, der Eigeninitiative, Kraft und Durchsetzungsvermögen hat. Sie wird die Verantwortung für den Hof und ihren kleinen Bruder Johannes tragen. Weiters wird sie alle Entscheidungen treffen, wie der Hof zu führen ist. Oder ob er verkauft werden soll.

Wird er weitergeführt, so haben ihre Eltern Wohnrecht, solange sie auf dem Hof mitarbeiten. Weiters zahlt Sandra ihnen einen angemessenen Lohn, und ihnen steht eine Gewinnbeteiligung von zwanzig Prozent zu, sofern die feine Erika auch mal ihren Arsch hebt und etwas Sinnvolles macht. Falls nicht, gibt es eben nur einen Lohn für Adam und zehn Prozent.

Sollte Sandra sich entschließen, den Hof zu verkaufen, so erhält sie fünfzig Prozent vom Erlös, ihre Eltern zwanzig Prozent, und der Rest wird mündelsicher angelegt für die spätere Betreuung von Johannes.‹«

Der Notar ließ erschöpft das Blatt auf den Tisch fallen.

»Das Testament fechten wir an!«, schrie Erika mit wutverzerrtem Gesicht. »Der Alte kann da ja gar nicht mehr bei Sinnen gewesen sein, wie er den Schmarrn verfasst hat.«

Komarek lächelte. »Viel Glück! Können Sie gerne versuchen. Aber das Testament ist hieb- und stichfest. Aufgesetzt schon vor Jahren und heuer nur um die Passage mit Gina erweitert.«

Er faltete auch diese Blätter zusammen und wandte sich an Sandra.

»Darf ich Sie bitten, mit mir in den Nebenraum zu kommen?«

Sandra griff hilfesuchend nach Lupos Hand. »Begleiten Sie mich?«

Der Notar drehte sich im Durchgang noch einmal um.

»Ach ja, nur damit niemand auf dumme Gedanken kommt: Es gibt noch eine Klausel. Falls Sandra etwas passieren und sie vor Ablauf ihres sechzigsten Geburtstages ohne Nachkommen und ohne Testament sterben sollte, geht das gesamte Erbe an ein Kinderdorf.«

Als Sandra und Lupo mit dem Notar durch die Tür gingen, brach hinter ihnen die Hölle los.

***

»Wieso hat mein Großvater überhaupt gewusst, wo er mich erreichen konnte? Ich habe nie meine Adresse bekannt gegeben. Und doch hat er mir geschrieben, als die Oma gestorben ist.«

»Ihr Großvater war ein vorausschauender Mann. Er wusste, dass er nicht ewig leben würde, und die Defizite seiner Kinder hatte er täglich vor Augen. Also hat er vor – lassen Sie mich nachdenken –, ich glaube, es war vor vier oder fünf Jahren, einen Detektiv engagiert, der Sie ausfindig machen sollte. Ihre

Anschrift war auch bei mir deponiert, für den Fall, dass Ihre Großeltern gemeinsam zu Tode kommen sollten. Zum Beispiel durch einen Autounfall.«

Sandra schüttelte den Kopf. Sie wirkte verwirrt. »Ich bin total von den Socken. Ich versteh doch überhaupt nichts von einem Bauernhof.«

Komarek lächelte. »Das wusste Siegfried. Aber er hat Ihnen zugetraut, sich das nötige Wissen anzueignen, um den Betrieb gewinnbringend weiterzuführen. Er war sehr stolz auf Sie, als der Detektiv ihm damals den Bericht vorlegte. Darauf nämlich, was Sie in den paar Jahren, seit Sie weggegangen sind, erreicht haben. Ganz ohne Hilfe und ohne einen Cent von zu Hause.«

Sandra senkte den Kopf. Eine leichte Röte war ihr ins Gesicht gestiegen. »Und ich hab nichts davon geahnt. Sonst hätte ich ihm noch danken können, dass er sich als Einziger für mein Schicksal interessiert hat. Und jetzt hat ihn wer umgebracht, und alles ist zu spät.«

Lupo nahm ihre Hand. »Wir werden den oder die Mörder finden. Das verspreche ich Ihnen.«

Der Notar legte Sandra einige Papiere vor, die sie unterschreiben musste. Dann verabschiedete er sich damit, dass er sich melden würde, wenn es weitere Einzelheiten zu regeln gab.

»Über das Bankkonto Ihres Großvaters können Sie ab morgen verfügen. Das werden Sie auch müssen, denn das Viehfutter ist teuer. Nach Abzug der auszuzahlenden Beträge aus dem Vermächtnis Ihrer Großmutter, der Pflichtteile und der Rückstellung für die Söhne verfügen Sie über ein Vermögen von rund drei Millionen Euro. Das ist großteils angelegt in mündelsicheren Papieren. Auf dem Bankkonto liegen etwa hunderttausend. Ich lasse Ihnen in den nächsten Tagen eine genaue Aufstellung zukommen.«

Sandra saß da wie vom Donner gerührt. »Woher hatte Opa so viel Geld?«

»Er war nicht nur ein alter Sturschädel, er war auch ein kluger Landwirt und hatte ein gutes Händchen für Investitionen. Die ersten Aktien, die er schon vor fast vierzig Jahren erworben hat, waren von Daimler und Coca-Cola.«

»Unglaublich.«

»Ach ja, noch etwas. Falls Sie kein Testament haben, sollten Sie eines machen. Schon alleine um sicherzustellen, dass niemand auf die Idee kommt, er könnte etwas erben, wenn er Sie beseitigt. Bei der Höhe des Erbes könnte sonst vielleicht jemand in Versuchung geraten. Die Klausel im Testament Ihres Großvaters ist nur sehr kurzfristig wirksam. Denn kein Mensch kann über den Nachlass seiner Nachkommen verfügen.«

»Danke, ich habe ein Testament. Aber ich werde darüber nachdenken, ob ich es nicht ändern will.«

Sandra ließ sich von Lupo wie ferngesteuert aus dem Notariat führen. Draußen hatten sich die Regenwolken verzogen. Die Sonne schien, und von der Straße stiegen Dampfwölkchen auf. Die Luft roch süß nach Frühling.

»Möchten Sie auf den Schock etwas trinken?«, fragte Lupo. »Da drüben ist eine Konditorei.«

»Ich brauche vor allem ein Frühstück. Denn meine Familie hat mir heute Morgen so auf den Magen geschlagen, dass ich nichts hinuntergebracht habe.«

***

Lupo rührte in seiner Kaffeetasse. »Und wie geht es jetzt weiter? Trauen Sie sich überhaupt nach Hause?«

»Muss ich wohl. Wer kümmert sich sonst um Janni?« Sandra strich eine widerspenstige Haarlocke aus dem Gesicht. »Aber wohl ist mir dabei nicht.«

»Kann ich mir vorstellen. Wollen Sie vielleicht in der nächsten Zeit mit Johannes in ein Hotel ziehen?«

»Das würden unsere Eltern nie zulassen. Glauben Sie mir, meine Mutter wird ganz schnell erfassen, dass sie mich mit Johannes nach Belieben unter Druck setzen kann.«

»Ganz schön verfahrene Situation.«

Sandra nickte.

»Ich kann Ihren Großvater gut verstehen. Er hat ein ganz ordentliches Vermögen erwirtschaftet, und er hätte es niemandem sonst hinterlassen können.«

»Ich habe keine Ahnung, wieso die Familie so viel Geld hat. Wenn es früher um eine Investition für den Hof oder das Gasthaus ging, hieß es immer nur: ›Das können wir uns nicht leisten.‹ Ich bin wirklich vollkommen überrascht.«

»In Anbetracht dessen, wie Ihre Familienmitglieder ticken, war das vielleicht eine kluge Taktik Ihres Großvaters.«

»Mag sein. Aber mich bringt dieses Testament völlig aus dem Tritt. Mein Lebensmittelpunkt liegt in Brüssel. Ich habe dort Verpflichtungen. Ich werde ein paar Tage nach Hause fliegen müssen und mir unbezahlten Urlaub nehmen, bis ich mir im Klaren bin, wie es weitergeht. Im Moment weiß ich echt nicht, wo mir der Kopf steht.«

»Wenn ich Ihnen irgendwie helfen kann … Jetzt einmal ganz abseits von einem Auftrag. Denn um dem Testament Ihres Großvaters gerecht zu werden, müssen Sie auch ein paar Leute vor die Tür setzen. Das stelle ich mir nicht einfach vor. Die sind ja gewohnt, hier zu schmarotzen.«

»Würden Sie das wirklich tun? Mein Gott, wäre ich da dankbar. Sie können ein Zimmer im alten Gasthof beziehen. Sie sind nicht luxuriös, aber durchaus bewohnbar.«

»Ich muss nur Dorli Bescheid sagen.«

»Vielleicht will sie auch kommen. Wir haben wirklich Platz genug.«

»Ich frag sie«, antwortete Lupo und griff zum Telefon. »Dann wären wir immerhin zu dritt gegen die Phalanx der Enttäuschten und Zornigen.«

***

Als Lupo und Dorli zwei Stunden später zum Hof kamen, wurden sie nicht nur von Sandra, sondern auch von Erika erwartet.

»Aha, hast da Verstärkung geholt, du falsche Schlange!«, kreischte sie in Richtung ihrer Tochter. »Wirst es brauchen. Denn von uns ist kana guat auf di zu sprechen.«

Sandra blickte ihrer Mutter furchtlos ins Gesicht. »Wenn du meinst, auf irgendjemanden bös sein zu müssen, dann vielleicht auf Opa? Ich hab das Testament nicht aufgesetzt, ich hab keine Ahnung gehabt, was da auf mich zukommt, und schon gar nicht war ich daran beteiligt. Glaub ja nicht, dass mir das Spaß macht! Und falls es dich interessiert: Dorli und Herr Schatz sind nur hier, weil sie mir helfen wollen, den oder die Mörder zu finden. Alles klar?« Die letzten beiden Worte kamen scharf und laut.

Erika zuckte zurück. Vermutlich hatte sie ihre Tochter so noch nie erlebt.

»Schau mich nicht so erstaunt an«, sagte Sandra spöttisch. »Du kennst mich überhaupt nicht. Denkst, ich bin noch das Hascherl, das mit fünfzehn von zu Hause weggelaufen ist. Aber das bin ich schon lange nicht mehr. Mir hat niemand etwas geschenkt. Ich habe mich in einem Alter selbst durchschlagen müssen, in dem andere noch eine behütete Kindheit hatten. Ich hab es geschafft, einen Job zu bekommen und daneben meine Ausbildung zu machen. Bin nebenbei der einzige Akademiker in der Familie. Denkst du, mir hat irgendwer etwas nachgeworfen? Oder ich hätte das durch Faulheit erreicht? Ich habe dafür gehungert, an Orten geschlafen, die du nicht einmal unserem Vieh zumuten würdest. Meine Kleider stammten jahrelang aus dem Altkleidercontainer oder vom Fetzenmarkt. Und ich habe es dennoch geschafft. Also komm mir jetzt nicht so!«

Erika war bei den Worten ihrer Tochter immer weiter zurückgewichen.

»Ja, renn nur wieder weg. Die Wahrheit hast du ja noch nie ertragen. Und jetzt sieh zu, dass du etwas kochst. Ich habe nämlich nicht vor, weiter den unbedankten Deppen für euch alle zu spielen.«

Erikas Blick irrte von Sandra zu Dorli und Lupo. Dann machte sie einen Satz Richtung Tür und verschwand.

Kurze Zeit später stürmte Sandras Vater in den Raum. »Du hast dei Mutter beleidigt. Jetzt weint s'.« Er richtete anklagend den Zeigefinger auf Sandras Brust. »Geh zu ihr und entschuldig dich.«

»Wofür? Dass sie mich anpflaumt? Ich denk nicht dran. Und dass ich ihr aufgetragen hab, mal eine Mahlzeit für die Familie zu kochen, ist meiner Meinung nach auch keine Beleidigung. Bisher hab ohnehin alles ich gemacht.«

»Aber sie heult doch. Was soll i jetzt tun?«

»Nix. Lass sie heulen. Was glaubst du, wie oft ich geheult hab, als ich weggegangen bin. Das hat kein Schwein gekümmert.«

»Hättest ja ned abhauen müssen.«

»Doch, musste ich, das weißt du genau. Sonst wär ich jetzt genauso ein Verlierer wie alle anderen hier. Oder ich hätte mich umgebracht wie Isabella. Außerdem hat mich vermutlich keiner vermisst. Ich hab nicht mitgekriegt, dass mich jemand intensiv gesucht hätte.«

Adam Adametz schluckte und setzte zu einer scharfen Entgegnung an.

»Nein, reg dich nicht auf, Papa. Außer Opa warst du der Einzige, der immer geschuftet hat wie ein Vieh. Du hast nur leider nie Zeit für mich gehabt und dich immer von Mama manipulieren lassen. Ich dachte, das fällt nur mir auf. Aber wie man sieht, hat das sogar Opa gemerkt.«

Sandra nahm ihren Vater am Arm und begleitete ihn zur Tür. »Lass Mama ihren Frust rausheulen. Geh einfach wieder an die Arbeit.«

Gehorsam verließ Adam Adametz den Raum.

Dorli lächelte. »He, Sandra, du hast die Geschichte hier ja ganz gut im Griff. Du brauchst uns eigentlich gar nicht.«

»Na, dann wart einmal auf den Rest der Familie.«

»Du bist eine schöne Frau geworden. Ich erinnere mich an dich nur als ein verhuschtes Wesen, immer etwas schmutzig mit verfilzter Mähne und Sommersprossen.«

»Geh bitte, erinnere mich nicht an die Zeit. Ich war so fertig, weil meine Schwester sich umgebracht hat. Ich war so nah dran«, sie zeigte einen minimalen Abstand zwischen Daumen und Zeigefinger, »dass ich das Gleiche mach und für immer Frieden ist.«

»Dann ist ja gut, dass du weggegangen bist. Also, wer lebt noch hier?«

»Da haben wir den immer besoffenen und gewalttätigen Onkel Werner. Die verrückte Tante Kathi und ihre Rangen. Den Süchtler Lukas und seine wild herumbumsende Gina. Glaubst du, dass einer von denen gut auf mich zu sprechen ist?«

»Wir lassen uns überraschen. Was sollen wir jetzt als Erstes tun?«

Lupo räusperte sich. »Vielleicht sollten wir mal die Räume der Großeltern durchsuchen. Möglicherweise findet sich irgendwo eine Spur.«

»Oder ein Mordmotiv«, ergänzte Dorli.

»Die Polizei hat einmal kurz reingesehen, die Kastentüren aufgemacht, ein paar Laden rausgezogen, ein bisschen darin herumgewühlt, und das war's«, sagte Sandra.

Dorli zuckte mit den Achseln. »Tja, der Mord betrifft einen alten Bauern. Der interessiert keine Sau. Und die Mittel für die Polizei werden jedes Jahr weiter gekürzt. Wäre das eine junge, fesche und prominente Frau, würden sich die Medien drauf stürzen, Druck ausüben auf die Polizei, dann würde es hier nur so wimmeln von Beamten.«

»Da hast du leider recht«, erwiderte Lupo. »Aber weil die Dinge sind, wie sie sind, werden wir jetzt die Sache in die Hand nehmen.«

***

Als sich die Familie am Abend zum Essen um den Tisch versammelte, roch es köstlich.

»Was riecht denn da so gut? Was hast du gekocht, Mama?«, erkundigte sich Sandra mit einem Hauch Bewunderung in der Stimme.

»Nichts«, entgegnete Sandras Vater grimmig. »I war beim Kirchenwirt und hab ihm die Küche leer kauft. Wär das morgige Menü g'wesen. Schweinsbraten mit Kraut und Knödel. Jetzt müssen s' no amoi kochen.«

»Super!«, schrien die Buben Rudi und Toni. Sie griffen mit den Händen in die Schüsseln, rissen jeder ein Stück Fleisch und einen Knödel auf ihre Teller.

»Wenn ihr den Saft jetzt auch noch mit der Hand nehmt, dann könnt ihr im Stall bei den Schweinen fressen!«, bemerkte Sandra trocken. »Falls ihr denen nicht zu ungustig seid.«

Die Mutter der Buben schien geistig tatsächlich halbwegs anwesend. »Hack nicht auf den Kindern rum!«, fuhr sie Sandra an.

»Hast recht, Tante Kathl. Ich sollte dich anpfeifen, weil du es nicht einmal geschafft hast, den Bengeln Tischmanieren beizubringen.«

Woraufhin Kathi in Tränen ausbrach.

Ausgerechnet von ihrer Mutter erhielt Sandra unerwartete

Unterstützung. »Des is ned die anzige Erziehungslücke. Wenn die weiter wia die Ruam aufwachsen, dann führt der Weg direkt ins Kriminal.«

Rudi hatte währenddessen seinen Teller schon leer gegessen und wollte wieder in die Schüssel langen.

Sandra fing seine Hand ab. »Sachte, mein Junge. Jetzt isst einmal jeder andere. Und wenn dann noch was übrig ist und du höflich fragst, ob du noch etwas haben kannst, dann sehen wir weiter.«

Toni, der ungeniert mit Gina geflirtet hatte, mischte sich ein.

»Du hast da gar nix zum Anschaffen. Bist ned unser Mutter.«

»Ja, mein Freund, da irrst du dich. Ich bin zwar nicht eure Mutter, aber ich bin die, die hier das Sagen hat. Wenn ihr euch halbwegs benehmt, dann könnt ihr hierbleiben, bis wir geklärt haben, ob ihr zu eurem Vater kommt. Wenn nicht, dann übersiedelt ihr in den Verschlag neben dem Schweinestall. Ihr habt die Wahl.«

Verdutzt musterte er Sandra. »Zu unserem Vater? Was soll der Scheiß?«

»Sprich anständig. Und zum Thema: Frag deine Mutter. Die wird dir das erklären.«

»Zum Vater? Zu was soll des guat sein?«, fragte Kathi.

»Du lieber Himmel! Du warst bei der Testamentseröffnung dabei. Die Buben sollen zu ihrem Vater.«

»Nein, das kannst ma ned antun«, heulte Kathi.

»Nenn mir einen vernünftigen Grund, warum nicht. Du kannst oder willst dich nicht um deine Kinder kümmern. Sonst fühlt sich keiner zuständig. Also entweder der Vater nimmt sie, oder sie werden in ein Internat müssen.«

»Oh Gott.« Kathi schniefte. »Du bist so gemein.«

»Vielleicht. Aber es ist auf jeden Fall gut für die Buben. Immerhin besser heut ein Internat als in ein paar Jahren eine Erziehungsanstalt oder Schlimmeres.«

Damit wandte sich Sandra an Gina. »Lukas hat dir wohl noch nichts gesagt?«

»Was hätt er mir denn sagen sollen?«, hauchte Gina mit Augenaufschlag und Schmollmündchen.

So muss ihre Kollegin im Amtshaus, Barbara Schöne mit der kreativen Orthografie, als junges Mädchen ausgesehen haben, dachte Dorli mit einer Mischung aus Belustigung und Abscheu.

»Dass die Party vorbei ist. Morgen früh packst du deine Sachen und haust ab. Entweder mit oder ohne Lukas. Das könnt ihr miteinander ausmachen.«

»Was?« Schmollmündchen und Gehauche waren einem schrillen Schrei gewichen. »Kann sie des überhaupt? Sag doch was, Luki!«

»Sie kann«, knurrte Lukas.

»Kommst mit mir?«, bettelte Gina.

»Na. Wohin sollt ma denn scho gehen? I muass ma a Hacken suachen.«

Gina warf ihr Besteck mit einem lauten Scheppern auf den Teller. »Ihr seids so a Scheißhaufen von ana Familie!« Sie sprang auf.

»Dafür hast du dich hier ganz schön lange häuslich eingerichtet«, bemerkte Sandra trocken.

Heulend verließ Gina den Raum und warf die Tür mit dem Fuß zu.

»Und was wird jetzt?«, fragte Sandras Vater. »Wirst den Hof verkaufen?«

Sandra schüttelte den Kopf. »Keine Ahnung. Mit so einer Entwicklung hab ich doch nie im Leben gerechnet. Ich dachte, ich komm zu Omas Begräbnis und bin am nächsten Tag wieder weg. Ich werde jetzt mal drüber schlafen. Morgen ruf ich dann bei meiner Dienststelle an. Ich muss mich nach den Bedingungen einer weiteren Beurlaubung und einer eventuellen Kündigung erkundigen. Denn so schnell bin ich dort nicht wieder zurück. Nächste Woche kriegt ihr Bescheid.«

»Gut. Erika, bring dem Werner was zum Essen.«

»Warum denn i?«, keifte Erika. »Soll do die Gschaftelhuberin eam was bringen. Oder die Fratzen.«

Adam ballte die Hand zur Faust und schlug auf den Tisch. »I werd dir sagen, warum du. Weil i dir des ang'schafft hab. Und jetzt tua amoi des, was ma da sagt!«

Erika schaute ihren Mann an, als sähe sie ihn zum ersten Mal. Dann erhob sie sich wortlos, lud eine Portion Essen auf einen Teller und huschte aus dem Speisezimmer.

»Siehst, Papa, wenn du schon früher einmal auf den Tisch g'haut hättest, dann hättest vermutlich du den Hof geerbt.«

Adam brummte etwas Unverständliches. Doch es schien, als läge ein feines Lächeln auf seinen Lippen.

***

Sie begannen mit der Suche nach irgendwelchen Hinweisen im Schlafzimmer der Altbauern.

Sandra wandte sich an Dorli und Lupo. »Die Kleider könnt ihr in den Kästen lassen. Die holt die Caritas ab. Die sortieren aus, was noch brauchbar ist, und geben es an die Flüchtlinge in Traiskirchen oder an andere Lager weiter.«

»Wir nehmen uns Nachtkästen, Laden und Fächer in Tischen vor. Vielleicht gibt es einen Hinweis«, sagte Lupo.

Dorli lehnte im Türrahmen. »Nach was suchen wir eigentlich? Du glaubst doch nicht, dass der Mörder seine Visitenkarte da abgegeben hat.«

»Wir suchen nach etwas, das keinen Sinn für uns ergibt. Nicht zu den Altbauern passt. Oder nach einem Hinweis auf eine Erpressung. Was weiß denn ich? Aber fest steht, dass wohl niemand aus Jux und Tollerei einen alten Bauern umbringt. Und vielleicht schon vorher die Bäuerin.«

»Okay«, antworteten Dorli und Sandra im Chor. Dann machten sie sich an die Arbeit. Bis auf die Atemzüge der drei Menschen, das Quietschen einer Lade oder das Rütteln des Sturmes an den Fensterläden war es ruhig in den Räumen der Altbauern. Nur gelegentlich hörte man ein dumpfes Muhen aus dem Stall.

Plötzlich unterbrach Sandra die Stille. »Da ist etwas Komisches. Ich versteh's nicht.«

Dorli und Lupo eilten zu ihr. Sie reichte Dorli einen zusammengefalteten Zettel.

»Den hab ich in Omas Kittelschürze gefunden. Lies, was draufsteht.«

Dorli öffnete das Papier und las vor:

»20.000,– in kleinen Scheinen.
Auf dem 3. Quersparren nach der Tür links.
Morgen Abend im Stall.«

»Hm, klingt in meinen Ohren nach Erpressung. Zeig her, Dorli«, sagte Lupo. Er zog ein Papiertaschentuch aus dem Hosensack und nahm damit den Zettel vorsichtig an einer Ecke. »Ein Computerausdruck auf Kopierpapier. Kein Absender.«

»Als ob die jemals auf Erpresserbriefen stünden.« Dorli warf Lupo einen bösen Blick zu.

»Wer sollte Oma erpressen?« Sandra blickte fragend von einem zum anderen.

»Jemand aus der Familie?«, antwortete Dorli. »Einer, der wusste, dass es Geld geben musste.«

Lupo legte das Papier vorsichtig auf ein sauberes Stück Tischdecke. »Ist überhaupt nicht gesagt, dass Brunhilde Adametz das Erpressungsziel war. Vielleicht wurde der Bauer erpresst und hat ihr den Zettel gezeigt. Oder sie hat ihn gefunden und eingesteckt. Wir müssen uns vor voreiligen Schlussfolgerungen hüten.«

»Vielleicht beide?«

»Dorli, bitte. Spekulationen helfen uns nicht weiter.« Er wandte sich an Sandra. »Wir brauchen Plastiksackerln. Den Zettel werden wir der Polizei übergeben. Vielleicht sind Fingerabdrücke drauf – ich mein, außer euren.«

Sandra ging zur Tür. »Ich hol uns Gefrierbeutel aus der Küche.«

»Und wir suchen weiter. Vor diesem Zettel muss es schon andere gegeben haben«, wandte sich Lupo an Dorli. »Nicht anfassen. Nicht mehr als nötig. Wir könnten Spuren vernichten.«

Nach einer weiteren Stunde hatten sie fünf Nachrichten gefunden. Lupo steckte jede in einen eigenen Plastikbeutel und versuchte diese dann auf dem Tisch in eine vernünftige Reihenfolge zu bringen.

Ihr habt das Leben meiner Familie zerstört.
Kauft euch frei, oder ihr werdet leiden wie wir.
Sigi, du hast nur eine Chance.
Das ist mehr, als wir jemals hatten.

Falls du nicht weißt, was ich meine, dann denk an das Russenkind.

Die Altbäuerin soll das Geld in einem gelben Kuvert im Stall deponieren.
Wenn kein Geld kommt, stirbt sie.

20.000,– in kleinen Scheinen.
Auf dem 3. Quersparren nach der Tür links.
Morgen Abend im Stall.

Sigi, du warst schon immer ein Schnorrer.
Deine Alte ist tot. Du bist der Nächste.

»Sandra, sagt Ihnen das irgendetwas?«

Sie schüttelte den Kopf. »Gar nichts. Nie etwas von einem Russenkind gehört.« Und nach einer Pause: »Aber damit ist wohl klar, dass auch Oma ermordet wurde.«

»Allem Anschein nach, ja«, antwortete Lupo.

»Oh mein Gott! Wer hasst die Familie derart? Und wird das jetzt so weitergehen?«

»Schwer zu sagen. Aber da Ihr Großvater nun ebenfalls tot ist, ist anzunehmen, dass er auch nach dem Tod seiner Frau nicht gezahlt hat. Falls danach überhaupt noch weitere Forderungen gekommen sind.«

Lupo schob die Blätter zusammen. »Sandra, gibt es einen aus der Familie, dem Sie so etwas zutrauen?«

»Vielleicht. Denn die Mitglieder dieser tollen Familie brauchten keine Hilfe von außen, um ihr Leben den Bach runtergehen zu lassen. Aber den Satz mit dem Russenkind verstehe ich gar nicht.«

»Na ja, Sie waren lang von zu Hause weg. Vielleicht haben Ihre Großeltern ein Flüchtlingskind aufgenommen? Zum Beispiel aus der Ukraine, Tschetschenien oder Usbekistan. Oder sogar aus Afghanistan. Und für den Erpresser hörte sich das halt wie Russisch an.«

»Glaub ich nicht. Aus zwei Gründen. Erst mal hätte niemand hier einen Flüchtling aufgenommen. Im Gegenteil, die würden die am liebsten postwendend heimschicken. Und zum anderen hätte meine Mutter das auf jeden Fall verhindert. Ihre christliche Nächstenliebe beschränkt sich im Wesentlichen auf sie selbst. Besonders wenn es ums Geld geht.«

»Vielleicht fragen wir morgen beim Essen die anderen«, warf Dorli ein.

»Okay, wo machen wir weiter?« Sandra blickte fragend zu Lupo.

»Heute gar nicht mehr. Ich fahr zur Polizei. Und dann warten wir auf die Reaktionen der lieben Familie, wenn wir sie mit dem Inhalt der Zettel konfrontieren. Falls sich jemand verdächtig benimmt, forschen wir dort weiter.«

***

Als Dorli und Lupo allein waren, meinte Dorli: »Ich sag dir was. Ich hole jetzt Idefix, und wir bleiben über Nacht. Sandra hat's uns angeboten, und ich wollte das erst nicht. Aber ich hab ein ganz ungutes Gefühl. Ich will sie hier mit dem Haufen komischer Leute nicht allein lassen.«

»Das find ich gut«, antwortete Lupo. »Hoffentlich versteht sich Idefix mit dem Hofhund.«

»Ach, der ist alt und friedlich. Und mein großer Teddybär ist ziemlich verträglich mit anderen Hunden, außer sie sind aggressiv. Das geht schon.«

»Na gut. Ich bring nur die Erpresserbriefe zu Bertl Wagner und komm dann schnellstens retour.«

»Hast ihn angerufen? Hat er Bereitschaft?«

»Klar hab ich angerufen. Er hat gesagt, ich soll ihm die Sachen zu Haus vorbeibringen.«

»Okay. In der Stunde, die wir weg sind, wird ja hoffentlich nix passieren.« Dorli strich sich das Haar aus der Stirn. »Und sobald ich wieder da bin, werde ich Sandra fragen, ob sie ihren Nachlass neu geregelt hat. Wahrscheinlich noch nicht. Ein Wunder, dass sie überhaupt ein Testament hat. Wer hat das schon mit dreißig? Sie sollte aber eines machen, wo klar drinsteht, was mit dem Hof und dem Geld passiert, wenn ihr etwas zustößt.«

»Steht ja eigentlich im Testament vom Altbauern. Dann geht alles an ein Kinderdorf.«

»Für den Moment super. Nur leider ist es juristisch nicht haltbar, dass der alte Adametz über Sandras Nachlass entschieden hat. Das war früher mal so, aber heute kann nicht die vorherige Generation über den Nachlass der Nachkommen verfügen. Und einer von den Enterbten wird sich sicher erkundigen, ob nicht doch noch irgendwo etwas zu holen ist.«

»Das ist eine gute Idee, Dorli. Der Notar hat ihr auch dazu geraten. Denn ohne jetzt irgendjemanden zu verdächtigen, könnte sie natürlich auch gefährdet sein. Wenn sogar die eigene Mutter so vehement gegen sie auftritt. Welche Gefahr stellen dann die anderen Übergangenen dar? Werner, der Säufer, oder Lukas, der Giftler, dessen Freundin auch noch weggeschickt wurde.«

»Eben. Und sobald sie ihr neues Testament hat, soll sie eine Kopie davon jedem Mitglied dieses Haushalts in die Hand drücken. Sie müssen wissen, dass es niemandem einen Vorteil bringt, sie aus dem Weg zu räumen.«

»Dorli, du bist so eine vernünftige Person. Zumindest solange du dich nicht wieder von deiner Abenteuerlust übermannen lässt. Komm her!«

Lupo zog sie an sich. Sie schmiegte sich kurz an ihn, dann löste sie sich aus der Umarmung. »Los jetzt. Damit wir bald wieder hier sind.«

***

Sie arbeiteten sich vom ersten Stock in das Erdgeschoss vor. Außer den Räumen der Altbauern gab es dort noch einige ehemalige Fremdenzimmer. Allem Anschein nach seit Jahren nicht benutzt. Die Schränke waren leer. Auf den Bettgestellen die nackten Matratzen. Falls es jemals Teppiche gegeben haben sollte, so waren die irgendwo aufbewahrt. Der Holzboden knarrte bei jedem Schritt. Das war auch schon das Aufregendste dort.

Am Abend davor hatte Sandra die Familie mit den Erpresserbriefen konfrontiert. Wie sie bereits vermutet hatten, konnte zu dem Wort »Russenkind« keiner eine Verbindung herstellen.

»Sandra, ich hab eine Idee. Die Holzinger Anni ist mindestens so alt, wie dein Großvater war. Die könnte vielleicht etwas wissen, wenn es möglicherweise so weit in die Vergangenheit reicht, dass sich von der Generation deiner Eltern keiner mehr erinnern kann. Soll ich sie fragen?«

»Das wär nett. Vielleicht hat sie irgendeine Idee.«

Am späten Nachmittag waren sie in der Speis neben der Wirtshausküche angelangt.

»Geh, Lupo, kannst du das Regal bitte ein wenig nach vorne schieben? Da ist ja richtiger Bauschutt dahinter.« Dorli wies auf ein fast leeres weißes Gestell mit Fachbrettern.

Als Lupo versuchte, es wegzudrücken, scheiterte er.

»Na, hast z' wenig Knödeln gegessen in der letzten Zeit?«, ätzte Dorli.

»Vermutlich. Doch dieses Ding brächte ich auch nicht weg, wenn ich Preisringer wär. Das muss irgendwo angeschraubt sein.«

Gemeinsam mit Sandra versuchten sie noch einmal, das Gestell beiseitezuschieben. Es ging nicht.

»Ach, reißt es einfach von der Wand. Das fliegt hier eh raus!«, meinte Sandra schließlich.

Sie entfernten die Fachbretter, schlugen mit einem Hammer die Seitenteile raus. Als alle vorderen Bretter entfernt waren, sahen sie, dass ganz oben und ganz unten dicke Schrauben im Holz steckten. Irgendjemand hatte sie in der Farbe der Rückwand überstrichen, sodass sie nicht aufgefallen waren.

Sandra kratzte die Farbe aus den Schlitzen, Lupo nahm einen großen Schraubenzieher, und mit einigem Kraftaufwand ließen sich die rostigen Schrauben aus dem Holz drehen.

Als die Rückwand endlich mit Gepolter zu Boden ging und dann von Lupo weggetragen wurde, standen sie vor einer unverputzten Ziegelwand. Sie sah sehr provisorisch aus.

»Was ist denn das? Hast du eine Ahnung?«, fragte Dorli.

»Nein, nie gesehen.« Sandra schüttelte den Kopf.

Ihre Mutter, die sich eben etwas zu trinken aus der Küche geholt hatte, steckte den Kopf zur Tür herein. »Aber ich. Eure Großmutter hat oft Geschichten aus dem Krieg erzählt. Und da kam immer wieder ein Geheimgang von der Küche in den Keller unter dem Heustadel vor. Es hat ihr niemand geglaubt, denn alle Kinder der Umgebung haben versucht, diesen Geheimgang zu finden. Und keins hat es geschafft.«

»Für Kinder ja ein sehr spannendes Unterfangen.« Dorli lächelte. »Bei uns gibt es noch alte Bunker. Da waren wir immer drin. Egal, wie oft die Erwachsenen uns ermahnten, egal, wie oft sie die Zugänge vernagelten.«

»So, jetzt will ich wissen, was sich hinter dieser Wand verbirgt. Ich hol eine Spitzhacke und einen großen Hammer.« Sandra schoss aus der Speisekammer. Ihre Mutter verschwand ebenfalls. Keine fünf Minuten später kehrte Sandra mit den genannten Werkzeugen und einem Spaltkeil zurück.

»Was willst denn mit dem Mordsteil?«, fragte Dorli.

Doch bevor Sandra antworten konnte, schnappte sich Lupo die Spitzhacke und ließ sie mit der breiten Rückseite voran gegen die Ziegelwand krachen. Nach fünf Schlägen waren ein paar Steine schon locker. Kurz darauf entstand ein Loch. Sandra steckte den Kopf durch. »Zappenduster. Ich brauch eine Lampe.«

Dorli erinnerte sich, in der Küche auf einem Bord eine Stablampe gesehen zu haben. Sie holte sie und stellte befriedigt fest, dass sie funktionierte. Sandra nahm sie entgegen, leuchtete in das Loch und lachte laut auf.

»Ihr glaubt es nicht! Es gibt den Geheimgang wohl wirklich.«

Zu dritt schlugen sie die restlichen Ziegel aus der Wand. Die Luft in der Speisekammer war trotz offenem Fenster voll Staub, und es roch muffig.

Als die ehemalige Tür freigelegt war, betraten sie den Gang. Es war dunkel, und fette Spinnweben hingen von der Decke. Am Boden raschelte es.

Hoffentlich keine Ratten, dachte Dorli.

Lupo nahm Sandra die Lampe aus der Hand. »Ich will erst einmal sehen, ob die Decke in Ordnung ist. Nicht dass sie uns auf den Kopf donnert, wenn wir drin sind.«

Alles sah alt und schmutzig, aber sehr stabil aus. Nicht einmal feuchte Flecken konnten sie an den Wänden entdecken.

»Ich fühle mich wie ein Schatzsucher!« Sandra klang richtig aufgeregt.

Nach ein paar Metern machte der Gang eine Biegung, dahinter wurde er enger und die Decke niedriger. Doch auch hier schien alles in Ordnung zu sein.

Nachdem sie ein paar Minuten durch den Gang gekrochen waren, erreichten sie eine weitere Wand.

»Das ist nur eine alte Holztür«, stellte Lupo fest. Sie schien verschlossen, oder das Schloss war eingerostet. »Wartet, ich hab noch den großen Schraubenzieher von vorhin im Hosensack.«

Er fischte ihn aus der Gesäßtasche und hebelte damit die Tür auf. »Geht recht leicht. Ist schon ein wenig morsch.«

Sie traten in einen kleinen Raum mit Regalen und Erdhaufen. In einer Ecke lagen ein paar Fässer. »Scheint sich um einen Erdkeller zu handeln. Wahrscheinlich war das mal ein Vorratsraum. Im Winter und im Sommer gleich kalt.«

»Schaut euch das an: Da steht noch eingelegtes Gemüse auf dem Bord. Und in den Gläsern daneben ist uralte Marmelade.« Sandra deutete auf die staubigen Holzregale. »Und nicht einmal schimmlig, wie es aussieht!«

Dorli deutete auf die Hügel. »Solche Erdhaufen haben wir auch im Keller gehabt. Da waren im Winter die Erdäpfel eingegraben.«

»Und dahinten ist wieder so eine Mauer wie oben.« Lupo deutete in die entfernte Ecke. »Soll ich die auch noch einreißen?«

»Nicht heute. Es ist schon spät.« Sandra schüttelte den Kopf. »Sobald ich mich entschieden hab, was mit dem Hof geschehen soll, sehen wir weiter. Falls – und ich betone, falls – ich ihn behalte, dann werden wir sicher massiv umbauen. Und dann wird auch diese Mauer fallen.«

»Na ja, wer weiß, welche Schätze noch dahinter verborgen sind.« Dorli zog ihre Jacke enger. Im Keller war es richtig kalt.

»Wahrscheinlich eingelegte Gurken und noch mehr alte Marmelade!« Sandra lächelte. »Aber du bist die Erste, die es erfährt.«

»Vielen Dank auch. Ich hätte sonst sicher schlaflose Nächte.«

»Na gut, meine Damen. Sind wir für heute hier fertig?«

Sandra nickte.

»Dann nichts wie rauf. Und ich werde mir mal die Alibis der lieben Verwandtschaft für die Todeszeit von Oma und Opa vornehmen.«

***

Dorli beschloss, die Kräuterwaberl zu befragen, ob ihr der Begriff »Russenkind« etwas sagte. Sie rief an. Die Holzinger Anni war zu Hause, hatte aber Kundschaft. Dorli hatte daher mehr als drei Stunden zu ihrer Verfügung.

Lupo und sie hatten sich schon vor dem aktuellen Fall überlegt, wann sie heiraten wollten, und den 25. Juni als idealen Zeitpunkt befunden. Daher telefonierte Dorli erst mal mit dem Standesbeamten in Berndorf, um den Termin zu bestätigen. Und dann setzte sie einen Text auf, der auf den Einladungen stehen sollte. Den würde sie bei Gelegenheit mit Lupo besprechen. Und weil noch Zeit war, erstellte sie gleich auch eine Liste, wer von ihrer Verwandtschaft und den Freunden eingeladen werden sollte. Es war schön und entspannend, auch mal an etwas anderes denken zu können als an Mord und Totschlag. Kurz darauf verließ sie den Hof und machte sich auf den Weg zu Anni.

Annis Katze strich um Dorlis Beine und schlüpfte mit ihr ins Haus.

»Was führt dich zu mir?«, fragte Anni.

»Ein verzwickter Fall. Du hast wahrscheinlich schon gehört, dass der Adametz Siegfried ermordet wurde.«

Anni neigte den Kopf. »Ja, aber i kann mir wirklich nicht vorstellen, wer gegen den was g'habt haben könnte?«

»Außer der eigenen Familie, wolltest sagen, oder?«

»Und, war es jemand aus der Familie?«

»Eher nein. Aber wir haben Erpresserbriefe gefunden. Und da wird's spannend. Darin ist von einem Russenkind die Rede. Hast du eine Ahnung, ob auf dem Adametz-Hof irgendwann mal Flüchtlinge untergebracht waren?«

»Nicht dass ich davon wüsste? Aber kaum vorstellbar unter Erikas Kommando?«

Dorli musste heimlich grinsen. Diese Marotte der Anni, jede Antwort wie eine Frage klingen zu lassen, war schon einmalig. »Eben. Aber ich habe Gerüchte gehört, auf dem Bauernhof sollen nach dem Krieg Pflegekinder untergebracht gewesen sein.«

»Mein Gott, Dorli, das ist doch über sechzig Jahre her? Was soll das heut noch für eine Rolle spielen?«

»Keine Ahnung. Wenn dir irgendwas dazu einfallen sollte, würdest du es mir sagen?«

Die Holzinger Anni schloss die Augen und dachte nach. Nach einer Weile öffnete sie die Augen und blickte Dorli direkt an. »Ja, die hatten Pflegekinder. Drei oder vier. Aber frag mich nicht, wie die geheißen haben. Und ich weiß nicht einmal, ob das Buben oder Mädeln waren. Ist einfach zu lang her.« Wenn sich die Holzinger Anni konzentrierte, dann sprach sie ganz normal.

»Und wahrscheinlich auch völlig irrelevant für den Mord am Sigi. Aber falls dir noch was einfällt, sei so lieb …«

»Jaja, dann ruf ich dich an.«

Dorli fischte die Zeichnung von Johannes aus ihrer Handtasche. »Schau, das hat der kleine Bub gezeichnet. Angeblich ist der Mann öfters beim Hof herumgelungert. Kennst du den?«

Anni blickte interessiert auf das Bild. »Ein interessantes Gesicht. Sympathisch, vom Leben gezeichnet. Aber nein, ich kenn ihn nicht.«

Dorli war enttäuscht. Gerade von der Zeichnung hatte sie sich mehr erwartet. In dem Moment legte die Holzinger Anni die Hand darauf und schloss die Augen. Sie schwieg lange. Dann schlug sie die Augen auf.

»Ich sehe da eine karmische Schuld.«

»Mein Gott, was ist denn das?«

»Das Karma ist so etwas wie das Gesetz von Ursache und Wirkung. Das bedeutet nur, dass wir in der Gegenwart die Auswirkung vergangener Taten tragen müssen.«

»Du meinst, der hat früher mal etwas Böses getan?«

»Aber gar nicht. Ich denke vielmehr, dass ihm etwas angetan wurde.«

»Danke, Anni. Das hilft uns zwar jetzt nicht weiter, aber vielleicht später mal.« Dorli erhob sich, nahm ihre Jacke und stand schon in der Tür, als ihr noch etwas einfiel.

»Ach ja, Lupo und ich heiraten am 25. Juni auf dem Standesamt in Berndorf. Du kriegst noch eine Einladung, aber reservier dir doch bitte schon mal den Tag ab Mittag.«

Dorli fegte aus dem Raum und verließ Annis Haus. Die Bemerkung, die Anni ihr hinterherrief, erreichte ihr Ohr nicht mehr: »Kann sein, dass Lupo da nicht kann!«

Und selbst wenn sie die Worte gehört hätte, dann wäre ihr Kommentar wohl gewesen: »Na, das soll er sich mal trauen.«

***

Lupo war dabei, die Nachbarn des Adametz-Hofes abzuklappern. Einerseits fragte er nach dem Russenkind, andererseits hatte er eine Kopie der Zeichnung des kleinen Johannes dabei, um sich zu erkundigen, ob jemand den alten Mann kannte. Der erste Hof, den er betrat, gehörte Erwin Lang. Er hatte seinen Landwirtschaftsbetrieb schon lange aufgeben müssen. Der alte Adametz hatte seine Felder gepachtet, was ihm ein bescheidenes Einkommen sicherte. Er besserte es dadurch auf, dass er bei Bedarf bei den wenigen Bauern, die sich halten konnten, während der Ernte oder der Aussaat mithalf. Aber nie beim Adametz. Den konnte er auf den Tod nicht leiden.

»Warum eigentlich?«, fragte Lupo.

»Der war schon als Kind ein verzogener Fratz. Dazu ein lupenreiner Nazi, wie die Eltern auch. Und immer schon der Meinung, er sei etwas Besonderes. Mich hat er einmal mit dem Traktor ang'fahren. Ich hab mir den Fuß gebrochen. Meine Eltern waren bei seinen und haben verlangt, dass sie dem Bengel wenigstens den Hintern versohlen. Doch der Sigi hat das einfach abgestritten. Und seine Alten haben ihm geglaubt. Oder zumindest so getan. Und mich der Lüge bezichtigt. Schließlich hätte ich mich entschuldigen sollen. Aber wirklich ned!«

»Ach, war der Bauer früher also ein böser Junge?«

»Ja, schon. Angeblich soll das mit den Jahren besser geworden sein. Aber die Kinder waren ja auch ein Fall für sich. Die Leute, die sich dann im Lauf der Zeit dort eingenistet haben – einfach abschreckend. Ich wollt nie wieder was mit denen zu tun haben. Am liebsten hätt ich ihm ja auch meine Felder nicht überlassen. Aber ich hab halt das Geld gebraucht. Und kein anderer Bauer konnte sich das damals leisten.«

»Hat er die Felder gekauft?«

»Nicht gleich. Erst hat er sie gepachtet. Vor ein paar Jahren hat er sie dann gekauft.«

»Aha. Hat er einen ordentlichen Preis dafür bezahlt?«

»Na ja, wie man's nimmt. Hätte mehr sein können, wenn die Gemeinde die Gründe umgewidmet hätte. Aber das haben die nicht gemacht. Und was als Grünland gewidmet ist, ist in Relation ziemlich billig. Dafür war es eh ein angemessener Preis.«

Gut, dann fiel wenigstens das Motiv der Rache für Übervorteilung weg.

»Sagt Ihnen der Begriff Russenkind etwas?«

»Nein. Was soll das sein?«

»Wir wissen es nicht. Drum frag ich ja.«

»Keine Ahnung.«

»Wie steht es mit den Nachbarn auf der anderen Seite?«

»Die sind komisch. Er fährt jeden Tag in der Früh nach Wien ins Büro. Sie bringt die Kinder mit dem Auto weg. Aber die gehen nicht in der Gemeinde zur Schule. Ich glaub, sie bringt sie nach Wiener Neustadt. Spielen dürfen die Kinder nur im Haus. Draußen sieht man sie nie. Kontakt zu den Einheimischen haben sie so gut wie keinen. Die kaufen ja nicht mal im Ort ein. Und in die Kirche gehen sie auch nicht.«

Nicht sehr aufschlussreich, dieses Gespräch. Lupo machte sich ein wenig frustriert auf den Weg zu den »komischen Nachbarn« auf der anderen Seite des Adametz-Hofes.

***

Hier wohnte die Familie Salzmann. Sie war vor ein paar Jahren aus der Stadt zugezogen.

»Gott, um die Alten ist's echt nicht schad«, erklärte Frau Salzmann und verlieh ihrer Hoffnung Ausdruck, dass der Bauernhof verkauft würde und nicht mehr fortgeführt. »Denn die Viecher – wissen Sie, wie die stinken? Und in der Nacht das Gebrüll von den Tieren aus dem Stall. Gar nicht zu reden von den Millionen Fliegen! Und was soll ich Ihnen sagen: Geackert wird prinzipiell am Wochenende. Der Mähdrescher fährt bis in die sinkende Nacht. Und am ärgsten ist es, wenn die ihren Mist auf die Felder schmeißen. Ekelerregend!«

Herr Salzmann setzte hinzu: »Wir sind froh, dass der rüpelhafte Bauer und seine unfreundliche Frau tot sind. Wir hoffen wirklich, dass die Erben die Landwirtschaft aufgeben und dann endlich die Belästigungen aufhören.«

Lupo hätte ihnen gerne gesagt, dass sie in der Stadt hätten bleiben sollen, wenn ihnen auf dem Land alles so gegen den Strich ging. Dann besann er sich darauf, dass er vor einiger Zeit ähnlich gedacht hatte. Erst seit er mit Dorli zusammen war, nahm sein Verständnis für die Landwirtschaft ein wenig zu.

Er fragte auch noch nach dem Verhältnis der beiden Salzmanns zu den anderen Nachbarn, den Langs.

»Da gibt es wenig zu sagen. Er arbeitet manchmal auf den Feldern. Seine Frau sieht man kaum. Sie wirkt ziemlich verhuscht. Aber angeblich singt sie im Kirchenchor. Mehr wissen wir nicht.«

Als sich Lupo auf den Weg zurück machte, stand für ihn fest, dass die Familie Adametz zumindest in der unmittelbaren Nachbarschaft nicht gerade den Preis für die beliebteste Familie im Ort bekommen würde. Zudem waren die alten Bauersleute auch von den eigenen Kindern eher gefürchtet als geliebt worden. Andererseits waren die Nachkommen der Adametz auch reichlich seltsam und mit Ausnahme der Enkelin ein Haufen ziemlicher Versager. Aber reichte das für einen Mord?

***

Dorli und Lupo saßen gemütlich zusammen und berieten über die Hochzeitsvorbereitungen. Dorli wollte alles so einfach wie möglich. Lupo hingegen wollte ein bisserl Romantik dabei haben.

»Geh, Lupo, du willst doch nicht mit einer Kutsche vorfahren?«

»Ich nicht, aber du.«

»Na sicher nicht! Wir machen eine Biker-Hochzeit.«

»Was immer das sein soll: nur über meine Leiche.«

»Willst du Bär und die anderen nicht dabeihaben?«, fragte Dorli mit gerunzelter Stirn.

»Das habe ich weder gesagt noch gemeint. Aber ich will eine kleine, feine und besinnliche Feier. Und nicht einen Krawallevent mit Motorradgedröhn und vielleicht noch mit den Feuerwehrleuten mit gekreuzten Schläuchen, die dann ›Wasser marsch!‹ brüllen, wenn wir aus dem Standesamt kommen.«

Dorli musste lachen. »Na gut, das will ich auch nicht. Aber kommen dürfen Bär und seine Devils schon.«

»Na sicher! Immerhin verdanke ich ihnen ja auch eine Menge. Ein Bike und ein paar sinnvolle Unterrichtsstunden.«

Plötzlich hörten sie polternde Schritte im Gang. Gleich darauf riss Sandra die Tür auf und fiel fast ins Zimmer. Das Haar hing ihr wirr ins Gesicht, sie wirkte aufgelöst.

»Entschuldigt, ich hab nicht mal geklopft. Aber Johannes ist weg.«

»Beim Abendessen war er doch noch da«, sagte Dorli.

»Ja, und vor einer Stunde hab ich ihn in sein Zimmer gebracht. Ich hab ihm eine Geschichte vorgelesen. Er wollte dann noch ein wenig zeichnen, bevor er schlafen geht. Aber jetzt ist er weg, und ich hab ihn schon überall gesucht.«

»Weit kann er nicht sein. Komm, Lupo, nimm eine Taschenlampe mit. Wir machen uns auf die Suche.«

Nach einer Stunde vergeblichen Suchens war klar, dass Johannes wirklich verschwunden war.

»Was hast du mit meinem Kind gemacht?«, brüllte Erika ihre Tochter an.

»Nichts. Und falls es dir entgangen sein sollte, ich bin auch dein Kind! Aber vor allem: Ich liebe den kleinen Kerl. Seit ich hier bin, habe ich mich um ihn gekümmert. Alle andern waren ja viel zu beschäftigt.«

»Geh bitte! Wir ham do alles für ihn getan.«

»Ihr habt ihn behandelt wie einen Dorftrottel. Dabei ist der Bub lieb, sensibel und sehr begabt.«

»Ach ja? Und hast du dich einmal in all der Zeit auch nur nach ihm erkundigt?«, kreischte Erika.

»Stopp!«, rief Dorli. »Es bringt uns überhaupt nicht weiter, wenn ihr euch gegenseitig befetzt. Wir brauchen jetzt einen kühlen Kopf. Wer ist sonst noch weg?«

»Wie meinst du das?«, fragte Sandra irritiert.

»Na, denk einmal nach. Du erbst alles. Und hier gibt es ein paar Gestalten, die gar nichts kriegen oder nur den Pflichtteil oder sogar rausgeschmissen wurden, wie zum Beispiel Gina. Könnte es nicht sein, dass dich mit Johannes jemand unter Druck setzen will? Also, noch einmal: Wer von den Leuten, die hier sein sollten, fehlt?«

»Oh Gott«, murmelte Erika. »Werner hat sich Opas Auto ausgeborgt.«

»Das muss noch gar nichts heißen«, beruhigte Lupo sie. »War er wenigstens nüchtern?«

»Nüchtern war der vermutlich das letzte Mal bei der Erstkommunion. Aber er ist ned getorkelt.«

»Wie schön.« Sandra schlug mit der Faust gegen den Türstock. »Hat er gesagt, wohin er will?«

»Nein. Und i hab ihn auch ned gefragt.«

»Trauen Sie ihm zu, dass er den Jungen entführt hat?«, fragte Lupo.

»Er wollt den Hof. Immer schon. Als ihn der Vater enterbt hat, ist er wochenlang stockb'soffen gewesen. Er wollt jedes Testament anfechten.« Erika wischte eine Träne weg. »Vielleicht tu ich ihm unrecht. Aber ja, ich trau es ihm zu.«

»Und wo ist Lukas?«, fragte Dorli.

»Den hab ich erst noch gesehen. Er hat Gina zum Bahnhof gebracht«, antwortete Lupo. »Ich weiß aber nicht, ob er wieder zurückgekommen ist.«

»Der ist wieder da. Er sitzt in der Kuchl und stopft si mit Schokolade voll«, antwortete Erika.

»Okay. Vielleicht war es wirklich Werner. Wenn ja, werden wir bald etwas von ihm hören. Er will ja nicht das Kind. Er will den Hof. Oder wenigstens Geld.« Lupo sah einen nach dem anderen an. »Ich gehe davon aus, dass er in dem Fall Sandra kontaktieren wird. Sandra, bitte sorgen Sie dafür, dass Sie Ihr Handy immer bei sich tragen und dass es aufgeladen ist. Ansonsten können wir im Moment wohl nur warten.«

»Wird er Johannes was tun?«, fragte Erika weinerlich.

»Warum sollte er?«, fragte Dorli. »Wenn er Johannes hat, dann will er ihn gegen irgendetwas eintauschen. Da nützt ihm ein totes Kind gar nichts.«

Betroffenes Schweigen senkte sich über die Runde.

»Außerdem ist er sein Onkel.« Sandra wischte sich über die Augen. »Ich hoffe, dass er sich noch nicht seine ganze Menschlichkeit weggesoffen hat.«

»Soll ich bei der Polizei anrufen?«, fragte Lupo. »Die Entführung melden?«

»Die vermutliche Entführung«, verbesserte Dorli.

»Nein, noch nicht. Warten wir, ob er etwas von sich hören lässt.« Sandra erhob sich. »Ich bin zwar ziemlich sicher, dass keiner von uns heute Nacht schlafen wird, aber versucht es wenigstens. Ich bleibe wach, und wenn etwas passiert, dann weck ich euch.«

»Ich gehe mit Ihnen. Dann können Sie sich wenigstens zeitweise hinlegen, während ich auf das Telefon achte«, bot Lupo an.

***

Als Sandras Handy am Morgen klingelte, sprang sie auf und griff so hastig danach, dass es ihr fast aus den Händen glitt.

»Stellen Sie auf laut!«, rief Lupo.

Sandra zitterte so, dass sie das Telefon beinahe noch einmal fallen gelassen hätte.

»Wenn Sie Johannes noch einmal lebend wiedersehen wollen, bereiten Sie die Übergabe von eineinhalb Millionen Euro in kleinen Schweinen vor«, schallte eine verstellte Stimme durch den Raum. Es klang, als wäre das Telefon auf der Seite des Sprechers mit etwas abgedeckt.

Sandra schüttelte mit wildem Blick den Kopf. »Selbst wenn ich es wollte, es geht nicht so schnell. Da das Geld in Wertpapieren angelegt ist –«

»Interessiert mich nicht. Bis morgen um siebzehn Uhr. Sie hören von mir.«

Der Entführer legte auf.

Sandra warf das Telefon auf den Tisch. »Was soll ich denn jetzt machen?«

»Erst mal beruhigen«, meinte Lupo. »Haben Sie die Stimme erkannt? War das Werner?«

Sandra zuckte mit den Achseln. »Ehrlich, ich weiß es nicht.«

»Na gut. Gehen wir zu den anderen.«

Dorli und Erika deckten in der Küche den Tisch fürs Frühstück. Adam kam fast gleichzeitig und wusch sich die Hände an der Spüle.

Lupo wandte sich an alle. »Der Entführer hat sich gemeldet. Er verlangt eineinhalb Millionen. Moment: Hat der gesagt, in kleinen ›Schweinen‹?«

Erika blickte auf. »Dann war's wirklich Werner. Das ist a typischer Versprecher von ihm, wenn er b'soffen ist.«

»Mann, das ist mir gar nicht aufgefallen.« Sandra griff sich an den Kopf.

»Wie denn a?«, giftete ihre Mutter. »Du hast den Dreckskerl ja nie wirklich zugedröhnt erlebt.«

Lupo hob beschwichtigend die Hände. »Das spielt jetzt keine Rolle. Wir wollen doch den Burschen finden, oder? Wenn es wirklich Werner ist, frag ich mich: Wo kann er Johannes versteckt haben? Es ist ja nicht so, dass er hier ein Baby in einem Körbchen mithat. Johannes ist fast fünfzehn Jahre alt. Und der bleibt auch sicher nicht einfach so ruhig sitzen und wartet, was passiert. Also? Jemand eine Idee?«

Adam hatte bisher kein Wort gesagt. Jetzt hob er die Hand, als ob er sich in der Schule an die Tafel melden würde.

»Bitte«, sagte Lupo und deutete auf ihn.

»Wir ham an oiden Stadl. Also a ... an Schupfen«, erklärte er umständlich.

»Egal, was es ist: Wo ist es? Und ist es bewohnbar?«, fragte Sandra leicht gereizt.

»Des müsstest du a no kennen, Sandra. Des is in unserm Wald auf ana Lichtung. Ned sehr groß, aber ma kann dort übernachten. War früher für die Jaga, damit s' ned in der Nacht heimfahren müssen. Wird gelegentlich immer no benutzt.«

»Wo ist das, und wie komm ich hin?«

»Na ja, es geht a Straßen hin ... oiso a Feldweg.«

»Okay. Dorli, gib bitte Bertl Wagner Bescheid. Falls wir fündig werden, aber Werner vielleicht droht, Johannes etwas anzutun, dann brauch ich Hilfe. Ansonsten würd ich Sie bitten, Herr Adametz, dass Sie mich begleiten und mir den Weg zeigen.«

»Ich komm auch mit«, rief Sandra.

»Das halt ich für keine gute Idee«, entgegnete Lupo. »Sie sind ja sozusagen der Auslöser für seinen Zorn. Und wir versuchen es eher mit Deeskalation.«

»Ogottogottogott«, jammerte Erika. »Ich will mein klan Liebling wiederham.«

»Dein kleiner Liebling hat vor sich hin vegetiert, bevor ich gekommen bin«, giftete Sandra ihre Mutter an.

Die schrie zurück: »Hör auf mit dem blöden Gerede, du scheinheiliges Gfrast! Du in dein Scheiß-Brüssel hast di doch a nie um dein Bruder kümmert! Du kannst mitreden, wenn du amoi fünfzehn Jahr a behindertes Kind rund um die Uhr betreut hast.«

Lupo bremste die Frauen mit einer Handbewegung. »Schluss! Streiten könnt ihr euch, wenn wir den Buben wiederhaben. Jetzt haltet uns die Daumen oder betet oder was auch immer. Wir können's brauchen.«

Adam und er verließen den Raum. Ein Luftzug wehte den Geruch von frischem Heu in die Stube, kurz bevor die Tür mit einem Knall ins Schloss fiel.

»Des warat alles ned passiert, wenn du ned wieder hamkommen wärst!«, schrie Erika.

»Na klar.« Sandra drehte sich mit zornrotem Gesicht zu ihrer Mutter. »Am besten wär ja gewesen, ich wär gar nicht auf der Welt. Oder hätte den Anstand besessen, mich auch wegzuräumen, wie die Isa.«

»Du, du … Abschaum. Wie kannst du so was sagen?« Erika schluchzte auf und rannte aus dem Zimmer.

Sandra blieb allein zurück. Sie hätte in Brüssel bleiben sollen. Aber hätte das überhaupt etwas geändert? Das Testament wäre sicher früher oder später aufgetaucht. Und dann hätte sie ohnehin kommen müssen. Und für Johannes stellte sie so etwas wie das achte Weltwunder dar. Hoffentlich hatte ihm sein Entführer nichts angetan. Johannes war so zutraulich.

Er war ihr in der kurzen Zeit, die sie hier war, ganz besonders ans Herz gewachsen. Voll Vertrauen blickte er zu ihr auf. Seiner großen Schwester, die die Welt kannte und so viel wusste. Und sich wirklich für ihn interessierte. Ihm jeden Abend vorlas. Allein die vor Aufregung geröteten Backen, wenn sie von Urlauben in fremden Ländern erzählte. Oder eine Seefahrergeschichte las, mit Piraten, Soldaten und feinen Ladys.

Er berührte eine Saite in ihrem Herzen, die sie bisher nicht gekannt hatte, von der sie nicht einmal geahnt hatte, dass sie existierte. Die schwang jetzt in einem lieblichen Dur-Moll-Singsang, je nachdem, was gerade passierte. Sie fühlte sich verantwortlich für dieses Kind, das von allen links liegen gelassen worden war. Es war schon klar, dass auf einem großen Bauernhof viele Aufgaben zu erledigen waren und für Hobbys oder Freizeit wenig Freiraum blieb. Und ein behindertes Kind stellte nun mal eine wesentlich größere Anforderung dar als ein Kind ohne Behinderung. Aber hier hatte es immer jede Menge erwachsene Menschen gegeben, die buchstäblich nichts getan hatten, als dem Herrgott den lieben langen Tag ebendiesen zu stehlen. Und trotzdem hatte sich niemand um dieses bedürftige Kind gekümmert. Nicht einmal seine leibliche Mutter. Und das tat besonders weh.

***

Lupo lenkte den Wagen, und Adam sagte an, wo es langging. Die Schotterstraße verengte sich zusehends, und immer öfter streifte ein Ast eine Seite des Autos. Der bewachsene Mittelstreifen war stellenweise so hoch, dass Lupo um die Bodenplatte fürchtete. Was, wenn sie hier liegen blieben? Nicht mal das Handy hatte noch Empfang!

Und wieder führte ein fast nicht mehr erkennbarer Weg tiefer in den Wald. Hier standen die Bäume noch dichter, das Unterholz war fast undurchdringlich, und der Mischwald ließ kaum Licht zum Boden durch. Dieser Wald hatte nichts zu tun mit den Wäldern, die Lupo bisher kannte. Lichtdurchflutete Hänge mit Bäumen, Nadeln und Blättern am Boden, durch die Blumen und Pilze ihre Köpfe steckten. Wo hie und da ein Reh querte oder Vögel in den Baumkronen sangen. Wo Bienen summten und Schmetterlinge von einer Blüte zur anderen flatterten. Hier herrschte Urwald. Durch das geöffnete Fenster drang ein seltsamer Geruch. Obwohl es seit Tagen trocken war, roch es modrig. Nach feuchtem, morschem Holz. Der Weg war mittlerweile zu kaum mehr als einem Pfad geschrumpft. Allerdings sah man an den Spuren im Boden, dass hier gelegentlich Autos fahren mussten.

Plötzlich wurde der Baumbestand lichter, die Sonne blinkte durch die Wipfel, und dann öffnete sich vor ihnen eine sonnendurchflutete Wiese.

»Stopp. Wenn ma weiterfahren, sieht uns der Werner, falls er in der Hütte ist.«

Lupo ließ den Wagen einfach auf dem Weg stehen. Wer würde

hier schon entlangkommen? Höchstens Werner versuchen abzuhauen. Und das sollte er ohnehin nicht können.

Im Schutz der Bäume schlichen Adam und Lupo am Wiesenrand entlang. Und dann bot sich ihnen ein zauberhaftes Bild. Auf der Wiese stand ein Reh mit einem Kitz. Völlig unbeschwert knabberten die Tiere an den Halmen.

Plötzlich hob die Rehgeiß witternd den Kopf. Gleich darauf war sie mit ihrem Kitz im Wald verschwunden.

Lupo schlich im Schatten der Bäume Richtung Hütte. Als er dort ankam, hörte er schon von draußen lautes Schnarchen. Na klar, der Mann hielt es ja nie ohne Unmengen von Alkohol aus. Sicher hatte zu seiner Notration eine entsprechende Menge an Schnaps gehört.

Lupo zögerte kurz. Hier gab es erstaunlicherweise wieder Handyempfang. Sollte er Bertl Wagner anrufen? Eher nicht. Wenn die Polizei anrückte, würde Werner sicher aufwachen. Und wer wusste schon, was dann passierte?

Er schlich weiter, trat auf die Stufe, die in die Hütte führte, und zuckte zusammen, weil sie elendiglich knarrte. Das Schnarchen erstarb. Lupo hielt die Luft an. Doch dann setzte das Sägegeräusch mit neuer Macht ein. Lupo atmete tief durch und betrat die Hütte.

Werner lag auf dem bequem aussehenden Bett auf dem Bauch. Johannes war nirgends zu sehen. Lupo fand ein Stück Kabel in einer Ecke und fesselte damit Werners Beine. Dann rollte er ihn zur Seite und griff sich beide Arme.

Als er eben den Draht festzog, schlug der Mann die Augen auf. Er blinzelte ins Licht, ohne etwas zu erkennen. Als er seine Arme nicht vor den Körper brachte, erschien ein verwirrter Ausdruck auf seinem Gesicht. Dann entdeckte er Lupo. Mit einem Schrei fuhr er hoch und wollte aufspringen. Ging nur nicht so toll mit zusammengebundenen Beinen. Er schlug der Länge nach hin.

Lupo hob ihn auf, setzte ihn auf den einzigen Stuhl, nahm sein Handy aus dem Hosensack und drückte auf Bertls Nummer. Und dann bemerkte er, dass der Mann gar nicht Werner war. Und plötzlich losbrüllte wie ein Irrer.

»Ganz ruhig. Wer sind Sie, und was machen Sie da?«

»Sind Sie verrückt? Lassen Sie mich sofort los, oder ich ruf die Polizei.«

»Herr Adametz«, rief Lupo. »Kommen Sie bitte rein.«

Als Adam in der Tür erschien, schnaufte der gefesselte Mann erleichtert.

»Adam, sag dem Trottel, er soll ma die Fesseln runternehmen.«

»Ogottogott, Herr Simmerl!« Adam sah aus wie das personifizierte schlechte Gewissen. »Tut ma ja so leid. Binden S' ihn los. Das ist der Jagdpächter vom Loisbauern.«

***

»Und was jetzt?«, fragte Lupo.

Adam schwieg. Der Jagdpächter, der sich von seinem Schrecken relativ schnell erholt hatte, stellte drei Häferln mit Kaffee auf den Tisch. »Ihr suchts also den Werner«, stellte er fest.

»Ja.«

»Und warum?«

Lupo blickte zu Adam. Durfte er gegenüber diesem Fremden den Verdacht äußern? Doch Adam nickte. Er sah verzweifelt aus. Es schien, als würde er seinen Sohn lieben, auch wenn er nicht viel mit ihm anfangen konnte.

»Wir vermuten, dass er mit Johannes losgezogen ist. Wie Sie vielleicht wissen, ist er ein Trinker, und wir machen uns Sorgen um den Buben.«

Adam ergänzte bitter: »Er hat den Johannes entführt. Und jetzt will er Geld für ihn.«

»Und ihr glaubts wirklich, der Entführer ist Werner?«, fragte Simmerl. »Hm. Da liegts ihr vielleicht richtig. Der Werner war nämlich gestern in der Nacht da. Aber wie er g'merkt hat, dass die Hütten ned leer ist, ist er wieder weg.«

»Haben Sie gesehen, ob er das Kind bei sich hatte?«

»Na. War ja schon finster. Aber vielleicht war der Bub im Auto.«

Lupo blickte Adam an. »Gibt es noch einen Ort, wo er sich versteckt haben kann?«

Adam hob ratlos die Schultern. »Ka Ahnung.«

Als Lupo und Adam sich noch einmal entschuldigten und zum Aufbruch rüsteten, hob der Jäger Simmerl die Hand. »Habts eigentlich schon an den alten Watschinger-Hof gedacht? Der steht schon seit zehn Jahr leer. Da treiben sich immer wieder Obdachlose herum. Vielleicht sind sie dort?«

»Jessas, Simmerl! Das wär a Möglichkeit.« Aufgeregt zupfte Adam Lupo am Ärmel. »Da schau ma jetzt hin. Schnell!«

Sie rannten zum Auto, und Lupo fuhr, so rasch er es wagte, über die holprigen Pisten aus dem Wald hinaus.

»Und jetzt ned nach Buchau, sondern in die andere Richtung. Nach ungefähr fünfhundert Metern rechts. Dann immer gradaus, bis es nimmer weitergeht. Da ist der Hof, am Waldrand.«

Der Bauernhof lag idyllisch an einem kleinen Weiher, der durch ein Bächlein gespeist wurde, das aus dem Wald floss. Die großen ehemaligen Viehweiden waren zum Teil schon von Sträuchern zugewuchert, die Zäune halb verfallen.

Vor dem Haus standen etliche vergammelte Gerätschaften. Eine verrostete Egge, ein morscher Leiterwagen, ein Gülle-Anhänger. Zwischen Haus und windschiefer Scheune parkten mehrere Schrottautos. Drei davon ohne Nummerntafel, aber dahinter ein alter Mercedes mit Badener Kennzeichen sowie mehrere Motorräder, neben denen Lupos alte Maschine wie ein Hightech-Modell ausgesehen hätte. Doch auch die trugen Nummerntafeln.

»Das ist Opas Auto.« Adam deutete auf den Mercedes. »Aber außer Werner dürften auch andere da sein.«

»Rufen wir sicherheitshalber Bertl an. Er soll eine Streife herschicken. Ich glaube zwar nicht, dass die Leute von den Bikes mit Werner gemeinsame Sache machen. Aber wir wissen nicht, was er ihnen erzählt hat. Vielleicht, dass wir ihm seinen Sohn wegnehmen wollen.«

Lupo drückte Adam das Handy in die Hand. »Kennen Sie sich damit aus? Ich geh rein.«

Adam nickte. »Hab auch so eins. Seien S' vorsichtig.«

Lupo pirschte sich in der Deckung der Schrottkarren an die Hausmauer und lief dann geduckt Richtung Tür. Hier war weder Werkzeug noch Gewalt gefordert. Sie hing sicher nicht erst seit heute schief in den Angeln. Lupo betrat den dunklen Flur und blieb kurz stehen, damit sich seine Augen den Lichtverhältnissen anpassen konnten. Obwohl es fast Mittag war, herrschte in dem Haus eine unheilvolle Stille.

Plötzlich kreischte jemand auf. »Finger weg!« Gleich darauf hörte man ein klatschendes Geräusch, gefolgt von unterdrückten Schluchzern. Das klang, als könnte es von einem Kind kommen!

Lupo raste den Gang entlang, die Treppe hoch in den ersten Stock. Er kümmerte sich nicht darum, wie viel Lärm er machte. Jetzt war Gefahr im Verzug.

Oben stand er wieder in einem Flur, von dem etliche Türen abgingen. »Johannes, wo bist du?«, rief Lupo.

Am Ende des langen Ganges wurde eine Tür aufgerissen, und Johannes stürzte auf Lupo zu. Er war schmutzig und sein Gesicht vom Weinen ganz verquollen. Unter dem Arm trug er seinen Zeichenblock, den er nur beim Schlafen aus der Hand legte. Hinter ihm schwankte ein Mann aus dem Zimmer. »Wenn du no amoi …«

Der Mann starrte Lupo an. Es war nicht Werner. Das fettige graue Haar hing ihm wild ins Gesicht. Die grobporige Haut, die gerötete Nase und der wütende Gesichtsausdruck vermittelten gemeinsam mit der schmutzigen Kleidung den Eindruck, dass es sich um einen seiner Trinkkumpane handeln könnte.

»Der Junge wird gar nix mehr«, sagte Lupo. »Komm, Johannes, wir gehen.« Und dem Buben flüsterte er ins Ohr: »Lauf die Stiegen runter, so schnell du kannst. Und dann gleich raus in den Hof. Dort wartet dein Papa.«

Johannes schniefte, drehte sich auf dem Absatz um und fetzte los. Lupo sicherte seinen Rückzug. Doch der Mann, der ihm nachgelaufen war, hatte sichtlich die Lust verloren, sich erst mit einem Erwachsenen zu prügeln, um weiter ein Kind triezen zu können. Er ging zurück in den Raum, aus dem er gekommen war, und schlug die Tür zu.

Draußen rannte Johannes in die Arme seines Vaters.

»Ins Auto mit euch. Und sperrt euch ein. Ich warte noch auf die Polizei. Wenn irgendwas passiert, fahrt los. Dann sehen wir uns später.«

Adam beeilte sich, mit Johannes zum Wagen zu laufen, und Lupo hörte die Zentralverriegelung zuschnappen.

Als drei Männer aus dem Haus kamen, gab Lupo Adam mit Handzeichen zu verstehen, dass sie abhauen sollten.

***

Sandra beobachtete, wie ihr Vater in den Hof einfuhr. Und neben ihm saß, fröhlich und unverletzt, Johannes. Als er ausstieg, fiel sein Zeichenblock zu Boden. Erika rannte auf ihn zu, wollte ihn in die Arme schließen und trampelte auf dem Schatz ihres Kindes herum.

Johannes wich ihr aus, schlug ihre Hände weg, als sie ihn an sich ziehen wollte, und heulte: »Geh runter von meinem Block!«

Erika, die keine Ahnung hatte, warum sich ihr Sprössling nicht freute, sie zu sehen, machte gedankenlos einen weiteren Schritt in seine Richtung, und der Absatz ihres Schuhs durchstieß die Zeichnungen.

»Mutter!«, schrie Sandra. »Du stehst auf den Zeichnungen von Johannes.«

»Na und?«, fragte die. »Was macht des aus? Der klane Dolm kann ja eh nix.«

»Nichts, was dir etwas bedeuten würde. Aber er zeichnet, als hätte er an der Akademie studiert. Und du trampelst auf seinen Bildern herum.«

Sandra trat zu den beiden, rempelte Erika ein wenig zur Seite und hob den ramponierten Block auf. »Wie geht es dir, Janni? Hast du Hunger?«

»Ja. Kein Essen heute. Onkel Werner betrunken. Und die anderen böse.«

»Die anderen? Wer war denn noch dort?«

»Männer mit Motorrädern. Ich wollte mir einen Helm anschauen. Da hat mich der böse Mann geschlagen.«

»Oh weh! Wo? Zeig her.«

Johannes wies auf seine rote Backe. Sandra nahm den Jungen in den Arm, strich zart über seine Wange und blies darauf. »Heile, heile Gänschen, es ist bald wieder gut. Das Kätzchen hat ein Schwänzchen, es ist bald wieder gut. Heile, heile Mausespeck, in hundert Jahren ist alles weg«, sang sie leise.

»So ein Blödsinn. Da wird des Kind ja ganz deppat!«, schrie Erika. Doch weder Johannes noch Sandra beachteten sie.

»Na komm. Ich mach dir was zu essen. Und hier hast du deinen Zeichenblock. Ist nicht allzu viel passiert. Vielleicht kann ich es auf der Rückseite kleben, wo deine Mutter durchgelatscht ist.«

Johannes klemmte sich den Block unter den Arm und nahm Sandras Hand. Gemeinsam schritten sie beschwingt in Richtung Küche.

Erika blieb zurück und zog ein Gesicht, als wollte sie ihre Tochter hinterrücks ermorden. »Du nimmst mir mei Kind ned weg!«, rief sie ihr nach und schwang drohend die Faust. Doch weder Sandra noch Johannes beachteten sie.

***

Lupo hatte alle Hände voll zu tun. Denn die drei, die auf ihn zustürmten, kamen nicht mit leeren Händen. Einer schwang eine Kette, einer trug einen Holzprügel, und der Dritte war Werner, der mit geballten Fäusten auf ihn zurannte.

Mit Werner wurde er leicht fertig. Er machte einen Schritt zur Seite, und die Fäuste schlugen ins Leere. Durch den Schwung des Schlages mitgerissen, stolperte Werner und schlug lang hin. Doch in dem Moment traf Lupo der Holzprügel an der Schulter. Ein höllischer Schmerz durchzuckte seinen Arm, der nur mehr unbeweglich hinunterhing.

Lupo schnappte nach Luft. Er musste versuchen, dem Kettenträger auszuweichen. Und der Prügelmann holte auch schon wieder aus. Er sprang zurück und rannte Werner über den Haufen, der eben versuchte aufzustehen. Lupo rappelte sich auf und stieß Werner gegen die beiden anderen Angreifer. Dann lief er, so schnell ihn seine Füße trugen.

Der Schmerz in Arm und Schulter trieb ihm Tränen in die Augen. Hoffentlich war nichts gebrochen. Hinter sich hörte er die schweren Tritte der Verfolger, die langsam näher kamen. Vor ihm erklang das Folgetonhorn der Polizei. Noch nie war ihm die Melodie so wunderschön vorgekommen.

Als die beiden Streifenwagen neben Lupo hielten, kehrten

die Männer um und wollten sich aus dem Staub machen. Doch Bertl, der aus dem zweiten Wagen gesprungen war, rief: »Halt, Polizei! Zwingen Sie mich nicht, von der Waffe Gebrauch zu machen.«

Seine Angreifer hielten so plötzlich, als wären sie gegen eine Wand gelaufen. Zögerlich gingen ihre Arme nach oben.

»Brav so. Hände schön oben lassen, sodass ich sie sehen kann. Und jetzt ganz langsam umdrehen!«, kommandierte Bertl.

Gleich darauf klickten die Handschellen.

»Was is mit dir, Lupo? Brauchst die Rettung?«, fragte Bertl.

Lupo rieb sich die schmerzende Schulter. »Nein. Gebrochen dürfte nichts sein. Es tut nur verdammt weh.«

»Was legst dich denn auch mit den Obdachlosen an?«

»Wir haben Johannes Adametz gesucht und befreit. Werner hat ihn entführt und wollte Lösegeld von Sandra.«

»Und das erfahr ich erst jetzt?« Bertl schaute Lupo grantig an.

»Wir waren nicht hundertprozentig sicher, dass er es war. Und als wir sicher waren, hat Adam dich eh angerufen.«

»Und was für a Rolle haben die anderen zwa Gestalten gespielt?«

»Bei der Entführung? Keine Ahnung. Aber beim Zuschlagen waren s' gleich dabei.«

***

Sandra lag die halbe Nacht wach und überlegte, was sie nun machen sollte. Den Hof verkaufen, alle wie im Testament verfügt auszahlen, das Geld für Johannes anlegen und abhauen? Das wäre die einzig richtige und sichere Variante für sie. Aber was wurde dann aus Janni? Er brauchte sie. Und eigentlich war sie es ihm schuldig, dass sie sich um ihn kümmerte. Er hatte ja sonst niemanden.

Den Rest der Familie musste sie dann aber auch in Kauf nehmen. Allein die Vorstellung, mit diesen Menschen den Rest ihres Lebens verbringen zu müssen, bereitete ihr Magenschmerzen. Doch was würde geschehen, wenn sie einfach ging? Die Erwachsenen hätten ein wenig Geld, aber kein Zuhause und keine Beschäftigung mehr. Was würde aus ihnen werden? Na, das konnte ihr ziemlich egal sein. Doch immer wieder stellte sich ihr die quälende Frage: Was wurde dann aus Janni? Er brauchte sie am meisten. Oder nicht?

Aber wenn sie ihren Job aufgab und sich hier niederließ, den Hof modernisierte und alles auf Vordermann brachte – wie sicher war sie dann? Und was, wenn jemand ihre Vergangenheit aufdeckte?

Sandra seufzte und drehte das Licht der Nachttischlampe an. An Schlafen war nicht zu denken. Stattdessen machte sie eine Liste. Sie teilte ein Blatt Papier mit einem senkrechten Strich in der Mitte. Links schrieb sie »PRO« und rechts »KONTRA« als Überschrift. Und dann begann sie aufzulisten, was unter den jeweiligen Begriff fiel. Leider überwog die rechte Seite knapp. Aber was hieß das schon.

Sandra legte den Block zur Seite, und ihr Blick fiel auf eine Zeichnung, die Janni für sie gemacht hatte. Und damit war alles klar.

***

Sandra hatte alle zusammengerufen, um ihnen ihre Entscheidung zur Zukunft des Hofes zu verkünden.

»Zum Ersten: Werner sitzt in Untersuchungshaft. Er hat zugegeben, dass er Johannes entführt hat und Geld erpressen wollte. Falls sich jemand dazu berufen fühlt, das auch zu versuchen, dem kann ich nur sagen: Detektiv Schatz hat den Fall innerhalb von vierundzwanzig Stunden geklärt. Es gab kein Geld, dafür bekommt er vermutlich eine Haftstrafe. Ich würde sagen, eine ganz und gar nicht ausgeglichene Kosten-Nutzen-Bilanz. Also überlegt es euch dreimal.«

Erika blickte sie wütend an, der Vater sah müde aus. Lukas betrachtete gelangweilt seine Schuhe. Ihm war wahrscheinlich auch schon der Gedanke gekommen, dass man mit ein bisserl Glück vielleicht etwas abstauben konnte, ohne die daran geknüpften Bedingungen zu erfüllen.

Jetzt schien er ihn zu verwerfen.

»Aber eigentlich wollte ich euch mitteilen, wie es jetzt weitergeht.«

Sandra blickte in die nunmehr recht klein gewordene Runde. Außer der Restfamilie war nur Lupo anwesend. Dorli würde erst später kommen.

»Ich werde den Hof behalten.«

Sandras Vater seufzte erleichtert, Erikas Gesicht war ein einziges Fragezeichen. »Und wie willst des tun?«, quengelte sie.

»Wir werden einen Biohof daraus machen und zusätzlich Urlaub auf dem Bauernhof anbieten. Mit Streichelzoo für die Kinder.«

»Jetzt is s' wirklich deppat worden«, kommentierte Lukas den Entschluss seiner Nichte.

»Nein, nicht ganz. Am Montag kommt ein Architekt, der sich die Bausubstanz ansieht und dann Pläne für den Umbau machen wird. Bis wir wissen, wie es dann weitergeht, bleibt alles unverändert. Aber ich hab schon eine Menge Ideen im Kopf. Beispielsweise kann man für Milch heute doch keinen ordentlichen Preis erzielen. Also werden wir die Milch verarbeiten. Vielleicht Käse herstellen. Papa, willst du dich da nicht schlaumachen, wie wir das verwirklichen könnten?«

Das Gesicht ihres Vaters leuchtete auf. Er schien sich echt zu freuen, dass er dazu aufgerufen wurde, die Zukunft mitzugestalten.

»Kind, du hast dich sehr verändert.«

Sandra lächelte ihn an. »Na ja, ich bin einfach erwachsen geworden.«

»Nicht nur. Früher warst du eher so ein Mauserl. Und heute bist du recht energisch.«

»Ich hab mich auf eigene Faust durchschlagen müssen. Da ist es nix mit Mäuschen.«

»Wahrscheinlich. Aber jetzt g'fallst mir viel besser.«

Dieses Kompliment aus Adams Mund bedeutete ihr ungeheuer viel. Sie sprach weiter: »Dann muss ich auf ein paar Tage nach Brüssel. Meinen Job kündigen und die Wohnung auflösen. Mein Auto entweder verkaufen oder damit hierherfahren. Lauter solche Sachen.«

Erika schien aufzuatmen. Vielleicht hoffte sie, dass Sandra nicht zurückkommen würde. Oder unterwegs einen Unfall hatte.

»Und wir warten jetzt auf Dorli«, sprach Sandra in Lupos

Richtung, »dann gehen wir runter in den Keller und schauen uns an, ob da noch irgendwo abgemauerte Winkel sind. Falls ja, reißen wir die Mauern nieder. Denn egal, was oben neu gebaut oder renoviert werden soll, dazu muss der Architekt einmal sehen, wie es darunter aussieht. Darf ich auf eure Hilfe zählen?«

»Sicher. Haben wir doch angeboten.«

»Na fein. Dann sehen wir uns nach dem Abendessen in der Unterwelt. Mama hat gekocht.«

Alle blickten erstaunt zu Erika.

»Es gibt übrigens eine kalte Platte«, fuhr Sandra fort. »Mit Wurst, Käse, Eiern und Tomaten. Alles aus eigener Erzeugung, außer dem Käse.« Sie lachte auf. »Wenn sonst noch jemand neugierig ist, wie es da unten aussieht, ist er herzlich eingeladen, uns zu begleiten.«

»Pass nur auf, dass euch ned die Decken am Kopf fallt!«, bemerkte Adam.

***

Dorli war richtig froh, einmal einen ruhigen Tag im Büro verbringen zu können. Der Aufenthalt bei der Familie Adametz war nervig, weil deren Mitglieder dauernd stritten und gegeneinander arbeiteten. Hier war es ruhig und friedlich. Nur die Schöne klapperte mit zwei Holzdingern herum, als hätte sie Kastagnetten in der Hand.

»Was ist denn das?«, fragte Dorli.

»Liebeskugeln«, erklärte die Schöne.

»Hm?«

»Na, die baut ma se unten ein, und des massiert –«

»Danke, ich weiß, was man damit macht. Aber wieso haben Sie die in der Hand und klappern damit herum?«

»Die hab i g'funden.«

»So was findet man doch nicht auf der Straße.«

»Eh ned. Sie waren am Tisch vom Willi.«

Kurz verschlug es Dorli die Sprache. Denn zum einen, was hatten die Liebeskugeln auf Bürgermeister Willi Koflers Schreibtisch zu suchen? Und zweitens, wie kam die Schöne dazu, sie an sich zu nehmen? Auch wenn sie hundertmal sein Gspusi war!

»Und was haben Sie jetzt damit vor?«, fragte Dorli interessiert.

»Ich hau s' eam um die Ohren, dass er si nur so anschaut.«

»Vielleicht wollt er sie Ihnen schenken?«, versuchte Dorli die rachsüchtige Babsi zu beruhigen.

»Ah ja? Gebraucht?«

Ups, dieser Vermittlungsversuch war sozusagen ein Rohrkrepierer. Dorli zwang ihre Gedanken zu dem Schriftstück, das auf ihrem Monitor erschienen war. Wieder mal eine Umwidmung von Grün- in Bauland. Sie konnte sich nicht erinnern, in der letzten Sitzung des Gemeinderates irgendetwas darüber gehört zu haben. Was lief denn da schon wieder?

Doch als sie die betroffenen Grundstücksnummern sah, wurde ihr sofort klar, was geschehen war. Die Äcker und Wiesen gehörten Willi Kofler selbst. Und da er im Winter eine saftige Finanzstrafe wegen Steuerhinterziehung ausgefasst und zudem sein Auto am Schneepflug der Gemeinde zerdeppert hatte, brauchte er Geld. Viel Geld. Äcker verkaufen brachte keine Riesensummen ein. Aber Baugrund in dieser Gegend, nur knapp eine halbe Autostunde von der Wiener Stadtgrenze entfernt, ja, das sah schon anders aus.

Kurz darauf erschien Iris Gunold, die dritte Kraft im Amtshaus. Dorli bereitete sie insgeheim darauf vor, ihre Arbeit zu übernehmen, wenn sie mit ihrer Detektivausbildung fertig war. Damit Dorli sich nicht allzu sehr darum sorgen musste, was mit der Gemeinde passieren würde, wenn sie nicht mehr den Laden schmiss.

Iris saß auf ihrem Platz und rutschte unruhig herum. Sie öffnete alle Laden des Schreibtisches und blickte besorgt hinein.

»Was suchst du denn, Iris?«, fragte Dorli.

»Ach, ich hab da gestern von meiner kleinen Tochter ein Geschenk bekommen. Und jetzt find ich es nicht mehr.«

In dem Moment betrat Willi Kofler die Amtsstube.

»Guten Morgen«, rief er gut gelaunt in die Runde.

»Du kummst ma grad recht, du Falott!« Die schöne Babsi stürmte hinter ihm ins Bürgermeisterbüro.

»Himmel, was ist denn schon wieder?«, fragte Iris.

»Pack schlägt sich, Pack verträgt sich.«

»Gibt's dafür einen aktuellen Grund?«

»Die Schöne hat belastendes Material auf Koflers Schreibtisch gefunden.«

»Ach, was denn?«

»Liebeskugeln.«

»Nein!« Iris hielt sich die Hand vor den Mund und brach in Gelächter aus. »Schauen die vielleicht so aus?« Iris öffnete ihre Handtasche und holte zwei Holzkugeln heraus, die mit einer Schnur verbunden waren.

»Ja, genau so was hat sie in der Hand gehalten und damit geklappert.«

»Liebeskugeln!«, japste Iris und fiel vor Lachen fast vom Stuhl.

Dorli schüttelte den Kopf. War Barbara Schönes Blödheit ansteckend? Wurde Iris jetzt auch grenzdebil?

»Willst du wissen, was die angeblichen Liebeskugeln sind?«

»Unbedingt.«

»Meine kleine Tochter arbeitet mit Freundinnen an einem Kinderarchitekturprojekt. Sie haben Modelle für moderne Gebäude errichtet, die energieautark sind. Sie durften auch den Außenbereich gestalten und haben dabei statt Bäumen und Sträuchern Holzkugeln verschiedener Größen verwendet. Und damit sie die Abstände besser schätzen können, sind die an einer Schnur aufgefädelt. Meine Kleine hat mir zwei von den übrig gebliebenen geschenkt, weil sie meinte, das wären lustige Ohrringe.«

Dorli verstand bestenfalls Bahnhof. »Ohrringe?«, echote sie verständnislos.

Iris nahm die zwei Kugeln an der Schnur. Sie klemmte sich diese hinters Ohr, sodass vor und hinter dem Ohr eine Kugel von je zwei Zentimetern Durchmesser herabhing. So wie Dorli das als Kind mit Kirschen getan hatte.

»Ach du meine Güte! Das sind die Liebeskugeln?«

»Ja. Wobei ich nicht verstehe, wie das zweite Paar auf dem Schreibtisch des Bürgermeisters landen konnte. Genau das habe ich eben gesucht.«

Mittlerweile war das Geschrei in Willi Koflers Büro verstummt, und man hörte gelegentliches Aufschnupfen.

»Heult die Schöne schon wieder?«, fragte Iris.

»Hört sich so an«, antwortete Dorli. »Die hat in letzter Zeit ziemlich nah am Wasser gebaut.«

»Wahrscheinlich ist sie schwanger.«

»Wie bitte?« Dorli wollte sich das lieber nicht vorstellen. Jemand wie die Schöne sollte sich eigentlich gar nicht vermehren.

»War bei mir auch so. Bis zum dritten Monat war mir nicht schlecht, wie so vielen anderen Frauen. Aber ich hab wegen jedem Schmarrn heulen müssen.«

»Oh Mann. Ein Kind von der Schöne und dem Kofler? Dafür müssen s' ja einen eigenen Schultyp erfinden. Sonderhilfsschule oder so.«

Sie kicherten noch, als Barbara Schöne aus dem Bürgermeisterbüro trat und kommentarlos die »Liebeskugeln« auf den Schreibtisch von Iris fallen ließ. Dann nahm sie ihre Tasche und ging. Die Eingangstür krachte zu, als sie auf die Straße trat, ohne sich von ihren Kolleginnen zu verabschieden.

***

Lore, Dorlis Schwägerin, war kurz ins Amtshaus gekommen, um Dorli die Schlüssel ihres Autos zu bringen, das sie sich ausgeborgt hatte, weil ihres in der Reparatur war.

»Sag, Dorli, is dir eigentlich aufg'fallen, dass sich die Sandra an ihre Schulkolleginnen von früher überhaupt ned erinnern kann?«

»Nein. Aber ich hab sie noch nie mit einer erlebt.«

»Weißt, dass man die eine oder andere ned erkennt nach so langer Zeit, das ist ja verständlich. Aber sie erkennt gar keine. Also sag ma mal, drei hat sie bis jetzt einfach übersehen.«

»Tja, so wie's auf dem Hof zugeht, kann die schon in Gedanken gewesen sein, dass sie einfach wirklich alles rundherum vergessen hat.«

»Na, i weiß ned. I find des komisch.«

Als Lore schon wieder gegangen war, fiel Dorli ein, dass sich Sandra auch an sie nicht erinnert hatte. Erika hatte erzählt, dass Sandra erst ihre Telefonnummer verlangt hatte, als sie erwähnte, dass Dorli nun im Amtshaus arbeitete und ihr Freund Detektiv war. Aber sie hatte sie geduzt und gefragt: »Erinnerst dich noch an mich?« Tat so etwas jemand, der die Leute nicht erkannte? Seltsam. Denn ansonsten hatte Sandra ein ausgezeichnetes Gedächtnis. Dorli würde mit Lupo darüber sprechen, was er von der Sache hielt.

Dorli stützte den Kopf in die Hand und dachte an ihre Kinderzeit. Da gab es noch Hippies und die »Negermusi«, wie die Alten den Rock and Roll nannten. Es fuhren noch wesentlich weniger Autos auf den Straßen, auch wenn ihre Mutter behauptete, dass der Verkehr ein Wahnsinn sei. Denn in deren Jugend, kurz nach dem Krieg, hatte es kaum Autos gegeben. Man war schon stolz und froh, wenn man ein altersschwaches Moped oder Motorrad besaß. Und die paar Autos, die bereits dahinzuckelten, waren kleine Spuckerln, die auf einer leichten Steigung schon »verhungerten«: Sie waren so schwach motorisiert, dass oft alle aussteigen und anschieben mussten.

In Dorlis Kindertagen gab es zur Ferienzeit jedoch schon Staus an der Grenze zu Italien. Aber Fernsehen war noch in den Kinderschuhen, und es hatten bei Weitem nicht alle ein Fernsehgerät. Computer für alle waren unvorstellbar, nahm doch ein Gerät mit dem Speichervolumen eines Bruchteils eines heutigen Datensticks den Raum einer Kleinwohnung ein. Und was hätte man auch damit anfangen sollen? Das Internet existierte noch nicht. Handys waren Zukunftsmusik. Autotelefone musste man in einem schweren Koffer transportieren. Angeblich wurden sie am häufigsten dazu benutzt, dass der Chef seiner Sekretärin mitteilen konnte, wann sie die Kaffeemaschine anwerfen sollte, damit bei seiner Ankunft der frisch gebrühte Muntermacher prompt serviert wurde.

Nun, zum Glück hatten sich die Zeiten etwas geändert. Ihre Freundinnen aus der Kindheit kannte Dorli allerdings immer noch, und die Mädels konnten sich auch an sie erinnern. Und über ihre Streiche, die sie gemeinsam ausgeheckt hatten, lachten sie noch heute.

DIE KINDER

Das Warten ist die grausamste Vermengung
von Hoffnung und Verzweiflung,
durch die eine Seele gefoltert werden kann.

Sully Prudhomme

1954

FRANCO

Sie fuhren in einem klapprigen Lloyd aus der Stadt Wien hinaus. Vorne ein Mann am Steuer und die dicke Frau von der Fürsorge daneben. Der Sitz war viel zu eng für sie. Ihr Hintern quoll auf beiden Seiten darüber hinaus. Sie plapperte ununterbrochen. Der Lenker des Wagens kam gar nicht dazu, auch mal zu antworten.

Neben Franco auf dem Rücksitz kauerte Janoš, fast noch ein Baby. Er drückte sich an ihn, und in seinem Mund steckte der Daumen, an dem er heftig saugte.

Als die Gegend immer ländlicher wurde, bemerkte Franco, dass die Welt viel friedlicher aussah. Hier gab es wesentlich weniger Bombenschäden als in Wien. Oder sie waren schon behoben worden. Es war Frühling, und sie fuhren an Wiesen vorüber, gelb von Löwenzahn. Bäume blühten, als hätte es nie einen Krieg gegeben. Franco war zweieinhalb gewesen, als die Russen kamen. Trotzdem erinnerte er sich daran, dass alle Frauen wahnsinnige Angst vor den Russen gehabt hatten. Warum auch immer. Zu ihm waren die meisten nett gewesen und hatten ihm manchmal kleine Leckereien zugesteckt.

Im Krieg hatte er sich nie gefürchtet. Dazu war er vielleicht zu klein gewesen. Er mochte nur nicht die Sirenen und das Sirren in der Luft. Danach das laute Gepolter und tiefe Rumpeln, wenn die Bomben einschlugen.

Richtige Angst hatte er erst kennengelernt, als die dicke Frau das erste Mal bei seiner Mutter aufgetaucht war. Sie wohnten in einer halb zerbombten Wohnung, von der ein Raum einigermaßen heil geblieben war. Mama sagte, das sei einmal das Wohnzimmer gewesen. Die Decke war gepölzt. Mama hatte zwischen zwei von den Trams Nägel eingeschlagen und eine Schnur gespannt. Dort hing die Wäsche zum Trocknen. Da sie jeder nur eine Garnitur zum Wechseln besaßen, war es gleichzeitig ihr Kastenersatz.

Das Haus sollte wieder aufgebaut werden, und der Besitzer versuchte, die Mieter sowie die Flüchtlinge und Obdachlosen, die sich in den Wohnungen eingenistet hatten, loszuwerden. Doch wo hätten sie denn hinsollen? Ganz Wien lag in Schutt und Asche.

Eines Tages schneite Frau Hengstmeier herein. Sie zeigte einen Ausweis und sagte, sie sei von der Jugendfürsorge der Stadt Wien.

»Sie haben Arbeit?«, fragte sie seine Mutter.

»Nein. Ich helfe beim Beseitigen von Schutt.«

»Und wo ist Ihr Kind in der Zeit?«, fragte die Dicke weiter. Die hatte wohl nie hungern müssen.

»Ich nehme den Buben mit. Alle haben ihre Kinder dabei. Und die Größeren passen auf die Kleinen auf.«

»Wo ist der Vater des Kindes?«

Mama schüttelte den Kopf. »Ich weiß es nicht.«

»Aha«, kam es schmallippig von der Fürsorgerin. »Sind Sie überhaupt mit ihm verheiratet?«

»N… nein«, antwortete seine Mutter zögernd.

»Also ist der Bub ein Bankert. Wer oder was ist denn sein Vater?«

»Ein Soldat«, antwortete die Mutter trotzig.

»Italiener? Oder warum heißt der Bub Franco?«

»Genau. Ein italienischer Soldat. Aus Udine.«

»Na klar. Hat er auch einen Beruf?«

Mama blickte die Dicke unsicher an. »Ich kannte ihn nur als Soldat. Er war doch immer nur ein paar Tage auf Heimaturlaub hier. Da haben wir einfach … über andere Dinge geredet.«

»Ah ja. Gut. Sie hören wieder von uns.«

Sie verließ die Wohnung. Franco schlich ihr nach. Er traute ihr nicht. Am Gehsteig angekommen, sah er, wie sie zu einem Mann trat, der an einem Auto lehnte.

»A typisches Flitscherl is die. Hat herumg'hurt. Wer weiß, mit wie vielen Soldaten. Wahrscheinlich weiß s' nicht einmal, von wem der Bankert is. Angeblich von an Katzelmacher. Die is nicht geeignet …«

Mehr konnte er nicht verstehen, weil sich die dicke Frau mittlerweile in das Auto gequetscht hatte und der Mann die Tür zuschlug.

Franco wusste nicht, was ein Flitscherl war. Auch nicht, was

»herumhuren« hieß. Aber er hatte ein ganz schlechtes Gefühl wegen der Frau. Hoffentlich kommt die nie wieder, dachte er, während er in den ersten Stock zur Wohnung hinaufstieg.

Zwei Wochen später war der Vermieter mit der Polizei angerückt. Mama hatte zehn Minuten Zeit, alles zusammenzupacken, was ihnen gehörte. Es passte in eine alte Reisetasche. Die Mäntel nahmen sie über den Arm. Dann mussten sie die Wohnung verlassen.

»Wohin gehen wir denn jetzt?«, jammerte Franco.

Mama strich ihm übers Haar. »Keine Angst, mein Schatz. Tante Anni nimmt uns auf.«

Tante Anni war eine uralte Frau, die Cousine seiner längst verstorbenen Oma. Sie lebte in einer Bruchbude über einem Fischgeschäft. Sie bestand aus nur einem kleinen Raum, der gleichzeitig Küche und Wohnzimmer war, und einem fensterlosen Kabinett ohne Tür, in das gerade mal ein schmales Bett passte. Vor dem Fenster donnerte die Stadtbahn vorbei. Die Leute aus der Bahn konnten direkt in Tante Annis Wohnung sehen.

Als sie auf die Straße traten, wälzte sich eben die Dicke aus dem Auto.

Sie drückte Mama ein Blatt Papier in die Hand.

»Sie sind aufgrund mangelnder moralischer Festigkeit nicht qualifiziert, ein Kind aufzuziehen. Der Bub kommt mit uns. Das hier ist der Beschluss.«

Mama blickte fassungslos auf den Zettel in ihrer Hand. »Aber das können Sie doch nicht tun!«, rief sie verzweifelt.

In dem Moment griff der Mann, der die dicke Fürsorgerin wieder gefahren hatte, nach Franco. Er schlang den Arm um seine Mitte und hob ihn hoch, als würde er keine fünf Kilo wiegen.

»Mama!«, brüllte er.

»Franco!«, schrie seine Mama. »Bitte nehmen Sie mir meinen Sohn nicht weg«, flehte sie die Dicke an.

»Sie können bei der Fürsorgestelle Einspruch erheben«, rief der Fettwanst seiner Mutter noch zu, als er bereits ins Auto kletterte. Der Mann schubste währenddessen Franco auf den Rücksitz, stieg ein und startete den Wagen.

Franco sah durch die kleine Heckscheibe, wie seine Mama alles fallen ließ und laut weinend dem Wagen nachrannte. Doch der war zu schnell. Mama wurde immer kleiner, und als sie um eine Ecke fuhren, war sie nicht mehr zu sehen.

»Jetzt no zu de Zigeuner. Da hol ma den Vierjährigen. Und dann geht's aufs Land!«

Kurz drauf hielt der Wagen, und die Fürsorgerin stieg aus. Nach kaum zwei Minuten kam sie mit dem kleinen, verschreckten Jungen zurück, der sich seitdem an Franco kuschelte und an seinem Daumen nuckelte.

»Wie heißt du denn?«, flüsterte Franco dem Buben zu. Der sah ihn mit großen braunen Augen angstvoll an und schwieg.

»Ich bin Franco«, versuchte er es noch einmal. »Und du?«

Der Kleine sagte kein Wort, drückte sich aber noch enger an ihn.

Nach einer langen Fahrt, die zuletzt über viele Kurven bergauf führte, erreichten sie ein großes Gebäude. Ein Gasthof, wie es schien. Der Wagen hielt. So wie es hier stank, hatten die vermutlich auch Vieh.

Franco und der Kleine wurden aus dem Wagen gezerrt. Die Dicke schubste sie vor sich her in eine verrauchte Schankstube. Eine große, schlanke Frau mit Kopftuch und scharfen Gesichtszügen trat aus dem Nebenraum.

»Ah, da seids ihr ja.«

»Wir bringen Ihre Pflegekinder. Der Große ist Franco. Er ist elf Jahre alt. Der Kleine heißt Janoš und ist vier.«

»Gut«, sagte die Frau nur und rief: »Gerti?«

Ein schüchternes Mädchen mit fleckiger Schürze kam aus der Küche.

»Bring de Gschrappen nach hinten. Gib eana a Glasl Mülli und a Stückel Brot. I kumm glei.«

Franco spürte den Drang, einfach raus auf die Straße zu laufen und sich irgendwo im Wald zu verstecken, bis die Dicke weg war. Und dann würde er versuchen, wieder nach Wien zu gelangen und Mama zu suchen. Doch er erhielt keine Chance. Der Mann, der sie gefahren hatte, schob ihn hinter dem Mädchen aus der Schank in einen weiteren Raum und schloss die Tür.

Durch ein Fenster sah er, wie kurz darauf die Fürsorgerin mit einem Einkaufsnetz voll mit Speck und Würsten das Gasthaus verließ und mit dem Mann wegfuhr.

Die Magd stellt jedem von ihnen ein Glas Milch vor die Nase und schnitt eine Scheibe Brot von einem Laib. Sie teilte sie und drückte jedem von ihnen ein Stück in die Hand. »Esst. Wer weiß, wann's wieder was gibt.«

Obwohl er Hunger hatte, brachte Franco keinen Bissen hinunter. Aber gierig trank er die Milch. Janoš hatte nichts angerührt.

»Komm, Kleiner. Du musst essen. Trink wenigstens die Milch. Sie ist gut.«

Er setzte ihm das Glas an den Mund. Janoš presste die Lippen zusammen.

»Janoš, wenn du irgendwann einmal wieder zurück zu deiner Mama willst, musst du groß und stark sein. Also trink!«

Die tränenfeuchten braunen Augen blickten ihn voll Schmerz an. Doch dann griff der Kleine nach dem Becher und trank.

Kurz darauf kam die Frau aus der Schank und mit ihr ein Mann mit grimmigem Gesichtsausdruck und in stinkenden Kleidern.

»I bin die Bäurin, und des is da Bauer.« Sie zeigte auf den Mann.

»Du«, sie zeigte auf Franco, »wirst dem Bauern helfen. Und du«, jetzt wandte sie sich an den Kleinen, »gehst der Magd zur Hand. Hühner und Hasen füttern, Stall ausmisten und so. Sobaldst waßt, wia des geht, machst des allanig.«

»Wie haßen de Gfrieser?«, fragte der Bauer mürrisch.

»Der Große Franco, der andere Janoš.«

»Was san denn des fia Namen?« Er wandte sich zu Franco. »Bei mir haßt Franz. Und da andere Jakob.« Als er sah, dass Franco zu einer Erwiderung ansetzte, hob er die Hand wie zum Schlag. »Merk da: Waun i was sag, wird des g'macht, Franzl. Und jetzt kumm.«

Am Abend, als sie zu müde waren, um die Milchsuppe und das Brot zu essen, das man ihnen hingestellt hatte, wurden sie in eine winzige Kammer geschoben, wo ein Strohsack auf dem Boden lag. Die Magd, die sie schon gesehen hatten, als sie ankamen, brachte ihnen zwei kratzige Decken. Sie kuschelten sich auf dem stinkenden Stroh zusammen. Als Janoš anfing, bitterlich zu weinen, hatte Franco alle Mühe, nicht selbst in Tränen auszubrechen. Er lag lange wach, obwohl ihm jeder Muskel wehtat. Er würde einen Weg finden müssen, von hier zu verschwinden. Und seine Mutter wieder aufzuspüren.

***

FRANCO

In den folgenden Wochen gewöhnten sich Janoš und Franco, hier Jakob und Franz genannt, schön langsam an die harte Arbeit auf dem Bauernhof. Janoš begann sogar, hie und da ein paar Worte zu sprechen. Franco wälzte weiterhin jede Nacht Fluchtgedanken, bis er einschlief.

Eines Tages war er mit dem Bauern allein auf einem Feld, an das der Wald angrenzte. Der Bauer hatte ein Ross vor den Pflug gespannt und zog gleichmäßige Furchen über den Acker. »Franz« musste vorausgehen und die großen Steine, die überall auf dem Boden lagen, wegtragen. Sie wurden an einer Stelle am Waldrand aufeinandergeschlichtet. Manche waren zu schwer, als dass Franco sie bewegen konnte. Dann musste er rufen, dass der Mann vom Pflug stieg und sie selbst wegbrachte.

Bei einer Wende nahe beim Wald, als der Bauer schon wieder in die andere Richtung sah, ergriff Franco die Flucht. Sein Plan war, zwischen den Bäumen wegzulaufen und sich irgendwo im Dickicht zu verstecken. Irgendwann würde der Bauer dann hoffentlich aufhören zu suchen, und er konnte sich zu einer Straße durchschlagen. Und vielleicht nahm ihn sogar jemand mit einem Pferd, einem Motorrad oder einem Auto mit.

Schon bald erkannte er, dass er es kaum durch das von dornigen Ranken und Schlingpflanzen zugewucherte Dickicht in den Wald schaffen würde. Panik erfasste ihn, als er hinter sich die Stimme des Bauern hörte.

»Kumm ausse da! Sonst wirst was erleben!«

Franco lief, stolperte, rutschte, fiel, sprang wieder auf und kam doch kaum von der Stelle. Hinter sich hörte er es im Unterholz krachen.

»Du Hurenbankert wirst mi ned papierln«, schrie der Bauer.

Und dann hatte er ihn. Er schnappte Franco am Hosenbund und zerrte ihn ohne Rücksicht auf kratzende oder zurückschnalzende Zweige hinter sich her aus dem Wald. Sobald sie wieder am Acker waren, nahm der Bauer einen Ast und prügelte so lange auf Franco ein, bis dieser nicht einmal mehr die Kraft zum Schreien hatte.

»Und wennst des no amoi probierst, schlag i di tot«, schrie er Franco an. Dann ging er zurück zu seinem Pferd und ackerte weiter, als wäre nichts geschehen.

Zur Strafe bekam der »Hurenbankert« drei Tage nur Wasser und Brot. Der »Zigeunerbua«, das war Janoš, durfte ihm nichts von seinem Essen mitbringen. Und Franco bestand darauf, dass sich Janoš daran hielt. Denn wenn der Alte den Kleinen auch so verdrosch – nicht auszudenken.

Franco hatte zwei Zähne verloren, ein weiterer wackelte. Sein Gesicht sah aus wie rohes Fleisch. Überall Platzwunden. Die Arme und Beine konnte er kaum heben, und zwischen den Rippen stach es wie Hölle, wenn er auch nur atmete. Sein ganzer Körper war blau und grün. Er hasste alles hier. Die Menschen, die stinkenden Tiere, den Sohn der Bauern, der auf sie herabsah, als seien sie auch Vieh. Der ihnen genauso Befehle erteilte wie der Bauer selbst. Er hieß Siegfried, war vierzehn Jahre alt. Ungehobelt, konnte nicht einmal richtiges Deutsch sprechen und brabbelte in dem fürchterlichen Dialekt der Region. Er spielte sich auf, als wäre er ein Graf. »Der Herr der Drecksäue vielleicht«, meinte Franco. Er dachte an nichts anderes als an Flucht. Tag und Nacht.

Und dann kam der Engel.

***

MARIA

Sie weinte nicht, als sie von ihrer Mutter weggeholt wurden. Viel schlimmer konnte es nicht werden.

Sie war als viertes von sechs Kindern geboren worden. Und

wahrscheinlich waren keine zwei Kinder vom selben Vater. Ihrer war angeblich ein Russe gewesen, der die Mutter vergewaltigt hatte. Die älteren Geschwister erklärten ihr, dass man ihre Mutter noch nie hatte vergewaltigen müssen. Die würde gegen Geld oder Naturalien für jeden die Beine breit machen.

Zu essen gab es wenig, und den Löwenanteil daran vertilgte die Mutter selbst. »Ich muss kräftig bleiben, meine Pamperletscheln, denn sonst müssts ihr alle verhungern, wenn ich nichts mehr für euch ergattern kann.«

Herwig, der Älteste aus der Kinderschar, vierzehn Jahre alt und zu jung, als dass er vom Einzug zum letzten Aufgebot für Hitlers »Tausendjähriges Reich« erwischt worden wäre, meinte: »Die egoistische Ziege isst uns alles weg. Die Hälfte der Essensmarken tauscht sie gegen Zigaretten. Wenn sie mit ihren russischen Haberern zusammen ist, saufen sie Krimsekt und fressen Kaviar. Und wir verhungern hier. Aber ich halt das nicht mehr aus. Schaut euch das Baby an. Das macht es nicht mehr lange. Ich geh zur Fürsorge. Die sorgen für Kinder wie uns, hab ich gehört. In einem Heim ist es allerweil besser als hier.«

»Geh, das glaubst doch selber nicht. Hat ja keiner was zu fressen«, gab Elfie zurück, ein knappes Jahr älter als Maria. Doch Herwig ließ sich nicht beirren und marschierte quer durch die Stadt zum Büro der Kinderwohlfahrt.

Am nächsten Morgen kam ein ganzer Trupp von Beamten, der die Wohnsituation und die Essensvorräte überprüfte. Genau an diesem Tag starb das Baby, Marias jüngster Bruder. Wahrscheinlich an Unterernährung. Vielleicht war es auch krank gewesen. Die Kinder wussten es nicht. Und ihre Mutter hätte den Tod des Säuglings sicher nicht so schnell gemeldet, damit sie noch möglichst lange seine Ration an Milch bekommen hätte.

Doch der Tod dieses kleinen Jungen führte dazu, dass sie eine Woche später aus dem dreckigen Loch geholt wurden, in dem sie bisher zu siebt gehaust hatten. Und ihre Mutter wurde zum Amtsarzt geschleift, weil einer ihrer Liebhaber angegeben hatte, sie habe ihn mit einem Tripper angesteckt.

Mehrere Wochen waren sie in einem Kinderheim der Stadt Wien untergebracht. Doch hier kamen immer mehr Kinder an. Bald reichte der Platz nicht mehr. Dann begannen sie, die Kinder auf Pflegefamilien zu verteilen. Auf verwandtschaftliche Verhältnisse wurde dabei wenig Rücksicht genommen, vor allem weil wenige Menschen bereit waren, mehr als ein oder zwei Kinder aufzunehmen. Wenn Familie Meier bereit war, ein Mädchen zu übernehmen, und das gewünschte Alter stimmte, dann kam das nächste passende Mädchen zu ihnen. Seine Geschwister wurden mit demselben Schlüssel auf verschiedene Familien aufgeteilt. Und kein Kind wusste vom anderen, wo es hingebracht wurde.

Maria weinte viel in dieser Zeit. Denn eins nach dem anderen verschwanden ihre Geschwister, und sie war bald allein unter Fremden.

Eines Tages war es aber auch für sie so weit. Eine Betreuerin kam zu ihr und sagte: »Heut ist dein Glückstag. Du darfst aufs Land, auf einen Bauernhof. Die haben Kühe und Schweine, Hühner und Enten. Du wirst dick und fett werden.«

Es klang fast so, als würde die Erzieherin gern mit ihr tauschen.

***

FRANCO

»Russenbankert« nannten die Bauersleute den Engel. Sein Name war Maria. Das war ein christlicher Name, den die Bauern kannten, und sie durfte ihn behalten. Sie war acht Jahre alt. Klein und mager, mit einem etwas dunkleren Teint. Sie hatte goldbraune Augen, und ihr langes dunkelblondes Haar war zu dicken Zöpfen geflochten. Sie war das sanfteste Wesen, das Franco jemals gesehen hatte. Die Stimme leise, unerwartet tief und heiser.

»Haben sie dich auch von deiner Mama weggeholt?«, fragte er.

Sie nickte. »Sie haben gesagt, sie ist eine Russenhure. Sie darf uns Kinder nicht behalten. Ich muss zu Pflegeeltern. Sind sie freundlich hier?«

»Freundlich?« Franco lachte zynisch auf. »Mach ja alles, was sie dir anschaffen. Sonst hast du hier die Hölle auf Erden.«

»Oh«, hauchte Maria.

»Vielleicht sind sie zu dir netter, weil du ein Mädchen bist.« Und nach einer kurzen Pause: »Hast du Geschwister?«

»Ja, noch vier. Eins ist gestorben.«

»Und die sind auch weggenommen worden?«

Maria nickte. »Wir waren in der Kinderübernahmestelle. Aber einer nach dem anderen sind sie weggebracht worden. Ich war die Letzte. Und ich hab keine Ahnung, wo die anderen sind.«

Sie schniefte leise.

»Das ist ja noch schlimmer als bei mir.«

»Na ja, geht schon. Woher hast du all die blauen Flecken?«, fragte der Engel neugierig und strich sanft über sein Gesicht.

»Der Bauer hat mich halb totgeschlagen, weil ich davonrennen wollte. Aber irgendwann gelingt es mir. Das schwör ich dir.«

»Du Armer. Hoffentlich tut es nicht mehr weh.«

Es tat schon weniger weh, nur weil ihn der Engel berührt hatte.

***

MARIA

Die Pflegefamilie, ein ordinäres Bauernpaar mit einem flegelhaften Sohn, war nicht gerade das, was sich Maria als Elternersatz gewünscht hätte. Sie tröstete sich damit, dass sie es auch schlechter hätte treffen können.

Die zwei Buben, Janoš und Franco, Pflegekinder wie sie, waren einfach süß. Franco mit seinem Beschützerinstinkt, der sie vor allem Bösen bewahren wollte. Und der Kleine, der sich bei jeder Gelegenheit an sie kuschelte und am liebsten nicht mehr von ihrer Seite gewichen wäre. Sie wurden ihre neuen Brüder.

Sie konnten wenig Zeit miteinander verbringen, denn die Bauern hatten sie nicht aus reiner Menschenfreundlichkeit aufgenommen. Sie sahen in ihnen vom Amt zur Verfügung gestellte Arbeitstiere. Bis zu einem gewissen Grad konnte Maria das verstehen. Denn ohne die Bauern gäbe es nichts zu essen. Aber vieles von dem, was passierte, war einfach brutal und wäre so nicht nötig gewesen.

Am Land war die Not nicht so groß wie in Wien. Es gab Milch, Eier, Brot, Marmelade, Birnen, Äpfel und Nüsse. Hin und wieder, wenn ein Tier geschlachtet wurde, sogar ein Stück Schweinsrippe oder Schmalz und Grammeln auf das Brot. Aber wenn jemand von Wien erzählte, dann hörte man immer wieder, dass die Leute Nachbarn überfielen und ausraubten, weil ihre Kinder hungerten und sie nicht mehr wussten, woher sie Lebensmittel bekommen sollten.

Immerhin befand sich Maria in der glücklichen Situation, ein Zimmer mit einem Bett zur Verfügung zu haben. Nicht wie die Buben einen verlausten Strohsack, der in regelmäßigen Abständen von Gerti, der Magd, mit DDT eingestaubt wurde, wenn die Flöhe wieder überhandnahmen.

Gern wäre Maria wieder zur Schule gegangen. Doch als sie die Bäuerin einmal drauf ansprach, bekam sie als Antwort: »De Flausen kannst da glei ausm Kopf schlagen!«

Daher verwendete Maria das einzige Buch, das sie besaß: die Bibel. Sie zwang sich dazu, jeden Abend mindestens eine Seite leise vorzulesen. Auch wenn sie noch so müde war oder die Petroleumlampe blakte, weil der Wind durch die geschlossenen Fenster pfiff.

Marias Arbeiten waren unterschiedlichster Art. Hilfsdienste in der Küche, wie Kartoffeln schälen, Rüben auf der Reibe reißen, Bohnen auslösen oder Nüsse knacken. Kehren oder Boden aufwaschen in der Gaststube, den Gängen und bewohnten Zimmern des Hauses. Betten machen, wenn es Hausgäste gab, was allerdings selten der Fall war. Und wenn, waren sie Vertreter für die lustigsten Dinge. Für Hotelkücheneinrichtung, für Bettzeug und feine Tischtücher aus Damast, für Staubsauger, für Traktoren. Als ob sich irgendjemand das leisten könnte! Doch die Männer brachten Abwechslung in den tristen Alltag.

Von Freitag- bis Sonntagabend, wenn die Bauern aus der Umgebung sich im Wirtshaus betranken und Karten spielten, musste Maria auch Getränke servieren. Das hasste sie am meisten. Alle rauchten, die Männer rochen nach säuerlichem Schweiß, Stall und Pitralon-Rasierwasser. Je mehr sie tranken, desto lauter lachten sie, umso größer wurde der Lärm. Nur wenn die Gendarmen aus dem Ort erschienen, musste sie blitzartig verschwinden. Kinder durften nicht ins Wirtshaus, schon gar nicht am Abend. Und noch weniger durften sie dort arbeiten.

An den Tagen, an denen sie servierte, bekam Maria von den Männern immer wieder Münzen zugesteckt. »Kauf dir was Schönes«, hörte sie dann oft.

Doch dazu würde es nie kommen. Bevor sie schlafen gehen durfte, musste sie alle Groschen der Bäuerin geben. Sie hätte sich aber ohnehin nichts kaufen können. Es gab in weitem Umkreis kein Geschäft.

Einmal im Monat, manchmal auch alle zwei Wochen, spannte der Bauer das Pferd vor den Wagen. Dann fuhren er und die Bäuerin in die Stadt und kauften, was dringend gebraucht wurde, aber nicht am Hof selber hergestellt werden konnte. Wie die Stadt hieß oder wo sie lag, erfuhren die Kinder allerdings nicht.

Maria wäre gerne einmal mitgefahren. Schon allein, um zu erfahren, wo sie sich überhaupt befand. Denn der Hof lag relativ einschichtig. In einiger Entfernung sah man bei schönem Wetter noch ein paar andere Gebäude. Aber Maria hatte noch nicht herausgefunden, wo sie hier gelandet war.

***

Frühsommer 1955

MARIA

Siegfried, genannt Sigi, war das einzige Kind der Pflegefamilie, das die Kriegsjahre überlebt hatte. Ein älterer Bruder war bei einem Bombenangriff ums Leben gekommen. Die kleine Schwester war im letzten Kriegswinter an Lungenentzündung gestorben.

Sigi war verwöhnt, arrogant und ein Arschloch. Wann immer er einen Grund fand, eines der Pflegekinder zu triezen, dann tat er das. Wenn ihn etwas ärgerte, dann wurde er auch schnell handgreiflich. Maria hatte schon öfter Schläge von ihm kassiert, wenn sie einen seiner Wünsche nicht schnell genug erfüllte. Und falls er Janoš erwischte, wenn er wieder an ihrer Kittelfalte hing, dann trat er ihn so lange in den Hintern, bis der Kleine weinend davonlief. Was kein Wunder war, denn im Gegensatz zu den Pflegekindern, die nur im Winter Schuhe anhatten und die meiste Zeit des Jahres barfuß laufen mussten, trug der verwöhnte Bauernsohn genagelte Schuhe.

Maria nahm alles hin, weil es wenig Sinn hatte, aufzubegehren. Die Alten gaben ihrem Jungen ohnehin immer recht. Diesmal allerdings lagen die Dinge anders. Er erwischte sie in einem der Fremdenzimmer, als sie das Bett frisch bezog.

»Komm her. Ziag di aus.«

»Fällt mir nicht im Traum ein.«

»Willst a Watschen?«

»Willst du, dass ich deiner Mutter sage, was du von mir verlangst?«

»Wennst des machst, dann bist blöder, als i glaubt hab.«

»Ach ja?«

»Ach ja?«, äffte er sie nach. »Dei Alte war a Hur. Du bist a Russenbankert. Was glaubst, wem mei Mutter glauben wird?«

»Und du denkst, sie wird dir glauben, dass ein neunjähriges Kind so etwas erfindet?«

Daraufhin hatte er Maria zu Boden gestoßen und ihr einen Tritt in die Rippen verpasst.

»Wehe, du sagst was! Trampel, bleder.«

Sigi verließ das Zimmer und knallte die Tür ins Schloss.

Maria rollte sich zusammen wie ein Igel. Wo Sigi sie mit seinen genagelten Schuhen getreten hatte, tat es verdammt weh. Doch trotz ihrer vollmundigen Erklärung gegenüber Siegfried war sie ganz und gar nicht sicher, ob die Bäuerin ihr, dem Russenbankert, glauben würde.

Zu Marias Aufgaben gehörte es, jede Woche am Freitag den großen Kessel in der Waschküche mit Wasser und nach Farben aussortierter Wäsche zu füllen, dann darunter ein ordentliches Feuer zu entfachen und immer rechtzeitig nachzulegen, damit es nicht ausging. War das Wasser heiß, musste sie mit einem Holzprügel die Wäsche aus dem Kessel fischen und in den Waschzuber werfen. Während im fast kochenden Wasser die nächste Partie Wäsche einweichte, wusch sie das Zeug in der Holzwanne. Sie musste kaltes Wasser dazugeben, damit man sich nicht die Hände verbrannte.

Und dann wurde die Wäsche mit einer Reisbürste und Hirschseife bearbeitet. Weil sie noch so klein war, musste sie auf einen Schemel steigen, damit sie überhaupt in die Wanne hineinlangte. Nicht nur einmal war sie vor Müdigkeit heruntergefallen.

War die Wäsche leidlich sauber, musste sie ausgewrungen und dann dreimal mit klarem Wasser gespült werden. Das war natürlich kalt. Besonders im Winter holte sich Maria da oft rote und taube Finger vor Kälte.

Im Sommer hängte sie die Wäsche in den Hof, im Winter gab es dafür einen Bereich im Schuppen, wo das Heu lagerte. Da roch die Wäsche hinterher besonders gut.

War die ganze Wäsche gewaschen, musste der große Kessel entleert werden. Dabei halfen ihr entweder Franco oder Siegfried, manchmal sogar der Bauer. Dann wurde der Bottich noch einmal mit Wasser gefüllt, und wenn es warm war, durften alle baden. Erst die Bäuerin, dann der Bauer, dann Siegfried. Nach ihm Maria und zuletzt die Buben. Alle im selben Wasser. Es war schon bei Maria meist eine dunkle Brühe. Nachdem die Jungen fertig waren, hätte man mit dem Badewasser wahrscheinlich die Wände braun streichen können.

Nach dem Bad bekamen alle die Erlaubnis, frische Wäsche anzuziehen. Es war einfach wunderbar, wenn man nicht so stank wie sonst immer. Denn von der Unterhose bis zu den Überkleidern wurde alles die ganze Woche getragen. Nur am Sonntag, für den Weg zur Kirche, durften sie das »Sonntagsgewand« anziehen. Und wehe, man machte sich da schmutzig!

Trotz der schweren Arbeit war Maria der Freitag tagsüber noch lieber als der Rest des Wochenendes, wenn sie in der Schank servieren musste. Das war für sie die echte Hölle. Am Montag war sie meist so fertig, dass sie glaubte, sie würde die nächste Woche nicht überleben.

***

MARIA

Eines Tages im August musste Maria die sauberen Kleider der Buben in eines der freien Gästezimmer bringen und die Betten frisch beziehen. Sie wunderte sich, dass die jetzt so ein schönes Zimmer bekamen. Doch die Verwunderung machte bald echter Empörung Platz. Die Jugendfürsorge hatte sich angekündigt. Zwei Frauen fuhren mit einem Auto vor. Maria musste verschwinden, die Burschen waren ohnehin mit dem Bauer bei Erntearbeiten.

»Und falls di de zwa Graten sehen und was fragen, dann sagst nix und rennst davon. Wenn ned …« Die Bäuerin zeigte Maria die erhobene Hand, was so viel hieß wie: »Obacht, der Watschenbaum blüht.«

Maria machte sich also weitgehend unsichtbar. Die Frauen besuchten die angeblichen Zimmer von Franco und Janoš, Marias Zimmer war ohnehin immer aufgeräumt und halbwegs vorzeigbar. Hinterher verschwanden die Fürsorgerinnen mit der Bäuerin in der Gaststube. Dort wurde von Gerti aufgetischt, dass sich die Tische bogen. Die Bäuerin hatte den Vortag mit Kochen, Selchen und Kuchenbacken verbracht.

»Das Gleiche kriegen die Kinders«, versuchte sich die Bäuerin in Hochdeutsch.

»Die liagt jedes Mal, wann s' die Pappen aufmacht«, kommentierte Gerti das Gesülze der Bäuerin. »Und du kannst wetten, Maria, wenn di zwa weg san, muasst das Zeug von de Buam wieder ins Kammerl mitm Strohsack schmeißen.«

»Da wirst du wahrscheinlich recht haben. Wieso kündigen die sich vorher an? Was ist denn das für eine Kontrolle?«

»Is doch eh wurscht. Die wollen die Kinder gar ned sehn. Denen geht's nur ums Essen und des, was s' no mitkriegen.«

»Wieso weißt du das alles?«

»I bin ja a ka Magd. Meine Eltern san im Kriag umkommen. Da Vater in Russland g'falln, und die Muatta hat si aufg'hängt. Da Bauer ist aber a weitschichtiger Verwandter von mein Vater. Vor allem: da einzige lebende Verwandte. Sie ham mi g'nommen und dafür Geld kriegt, bis i mit der Schul fertig war. Dann haben s' dem Jugendamt g'sagt, dass i nirgends a Lehrstell kriag. Aber sie behalten mi als Magd, und i verdien ma a Geld.«

»Und was bekommst du?«

Gerti lachte freudlos auf. »Nix! Sie sagen, i soll froh sein, dass i bei ihnen wohnen darf und was zum Essen und Anziehen hab.«

»Kannst denn nicht weggehen? Du bist doch jetzt alt genug.«

»Wo soll i denn hin ohne Geld? Und Beruf hab i a kan. Durch den Krieg war i fast nie in der Schul. I kann eigentlich ned richtig lesen und schreiben, rechnen scho gar ned.« Gerti zuckte mit den Achseln. »I kann nur hoffen, dass mi ana von de Bauernbuam aus der Umgebung heiraten will. Aber dafür bin i halt a schon z' alt. Oder vielleicht a Witwer mit Kinder.«

»Wie alt bist du denn?«

»Dreiundzwanzig war i im Mai.«

Uralt für die zehnjährige Maria. Aber immerhin hätte Gerti wenigstens die Möglichkeit, zu gehen, wenn sie wollte. Das konnten weder sie noch Franco noch Janoš.

***

1956

FRANCO

Als im Herbst die Ernte eingebracht, die Felder gepflügt und die Wintersaat ausgebracht worden war, wurde es ruhiger auf dem Hof. Die Morgennebel hingen über dem Land, und es roch überall nach Holzrauch. Die meisten Bauern heizten mit Holz, das sie entweder aus den eigenen Wäldern schlägerten oder klauben gingen. Die besser situierten Landwirte dachten nämlich gar nicht daran, sich mit dem Kleinzeug abzurackern, das liegen blieb, wenn sie die Äste von den Stämmen schlugen. Diese Arbeit übernahmen die Kleinhäusler, die nicht bezahlt wurden, dafür aber das so gewonnene Holz als Heizmaterial behalten durften.

Die Krähen kamen zurück und hockten tagsüber auf den Feldern, wo sie fleißig scharrten und fraßen. Wenn sie abends zu ihren Schlafbäumen flogen, machten sie gehörig Radau mit ihrem Gekrächze.

Janoš strahlte immer über das ganze kleine Gesichtchen, wenn er Maria erblickte. So lang wie möglich hing er an ihrer Kittelfalte. War stolz, wenn er ihr helfen und kleine Dienste für sie erledigen durfte. Nahm dafür sogar in Kauf, dass ihn die Bäuerin anbrüllte, ob er nichts zu tun habe, und wegjagte. Oder der Bauer ihm sogleich weitere Arbeiten auftrug. Sogar, dass ihm Sigi, der Junge vom Hof, jedes Mal einen Tritt versetzte, wenn er ihn in der Nähe vom Engel erwischte.

Für Franco änderte sich das Leben allerdings am stärksten. Die Fürsorge hatte jemanden vorbeigeschickt – nicht die Dicke –, der prüfen sollte, wie sich Franco in der Schule machte. Doch der wusste nicht einmal, wo sich die Schule befand. Geschweige denn, dass er sie einmal besuchen hätte dürfen.

Die Pflegeeltern bekamen den Auftrag, ihn regelmäßig zur Schule zu schicken. Man würde sich von der Schule von Zeit zu Zeit über seine Fortschritte berichten lassen. Wenn er dort nicht regelmäßig erschien, würde es für die Bauern kein Geld mehr für seinen Unterhalt geben.

Somit begann für ihn ein neuer Lebensabschnitt. In der Schule lernte er andere Kinder kennen. Für sie war er einfach ein Neuer. Die Bauernkinder waren alle ärmlich gekleidet, und so fiel er kaum auf. Auch die anderen trugen nur im Winter Schuhe. Im Sommer ging man barfuß, egal wohin, egal wie weit. In der Übergangszeit Sandalen und Socken zur kurzen Hose.

Trotzdem war er ein Außenseiter, weil er hochdeutsch sprach. Er wurde gehänselt, gelegentlich in Raufhändel verwickelt, aber alles in allem war es in der Schule viel angenehmer als auf dem Bauernhof.

Ein Stück weit kehrte so etwas wie Normalität in sein Leben ein. Natürlich vermisste er immer noch seine Mama. Jeden Abend vor dem Einschlafen dachte er an sie. Was sie wohl machte? Ob sie eine neue Wohnung gefunden hatte? Ob vielleicht sein Vater aus dem Krieg heimgekehrt war? Ob sie – doch diesen Gedanken ließ er nicht allzu oft zu – vielleicht immer noch versuchte, ihn zurückzubekommen?

Durch die Arbeit auf dem Hof war Franco stärker geworden. Und nun schoss er in die Höhe. Seine Kleider sahen aus, als hätte er die vom viel kleineren Bruder an. Die Schule machte Spaß. Obwohl er danach auf dem Hof sofort den Stall ausmisten, Tiere füttern und Kühe melken musste und damit keine Zeit für Hausaufgaben hatte, war er ein guter Schüler.

Es hätte ein schöner Tag sein können, wäre er nicht ausgerechnet in dem Moment ins Haus gekommen, als Siegfried Janoš mit Arschtritten aus der Küche jagte und Maria eine schallende Ohrfeige verpasste, weil sie seinen Kakao vergessen hatte.

»G'sindel, elendiges!«, schrie er und hob noch einmal die Hand gegen Maria. Die stand still, mit gesenktem Kopf, und erwartete den nächsten Schlag.

»Trau dich und schlag zu«, knurrte Franco und ballte die Fäuste.

»Bist jetzt ganz deppat, Hurenbankert? Du willst di mit mir anlegen?«

»Lass ihn«, flüsterte Maria. Wobei nicht ganz klar war, an wen ihre Worte gerichtet waren.

Doch Sigi, nun im sechzehnten Lebensjahr, groß und gut genährt, sah seine Chance, dem Jüngeren eine reinzuwürgen. Er stürzte sich auf Franco und drosch mit beiden Fäusten auf ihn ein. Dieser schenkte ihm nichts und schlug ihm die Nase blutig. Sigi heulte auf, und angelockt durch die Kampfgeräusche erschien der Bauer in der Küche. Er brüllte nur: »Aus!«, und die beiden Kampfhähne ließen erschrocken voneinander ab. Dann zog er den Gürtel aus der Hose und versohlte erst seinem Sohn den Hintern und dann Franco, bis beide heulten.

»Des nächste Mal, wenn ihr euch die Nasen einhauen wollts, gehts raus in den Hof. Und jetzt schauts, dass weiterkommts, alle zwa.« Und an Maria gewandt: »Und du geh wieder an die Arbeit, sonst fangst glei a no ane.«

***

1957

MARIA

Eine laue Sommernacht. Maria lag todmüde im Bett und war kurz vor dem Einschlafen. Der Tag war, wie alle Tage hier, lang und anstrengend gewesen. Kartoffelernte. Stundenlang in gebückter Haltung übers Feld, wo der Bauer mit der Pflugschar die Scholle umgebrochen hatte. Mit einer kleinen Harke holten sie die Erdäpfel aus dem aufgeworfenen Boden und warfen sie in einen niedrigen Bottich, der auf einem Leiterwagen stand. Zwei gruben aus, der Dritte warf. Eines so unangenehm wie das andere. Stundenlang gebückt stehen, da tat einem alles weh, nicht nur das Kreuz. Doch sich ununterbrochen zu bücken und aufzustehen, um die Kartoffeln in den Bottich zu werfen, war genauso schlimm. Selbst den Leiterwagen ein Stück weiterzuziehen war Schwerstarbeit.

Nach einer halben Stunde wurde gewechselt. Einer der Grabenden musste jetzt aufklauben und werfen. Maria war heute so hundemüde gewesen, dass sie sogar darauf verzichtet hatte, in der Bibel zu lesen.

Plötzlich schreckte Maria auf. Da war ein Geräusch! Bevor sie noch einordnen konnte, was sie möglicherweise gehört hatte, legte sich eine Hand auf ihren Mund.

»Ganz ruhig. Sonst passiert was«, flüsterte Sigi und drückte ihr die Decke aufs Gesicht. Er schob Marias Nachthemd hoch und tastete mit der freien Hand nach ihren Brüsten.

»Mist. Wieso hast du no kan Busen? Andere in dein Alter haben doch schon wenigstens a bissel was!«

»Weil ich ein Kind bin? Ich bin elf, du Trottel!« Doch das getraute sich Maria nicht zu sagen.

Sigi presste ihr ein hartes Ding zwischen die Beine, und wie sie sich auch wehrte, er schob ihre Beine zur Seite und stieß in sie rein. Es tat höllisch weh. Maria schlug auf ihn ein und versuchte zu entkommen, doch das schien ihm nur noch besser zu gefallen. Sie schrie ihren Schmerz in die Decke auf ihrem Gesicht. Biss ein Stück heraus. Doch es half alles nichts. Erst nach einer Ewigkeit stöhnte Sigi auf und zuckte eigenartig. Dann ließ er sich neben Maria fallen und schob die Decke von ihrem Gesicht.

»Des war sche, oder?«

Maria war zu erschöpft von den Anstrengungen des Tages, vom Schock durch den brutalen Überfall und vom Weinen. Sie gab keine Antwort.

»Waßt, Russenkind, wann du nix sagst, mach des nur i mit dir. Wannst aber blöd herumred'st, dann sag i alle meine Freind, was sie mit dir machen können. Verstehst?«

Maria rührte sich nicht. Sigi nahm eine ihrer Brustwarzen und kniff sie brutal zusammen. Sie schrie auf.

»I hob di was g'fragt!«

»Ja«, hauchte sie und hoffte, dass er möglichst bald verschwand.

Sobald Sigi die Tür von außen schloss, wälzte sich Maria mühsam aus dem Bett. Auf dem Tisch stand eine Schale, die sie manchmal mit Blättern und Blüten füllte, weil das gut roch. Sie fegte alles heraus und übergab sich. Sie würgte selbst noch, als schon lange nichts mehr kam.

Dann schlich sie aus dem Haus in die Waschküche. Drehte das Wasser auf, nahm den Schlauch und ließ sich den kalten Strahl wieder und wieder über die Haut laufen. Mit der Reisbürste, die sie normalerweise für die Wäsche verwendete, schrubbte sie ihre Haut. Dann drückte sie die Öffnung des Schlauches dorthin, wo es höllisch brannte. Sie wollte sich auch innen säubern. Als sie das Wasser endlich abdrehte, zitterte sie vor Kälte und Schmerz. Ihre Haut brannte. Sie fühlte sich schmutzig. Immer noch. Maria hatte das Gefühl, als könnte sie nie wieder sauber werden.

Am nächsten Morgen fragte sie Gerti, ob es nicht einen Schlüssel zu ihrem Zimmer gebe.

»Madel, der tät da nix nutzen. Is ja gar ka Schloss in der Tür. Warum brauchst denn ans?«

Maria gab keine Antwort. Lieber wäre sie vor Scham gestorben, als irgendjemandem zu erzählen, was ihr in dieser Nacht passiert war.

Von nun an fürchtete sie sich noch mehr vor den Nächten als vor den Tagen. Denn Sigi suchte sie fast jede Nacht auf. Nahm sie manchmal mehrere Male hintereinander. Meist brutal und rücksichtslos. Manchmal allerdings beinahe zärtlich. Und das war fast noch schlimmer.

***

Herbst 1957

MARIA

Etwas Ungeheuerliches war geschehen! Maria durfte zur Schule gehen! Als Janoš im Herbst eingeschult wurde, kam endlich jemand von der Schulbehörde darauf, dass es da noch Maria gab, die ebenfalls den Unterricht besuchen sollte. Damit waren auch für sie die Tage auf dem Bauernhof etwas entschärft, weil sich die Pflegekinder in der Schule von den Strapazen und den Prügeln erholen konnten.

Selbstverständlich musste sie die ihr übertragenen Arbeiten nach wie vor ausführen. Morgens um vier aufstehen, Holz holen, den Küchenofen anheizen, Frühstück für alle vorbereiten, dann im Stall den Buben melken helfen. Danach schnell Katzenwäsche und die Schulkleider anziehen, im Stehen noch schnell ein Glas Milch und ein Stück trockenes Brot hinunterschlingen. Den langen Weg in die Schule laufen. Fünf Kilometer hin, fünf retour. Zurück noch dazu ein schönes Stück steil bergauf.

Doch das zählte alles nicht. Endlich durfte sie lernen. Lesen konnte sie schon ganz gut. Die Bibel war ihr in all den Jahren ein guter Lehrmeister gewesen. Zudem war sie exzellent in Religion. Kannte sie doch das Buch der Bücher fast auswendig. Im Rechnen tat sie sich schwerer. Doch sie war ehrgeizig. Sie wollte etwas lernen. Wollte später einen Beruf ergreifen können, der ihr gefiel und bei dem sie genug verdiente, um von allen anderen Menschen unabhängig zu sein. Vielleicht Krankenschwester. Oder sogar Lehrerin. Deswegen musste sie besser werden im Rechnen. Lange nachdem am Abend auf dem Hof Ruhe eingekehrt war und sogar das Siegfried-Schwein sie verlassen hatte, saß sie bei Kerzenschein über den Rechenaufgaben und büffelte.

***

Winter 1957

FRANCO

Der Winter war hart, und es gab viel Schnee. Der Schulweg war lang und anstrengend. Noch dazu waren die Kinder oft schon müde von der Arbeit, wenn um acht Uhr die Schule begann. Wenn die Kinder mittags heimkamen, hätten sie gerne ein heißes Getränk, eine richtige Mahlzeit und dann eine Stunde Schlaf gehabt. Die Realität sah allerdings ganz anders aus. Die Arbeit musste erledigt werden. Alles, was sie in der Früh nicht geschafft hatten, musste am Nachmittag nachgeholt werden.

Eines Tages jammerte Janoš bereits am Morgen, dass ihm übel sei. Franco zog ihn an. Dann setzte er ihn mit einer Tasse heißer Milch in die Küche.

»Bleib sitzen, ich mach deine Arbeit.«

Zwei Stunden später, als sie zur Schule aufbrachen, sah Franco, dass sich der Kleine kaum auf den Beinen halten konnte. »Was ist, Janoš? Bist du krank?«

Der zuckte mit den Achseln und taumelte weiter durch den tiefen Schnee.

Den Unterricht in der einklassigen Schule verschlief Janoš. Als der Lehrer ihn aufwecken wollte, meldete sich Franco: »Bitte, Herr Lehrer, lassen Sie ihn schlafen. Ich glaub, er hat Fieber.«

Der Mann legte seine Handfläche auf Janoš' Stirn. »Ach du guter Gott, der glüht ja richtiggehend. Soll ich den Bauern anrufen, dass er ihn holt?«

»Lieber nicht«, antwortete Franco. Wenn sie den Alten störten, setzte es vermutlich wieder Prügel. »Ich trage ihn nach Hause.«

Der Lehrer warf ihm einen seltsamen Blick zu. Konnte er Gedanken lesen?

Als der Unterricht zu Ende war, trat der Lehrer zu Franco. »Ich hab mit dem Direktor gesprochen. Er hat einen Lastwagen. Er bringt euch nach oben.«

»Danke sehr.« Franco war unheimlich erleichtert. Auch wenn Janoš nicht viel wog – ihn den ganzen Weg auf den Berg zu tragen, das wäre wahrscheinlich sehr schwer geworden. Vor allem, weil er danach ja noch die Arbeit am Hof verrichten musste. Sicher die des Kleinen dazu.

»Bring ihn in mein Zimmer«, sagte Maria, als sie am Gasthof angekommen waren und sich niemand blicken ließ, obwohl sie doch sicher gehört haben mussten, dass ein Auto angehalten hatte.

»Ich mach ihm Essigpatscherln. Da geht das Fieber runter.«

Als Franco Janoš in Marias Bett legte und ihm die Schuhe und Kleider auszog, blickte er sich unauffällig in dem Raum um. Maria hatte wirklich und wahrhaftig ein Bett. Sie musste nicht auf einem alten Strohsack schlafen. Die Decke war weicher als seine. Sie besaß sogar ein Kopfkissen. Dazu noch einen kleinen Kasten und einen Sessel, auf dem ein aufgeschlagenes Buch lag, die Bibel.

Als Maria zurückkam, half er ihr, dem Kleinen die kühlen Bandagen um die Waden zu wickeln. Dann musste er an die Arbeit gehen.

Als er eben die Tür öffnen wollte, wurde sie von außen aufgerissen, sodass er in den Gang hinausstolperte.

»Herrgottsakrament, was machst denn du da?«, brüllte ihn die Bäuerin an.

»Ich hab Maria geholfen –«

»I werd dir glei helfen, wennst ned sofort verschwindst!«

»Aber der Janoš –«

»Jakob heißt der! Merk da des endlich«, brüllte sie. »Was is mit dem?«

»Der hat Fieber. Maria hat Essigpatscherln –«

»An die Arbeit, hab i g'sagt.«

Franco musste gehen und Maria der alten Hyäne überlassen. Hoffentlich würde die Bäuerin sie nicht schlagen.

***

1958

MARIA

Maria erwachte von ziehenden Schmerzen im Bauch. Als sie aus dem Bett sprang, um zur Toilette zu laufen, sah sie Blut. Im Bett, an ihrem Nachthemd, an ihren Beinen hinunterrinnen. Auf dem Klo raffte sie ein Bündel des zerrissenen Zeitungspapiers zusammen, das bei ihnen als Klopapier diente, und drückte es zwischen die Beine. Doch auch das konnte das Blut nicht stoppen. Hatte Siegfried sie verletzt? Musste sie jetzt verbluten? Sterben? Wäre nicht einmal die schlechteste Wahl. Maria kroch wieder ins Bett, rollte sich zusammen und blieb einfach liegen.

Kurze Zeit später stürmte die Bäuerin in ihr Zimmer.

»Was is? Steh auf, du Bankert. Oder was glaubst, wer dei Arbeit heit macht?«

Maria rührte sich nicht. »Ich bin krank«, flüsterte sie.
Die Bäuerin riss ihr die Decke weg. »Wird's jetzt?«
Dann sah sie die Bescherung.
»Herrgott, jetzt schau, wie dreckig du des Bett g'macht hast! Was sagst denn nix, dass du unwohl bist?«
Maria verstand kein Wort. War sie nicht todkrank?
»I schick da die Gerti mit ana Watta. Und steh jetzt endlich auf. Aber bevor du runterkommst, weich dein Bettzeug in kaltem Wasser ein. Damit de Schweinerei aussegeht.«
Gerti brachte Maria Watte und ein paar Streifen Stoff. Sie zeigte ihr, wie sie die Watte zusammenfalten und in den Stoff einlegen sollte, damit das Blut nicht in kürzester Zeit in ihre Unterhose lief.
»Die Watte kannst dann wegschmeißen, sobald's durchgeht. Die alten Windeln waschst aus und hebst da auf. Des kriagst jetzt jeden Monat.«
»Und wie lang dauert das?«
»Unterschiedlich. Drei bis fünf Tag normal.«

Es war nicht angenehm, wenn Maria die Tage bekam. Die begleitenden Schmerzen waren unerfreulich, und die Einlegelappen wurden oft undicht, und dann lief das Blut an den Beinen hinunter. Und wenn das nicht in der Nähe des Hauses passierte, kam es vor, dass ihr die Leute vom Hof oder die Kinder in der Schule widerliche Sprüche hinterherriefen.
Doch es hatte etwas unendlich Gutes: Während dieser Zeit ließ Siegfried sie in Ruhe. Vor dem Blut ekelte er sich genauso wie sie sich vor ihm.

***

Frühling 1959

MARIA

Zu Marias großer Freude wurden die Besuche Siegfrieds seltener. Er hatte eine Freundin. Und von Franco hörte sie, dass er mit einer Magd von einem benachbarten Bauernhof ins Stroh ging.

Oder auf den Heuboden. Oder wo immer sie es miteinander treiben konnten, ohne dass der halbe Ort zusah. Maria atmete auf. Zum ersten Mal seit Jahren schöpfte sie Hoffnung, dass ihr seine Besuche bald überhaupt erspart blieben. Vor allem deswegen, weil die Magd, auf die Sigi ein Auge geworfen hatte, im Gegensatz zu Maria einen üppigen Busen aufweisen konnte.

»Allerdings geht die mit jedem ins Heu. Der Sigi ist nicht der Einzige. Ich glaub, die treibt's sogar mit unserem Bauern«, sagte Franco.

Maria konnte zwar nicht verstehen, wie man das freiwillig mit jemanden tun konnte. Schon gar nicht mit mehreren. Und überhaupt nicht mit Siegfried oder seinem Vater. Aber ihr war alles egal, solange Sigi sie in Frieden ließ.

***

FRANCO

Franco war fast sechzehn Jahre alt. Seit einem Jahr war er der Schulpflicht entwachsen und wurde daher zu immer mehr und schwereren Arbeiten am Hof herangezogen. Jetzt ging er auch mit dem Bauern in den Wald, Holz machen. Schwere Arbeit. Nicht nur das Fällen der Bäume. Noch mühsamer war es, die Äste abzuschneiden oder abzuhacken. Der Stamm sollte so glatt wie möglich sein, damit sie die gefällten Bäume mit dem Pferd nach Hause ziehen konnten.

Immer wieder hatte er überlegt, solange er noch mit Maria und Janoš täglich zur Schule gegangen war, ob er nicht einfach abhauen sollte. Besonders im Spätsommer müsste es doch möglich sein, sich von Feldfrüchten und Beeren zu ernähren. Außerdem waren die Nächte noch mild, und man konnte im Freien schlafen. Zudem hätte er mindestens vier oder fünf Stunden Vorsprung.

Aber was geschah dann mit Maria und Janoš? Würde der Bauer sie halb totprügeln, in der Annahme, dass sie von seinen Plänen gewusst hatten? Und mussten sie dann seine Arbeit mitmachen? Er wusste, dass er das nicht verantworten konnte, sosehr er sich auch danach sehnte, sich auf die Suche nach seiner Mutter zu begeben. Also hatte er seine Pläne immer wieder aufgeschoben. Noch fünf Jahre, bis er großjährig war! Dann konnte ihn niemand mehr hier halten. Irgendwie würde er die Zeit auch überleben.

In der letzten Zeit machte er sich große Sorgen um Maria. Sie war mit den Jahren immer stiller und blasser geworden. Wenn er fragte, was sie habe, sagte sie nur immer: »Nichts.«

Aber jetzt wurde ihr zudem noch dauernd übel. Jeden Tag musste Janoš auf dem Weg zur Schule auf sie warten, weil sie sich übergeben musste.

***

MARIA

Die Freude, dass Siegfried nicht mehr so oft kam, währte nicht lange. Im April begann die morgendliche Übelkeit. Ihr einziger Zeuge war Janoš. Sie bat ihn, Stillschweigen zu bewahren. Sie hatte keine Ahnung, was mit ihr los war. Vielleicht war sie unheilbar krank und würde sterben. Es würde sie nicht stören. Sie war so unendlich müde.

Als Sigi sich eines Abends wieder in ihr Bett schlich, warf sie ihn hinaus. Sie wurde so laut, dass die Bäuerin herbeieilte, um zu sehen, was los war.

Sie riss ihren Sohn an den Haaren aus dem Bett.

»Raus! Lass den Russenbankert in Ruah! Stell da vor, dei Verlobte erfahrt was davon.«

Siegfried stolperte über seine eigenen Füße in seiner Hast, vor seiner Mutter davonzurennen. Elender Feigling!

Sigi war also tatsächlich verlobt. Maria war es egal. Von ihr aus konnte er zum Mond fliegen. Oder am Straßenrand krepieren. Es ließ sie kalt.

»Und du brauchst gar ned mein Buam anmachen«, fuhr die Bäuerin Maria an.

»Aber der kommt doch schon seit Jahren –«

»Liag ned so bled. Der Siegfried tät do ane wia di ned amoi mit der Zangen anfassen.«

Die Bäuerin rauschte aus der kleinen Kemenate. Krachend fiel hinter ihr die Tür ins Schloss. Maria blieb sprachlos zurück. Die Frau hatte eine Gabe, die Wahrheit zu verdrängen, die sagenhaft war.

***

Frühsommer 1959

FRANCO

Als Maria von der Schule heimkam und nach dem Essen sofort wieder in der Toilette verschwand, wartete Franco, bis sie diese wieder verließ. »Was ist mit dir? Bist du krank?«

»Ich weiß nicht. Mir ist fast jeden Tag so übel.«

»Hast schon mit der Bäuerin gesprochen? Vielleicht musst du zum Arzt.«

»Geh, die bringen mich doch nie zum Arzt. Entweder ich werd allein wieder gesund, oder ich werd hier verrecken.«

»Ach, Maria. Denk doch nicht so negativ. Ich red mit ihr.«

»Tu's nicht.«

Doch Franco war fest entschlossen, Maria zu helfen. Er suchte die Bäuerin und fand sie in der Küche. Sie stand am Herd und kochte Abendessen für die Hausgäste im Gasthof. Als sie ihn erblickte, blaffte sie ihn an.

»Was is? Hast ka Arbeit?«

»Ich muss mit Ihnen reden.«

»Wüsst ned, über was.«

»Maria geht's nicht gut. Ihr ist jeden Morgen kotzübel.«

Die Bäuerin ließ den Kochlöffel fallen.

»Was willst ma damit sagen? Is die am End …« Sie sprach nicht weiter. Dann schrie sie: »Gerti, übernimm du!«, und stürmte an Franco vorbei. Sie schlug die Richtung zu Marias Kammer ein. Franco folgte ihr auf dem Fuß. Sie stürmte in das Zimmer.

»Was is los mit dir?«, schrie sie Maria an.

»Mir geht es … äh … gut«, stammelte Maria.

»Ah ja. Und warum kotzt dann jeden Tag?«

»Ich weiß nicht«, antwortete Maria leise mit gesenktem Kopf.

»Wann warst denn zum letzten Mal unwohl?«

Für Franco sprach die Bäuerin in Rätseln. Maria fühlte sich doch sichtlich jetzt unwohl. Was sollte die blöde Fragerei?

Maria schüttelte den Kopf. »Weiß nicht.«

»Herr im Himmel! Zeig dein Bauch her!«

Sie griff unsanft nach Maria und riss ihr das Kleid nach oben. Maria schluchzte auf.

»Herrschaftszeiten! Sie sehen doch, dass Maria krank ist. Können Sie sie nicht sanfter behandeln?«

Die Bäuerin drehte sich um. »Was machst denn du no da? Scher di an die Arbeit!«

Mit diesen Worten schlug sie ihm die Tür vor der Nase zu. Das Letzte, das Franco hörte, als er langsam wegging, war Marias leises Weinen.

Später kam die Bäuerin zum Bauern in den Stall. Franco, der ihr nachgeschlichen war, verbarg sich hinter einer Futterraufe und kletterte leise auf den Heuboden. Dort warf er sich auf den Bauch und lauschte.

»Josef, der Russenbankert kriagt a Kind!«

»Was?«, empörte sich der Bauer. »Wie kann denn des sei? Sie is do selber no a Kind!«

»Schaut ned so aus.«

»Wer war des?«

»Wahrscheinlich da Franzl. Schleicht ja dauernd bei ihr umanand.«

»Jetzt is aber gnua! Ruaf die Fürsorg an. Die soll'n den Rotzbuam abholen.«

»Mach i. Er is ja eh fast sechzehn. Dann kriag ma eh nix mehr für eam.«

»Und was tua ma mit da anpemperten Maria?«

»Nix. Für d' Engelmacherin is z' spät. I lass mir was einfallen.«

»Fix Teife! Nix wie Zores mit de Gfraster. Du alleweil mit deine Ideen.«

»Na ja, sie ham uns ganz sche g'holfen in de letzten Jahr. Zwölf mal drei Hunderter für jeden im Jahr und dazua no zwa mal so viel fürs Gwand. Und g'hackelt ham s' a. Ohne de klan Rattler hätt ma bis heut kan neichen Traktor. Und wir hätten nur halb so viel Viecher.«

»Jaja. Aber jetzt geh und mach scho.«

Franco biss sich auf die Lippen, damit er nicht laut aufschrie. Das war doch die Höhe! Die hatten mit ihnen ein Vermögen verdient. Und sie dazu noch Tag und Nacht ohne Bezahlung bis zum Umfallen arbeiten lassen. Vierzehn mal drei Hunderter für jeden – das waren unvorstellbare zwölftausendsechshundert Schilling pro Jahr! Da entfielen auf einen viertausendzweihundert Schilling. Und die Kinder hatten einmal im Jahr ein paar alte Schuhe und Kleider vom Fetzenmarkt bekommen.

Wenn das Jugendamt seine Mama mit mehr als viertausend Schilling im Jahr unterstützt hätte, dann wären sie nie getrennt worden und hätten in einem Palast wohnen können. Verdammte Arschlöcher!

Als die Bäuerin wegging, vermutlich um das Jugendamt anzurufen und aufzufordern, ihn abzuholen, kletterte Franco lautlos zu Boden. Dann machte er sich auf die Suche nach Janoš.

»Janoš, ich muss weg. Die wollen, dass mich die Fürsorge abholt.«

»Wieso denn auf einmal?«

»Maria kriegt ein Kind. Und aus irgendeinem Grund denken die, ich sei daran schuld.«

»Du? Wie kommen sie denn auf die Idee?«

»Keine Ahnung. Aber ich wart jetzt nicht auf die. Ich hau ab. Janoš, du bist noch sehr jung. Aber bitte pass auf die Maria auf, dass die ihr und dem Kind nicht wehtun. Versprich es mir.«

»Pah, ich bin neun. Und schau, meine Muskeln.« Janoš spannte den Bizeps an und zeigte den Ansatz von Muskeln auf den mageren, sehnigen Armen.

»Ich weiß, dass du ein zäher Kerl bist. Aber Maria ist so klein und zart. Pass auf sie auf.«

»Auf jeden Fall. Wann gehst du?«

»Jetzt gleich. Grüß mir Maria und sag ihr, warum ich wegmusste.«

Janoš schlang seine Arme um Franco. »Ich werde dich vermissen, Bruder.«

»Ich euch auch.«

***

MARIA

Als Franco mit der Bäuerin gesprochen und die alte Furie festgestellt hatte, dass sie schwanger war, sollte plötzlich Franco daran schuld gewesen sein? Diese falsche Schlange! Sie selbst hatte doch Siegfried aus Marias Bett gezerrt! Und ihr dann noch unterstellt, dass sie es war, die dieses Scheusal freiwillig und vorsätzlich zu sich gelockt habe. Gott sollte sie strafen für ihre Blödheit. Oder die Art und Weise, wie sie sich gegen das Offensichtliche sperrte. Dass ihr geliebter Sigi auf diese Weise mindestens zwei Menschen das Leben zur Hölle gemacht hatte, war ihr anscheinend vollkommen egal.

Plötzlich war Franco weg, und Janoš, gerade einmal neun Jahre alt, war ihr einziger Vertrauter und Freund. Und Maria, dreizehn, erwartete im Dezember ein Kind.

Sie wäre am liebsten gestorben. Aber sie trug jetzt Verantwortung für zwei Leben. Was sollte sie nur tun?

Jeden Abend, wenn sie todmüde und erschöpft in ihr Bett kroch, betete Maria zu Gott. Sie flehte ihn inständig an, wenn schon nicht sie, dann wenigstens ihr ungeborenes Kind zu beschützen. Gott hatte sie bisher irgendwie übersehen. Ach was, nicht nur sie. Alle Kinder hier. Aber vielleicht hatte er Mitleid mit einem unschuldigen Kindlein, das noch gar nicht auf der Welt war? Sie wollte es so gern glauben. Doch die Zweifel waren stärker.

»Mein armes Kleines. Du wirst in eine schreckliche Welt hineingeboren. Und ich habe keine Ahnung, ob ich dich beschützen kann.«

Sie weinte, bis sie keine Tränen mehr hatte.

***

Herbst 1959

MARIA

Die Woche begann mit Regen und Nebel und entsprach damit genau Marias Stimmung. Ihr Bäuchlein war gewachsen, obwohl

Maria noch immer jeden Morgen übel war. Sie bekam auch keine Chance, das, was sie ausgekotzt hatte, zu ergänzen. Die Bäuerin stand auf dem Standpunkt, wenn ihr Magen leer war, konnte sie wenigstens nicht noch einmal alles von sich geben. Das war besser für die Arbeit.

»Und außerdem«, setzte sie eines Tages hinzu, als Maria vor Hunger fast in Ohnmacht fiel, »wirst vielleicht drüber nachdenken, bevor du des nächste Mal des ganze guade Essen wieder ausspuckst.«

Maria hätte sie liebend gerne mit dem größten Küchenmesser abgestochen. Als würde sie freiwillig kotzen! Als wäre sie selbst daran schuld, dass sie schwanger war. Aber vielleicht war sie wirklich selbst teilweise schuldig. Sie hätte sich darum kümmern müssen, dass sie ein richtiges Schloss an die Zimmertür bekam, das man absperren konnte. Damals war sie zu feig gewesen, sich mit der alten Schreckschraube auseinanderzusetzen. Und jetzt musste sie die Folgen tragen.

Hin und wieder steckte ihr Janoš etwas zu essen zu, das er sich vom Mund abgespart hatte. Und zu ihrer Schande musste Maria gestehen, dass sie es heißhungrig hinunterschlang, obwohl sie wusste, dass der Bub das Essen selbst dringend gebraucht hätte. Im Großen und Ganzen bestand das Kind nur aus Haut und Knochen.

In die Schule durfte sie natürlich nicht mehr gehen.

»Bist narrisch? Du gehst nirgends hin! Was sollen denn da die Leut von uns denken, wenn du mit an dicken Bauch daherkommst?«, hatte die Bäuerin sie angefahren, als sie am ersten Schultag in der üblichen Kleidung und mit dem Schulranzen vor ihr gestanden war.

»Aber ich muss doch etwas lernen für später …«, versuchte Maria sich zu rechtfertigen.

»Wennst ned glei in den Stall verschwindst und di an die Arbeit machst, wird's für di ka Später geben«, fuhr die Bauersfrau sie an.

Maria blieb nichts anderes übrig, als sich zu fügen. Schläge konnte sie jetzt wegen des Kindes nicht mehr riskieren. Und Maria hegte keine Sekunde Zweifel, dass sie die wie immer erhalten würde, falls sie sich nicht an die Anordnungen der Alten hielt. Und zwar auf Punkt und Komma.

Mit Schaudern erinnerte sie sich an die Tracht Prügel, die der Bauer ihnen verabreicht hatte, als Franco abgehauen war. Die Fürsorgerin war gekommen, Franco gesucht worden, aber nirgends aufzufinden gewesen. Janoš und sie wurden gerufen und verhört. Janoš gab vor, keine Ahnung zu haben, und Maria wusste wirklich nichts. Erst später gestand ihr der Kleine, warum Franco weggelaufen war.

Der Bauer hatte sie beide mit seinem Gürtel verdroschen. Vorher mussten sie die Kleider ausziehen, damit sie nicht blutig wurden. Und wahrscheinlich auch, weil es noch mehr wehtat, wenn der dicke Lederriemen auf die nackte Haut niedersauste. Als der Alte endlich erschöpft war, hatten sie sich gegenseitig stützen müssen, damit sie den Raum verlassen konnten.

DAS BABY

Die Wahrheit ist eine unzerstörbare Pflanze.
Man kann sie ruhig unter einen Felsen vergraben,
sie stößt trotzdem durch, wenn es an der Zeit ist.

Frank Thiess

Heute

Am Abend des Tages, als Sandra ihren Willen bekundet hatte, den Hof zu behalten und umzubauen, fand sich neben Sandra, Dorli und Lupo noch Adam ein, um im Keller nach dem Rechten zu sehen und zu helfen.

»Als Erstes sollten wir uns die Mauer in dem Raum vornehmen, wo wir letztes Mal nicht weitergemacht haben. Denn eigentlich bin ich schon neugierig, was dort ist.«

»Ich kann mir auch nicht vorstellen, dass da irgendwer eine Tür zugemauert hätte, nur weil dahinter noch Marmelade und Sauergemüse stehen«, sagte Dorli.

»Ganz richtig. Also auf zur Schatzsuche!« Sandra schulterte den Maurerfäustel, ihr Vater war mit einer Schaufel bewaffnet, und Lupo trug die Spitzhacke, mit der er letzthin schon gute Erfahrungen gemacht hatte. Dorli hatte drei große Taschenlampen in einem Korb sowie zwei Sturmlaternen, die sie aber erst im Keller anzünden würden.

Die Mauer war schnell eingerissen, denn der Mörtel war alt und bröckelig. Dann schnappte sich jeder eine Lampe, und sie betraten den Raum. Die Luft war abgestanden und schal. Spinnen huschten davon, als sie in ihr Reich eindrangen, das ihnen wohl viele Jahre allein gehört hatte. Im Gegensatz zu dem Raum davor standen hier keine Regale, und es gab auch keine alten Marmeladengläser.

Plötzlich hörten sie Lupo stolpern und gleich darauf fluchen. »Das schaut hier seltsam aus. Leuchtet bitte einmal da her!«

Lupo stand fast an der Wand des Raumes. »Hier war auch etwas eingegraben. Wie im Erdäpfelkeller nebenan. Oder möglicherweise ist hier noch etwas vergraben. Es muss doch einen Grund geben, warum der Teil abgemauert wurde.«

»Ha, wir finden den Schatz der Nazis!«, lästerte Sandra. »Vielleicht ist da das Bernsteinzimmer drin.«

»Eh klar. Oder den Tresor von der Titanic.« Dorli lachte.

»Die ist doch gesunken, oder?«

»Eben. Genauso groß ist die Wahrscheinlichkeit, dass wir auf Nazigold stoßen.«

Lupo stocherte ein wenig mit dem Schraubenzieher im lockeren Erdreich herum. Plötzlich hielt er inne.

»Was ist?«, fragten Dorli und Sandra gleichzeitig.

»Knochen. Bitte mehr Licht.«

Dorli schnappte sich von Sandra die Lampe und trat neben ihn. Lupo buddelte vorsichtig weiter. Diesmal mit den bloßen Händen. Und legte eine winzige Hand frei. Besser gesagt, das Skelett einer winzigen Hand.

»Oh Gott, Sandra«, flüsterte Dorli mit belegter Stimme. »Kein Schatz. Eine Babyleiche. Wir brauchen die Polizei.«

Sie krochen den Gang zurück, schmutzig und niedergeschlagen.

»Wären wir doch nie da reingegangen«, murmelte Sandra.

Dorli drehte sich zu ihr. »Sag das nicht. Wer immer hier verscharrt wurde, hat auch ein Recht auf eine anständige Beerdigung.«

Zwei Stunden später kam Bertl Wagner aus dem unterirdischen Gang. Sein Gesicht trug Schmutzspuren. Er wandte sich an Dorli und Lupo.

»Ihr seids mir ned wurscht. Überall, wo ihr auftaucht, gibt's Leichen.«

»Wenn du dich dadurch besser fühlst, dann sag ich dir, dass es uns leidtut.« Dorli blickte ihn böse an. »Aber die Wand, die wir hier eingerissen haben, steht seit mindestens fünfzig Jahren da. Niemand kann sich daran erinnern, dass da früher eine Tür gewesen wäre. Also ist das Baby da drin schon sehr lang tot.«

»Jaja, ist schon gut. Ich weiß eh, dass ihr nix dafürkönnt. Aber ich sag dir's ganz ehrlich, Dorli, wenn du anrufst, hab ich schon Bauchweh, was jetzt wieder kommt.«

»Schau, sei froh, dass wenigstens nicht Sonntag ist. Da ist Dornröschen ned so grantig.«

»Geh, glaubst du, das macht einen Unterschied, ob Samstag oder Sonntag ist? Der ist immer schlecht aufg'legt. Und außerdem ist es außerhalb der Dienstzeit.« Er zuckte zusammen, als die Tür zur Küche aufgerissen wurde.

»Wie man vom Teufel spricht ...«, flüsterte er Dorli zu. Dann ging er Dornröschen entgegen.

»Da drin, am Ende vom unterirdischen Gang.« Er wies auf das Loch in der Mauer.

»Fix Teife! Wenn's mal ned regnet, dann denkts ihr euch gleich a andere Schikane aus.« Dornross winkte seine Leute mit den Koffern vorbei. »Ist schon Licht drin?«

»Ja«, erwiderte Sandra. »Lupo hat eine provisorische Leitung gelegt, und wir haben alle Stehlampen aus dem Haus in den Kellerraum geschafft.«

»Na, wenigstens etwas.« Dornröschen packte seine Koffer und verschwand im Durchgang.

»Der ist ja heute ausnehmend gnädig gestimmt«, bemerkte Lupo. »Gar nicht wie sonst. Er hat niemanden von uns angepöbelt.«

Dorli grinste schief. »Wart mal, bis er rauskommt. Wenn er dann so dreckig ist wie der Bertl, dann können wir uns was anhören.«

***

»Am Montag kommt Werner auf freien Fuß«, eröffnete Sandra Dorli am nächsten Morgen beim Kaffee.

»Wie das?«

»Na ja, Wiederholungsgefahr besteht nicht, ebenso wenig wie Flucht- oder Vertuschungsgefahr, und ich habe die Kaution erlegt. Somit ist er frei bis zur Verhandlung.«

»Sehr edel.«

»Ach was. Er ist Alkoholiker. Er braucht einen langsamen Entzug. Nicht plötzlich keinen Alk mehr. Ich werde mit ihm reden, dass er sich in Behandlung begibt.«

Na, viel Vergnügen! Als ob Alkoholiker vernünftigen Argumenten zugänglich wären. Aber vielleicht siegte hier die Vernunft, wenn er sich vor Augen hielt, dass er bei einer Verurteilung sicher ins Gefängnis musste. Und dort bekam er wohl kaum seine tägliche Ration Schnaps.

Am Abend, als es ruhig im Haus geworden war, sprach Dorli mit Lupo über die seltsame partielle Vergesslichkeit Sandras, die ihre ehemaligen Schulkolleginnen nicht wiedererkannte.

»Hm, das klingt allerdings sonderbar. Soll ich mal ein paar Erkundigungen einziehen, was sie in den vierzehn Jahren so getrieben hat, als sie nicht mehr zu Hause war? Also neben Schule und Studium? Es muss ja Leute geben aus der Zeit, die sie gekannt haben.«

»Kann nicht schaden. Aber wie kann so etwas geschehen?«

»Dass man so viel vergisst? Keine Ahnung. Vielleicht früher Rauschgift? Oder überhaupt ein Verdrängungsprozess, weil sie zu Hause alles gehasst hat? Aber ich bin kein Psychologe.«

»Na, sieh mal, was du rauskriegst. Ob du überhaupt was herausfindest.«

»Ich werde meine Fühler ausstrecken. Aber mach dir keine allzu großen Hoffnungen. Es ist lang her.«

***

Es war früher Morgen. Dorli hörte den Hahn krähen, die Kühe bewegten sich unruhig im Stall und muhten, und hin und wieder klang es wie Kirchenglocken.

»Hilfe!«

Dorli schreckte aus dem Halbschlaf. In ihrem seltsamen Traum hatte doch glatt jemand um Hilfe gerufen. Doch dann hörte sie wieder einen furchtbaren Schrei. Sie öffnete die Augen und sah, dass Lupo eben in ein Hemd schlüpfte, die Hosen hatte er schon an. Und die Kirchenglocken waren auch kein Traum gewesen. Sie riefen wohl zur Frühmesse.

»Was ist los, Lupo?«

»Keine Ahnung. Aber irgendwer schreit um Hilfe. Ich seh mal nach.«

Lupo stürzte aus dem Zimmer, und Dorli beeilte sich, sich etwas überzuziehen. Dann rannte sie mit Idefix, ihrem großen Berner Sennenhund, hinter ihm her.

Im Hof sah sie gerade noch, wie Lupo Sandra am Arm packte.

Sie schrie immer wieder: »Er ist tot!«

Dann verschwand Lupo mit ihr im Anbau beim Stall. Dort wohnte doch Werner!

Als sie den Raum betrat, nahm sie als Erstes den seltsamen Geruch wahr. Irgendwie bitter auf den Schleimhäuten, metallisch. Blut. Und dann sah sie, dass Werner auf dem Bett in einer riesigen, zum Großteil eingetrockneten Lache lag. Halb bedeckt mit einer ebenfalls blutdurchtränkten Decke.

Lupo hielt zwei Finger auf die Halsschlagader und schüttelte den Kopf.

»Tot. Und nach der Temperatur der Haut zu schließen, schon länger.«

»Verdammt. Ich hätte ihn im Gefängnis lassen sollen«, rief Sandra verzweifelt. »Dort hätte er sich nicht umbringen können.«

»Das war kein Selbstmord.« Lupo winkte Dorli zurück. »Raus. Das ist ein Tatort. Wir müssen Bertl Wagner anrufen.«

»Er wurde umgebracht?«, flüsterte Sandra tonlos.

»Ja.« Lupo schlug die Decke zurück. »Und zwar mit zahlreichen Stichen in Brust und Bauch. Es muss eine regelrechte Hinrichtung gewesen sein.«

»Oh mein Gott«, murmelte Dorli. »Ich trau mich gar nicht, anzurufen. Es ist Fronleichnam. Wisst ihr, was das bedeutet?«

»Dann gib mir das Telefon, und ich ruf an. Auf die Befindlichkeit von Dornröschen können wir leider keine Rücksicht nehmen, wenn jemand derart hingemetzelt worden ist.«

Als sie später in der Küche zusammensaßen, jeder eine Tasse extrastarken Kaffee und einen Teller mit Gebäck vor sich, brachte keiner von ihnen etwas hinunter. Nur Johannes trank schmatzend seinen Kakao und aß mit Appetit. Adam war bereits im Stall, Erika in der Kirche.

»Wer sollte bitte etwas gegen Werner haben?«, fragte Dorli.

»Keine Ahnung«, sagte Sandra. »Aber vor allem stellt sich die Frage: Wer wusste denn überhaupt, dass er wieder zu Hause ist?« Sie räumte das Frühstücksgeschirr auf ein Tablett, stellte es bei der Spüle ab und verließ mit Johannes den Raum. Dorli schnappte sich die Zeitung vom Dienstag, die noch völlig unberührt auf dem Tisch lag.

Auf der ersten Seite prangte eine reißerische Überschrift: »Babyleiche gefunden«. Und darunter im Text stand, dass auf dem Hof der ermordeten Bauern Adametz das Skelett eines Säuglings gefunden worden war, der dort seit etwa fünfzig Jahren eingemauert war. Dorli fand es schlimm, dass bei Verbrechern die Namen nie ausgeschrieben werden durften, aber bei Opfern kümmerte es kein Schwein. Und auch hier war es völlig unnötig, den Hof mit Namen zu erwähnen. Als ob hier nicht schon genug Verrücktes passierte!

Auf Seite fünf fand Dorli noch eine kurze Notiz, in der festgehalten wurde, dass der Entführer des kleinen Johannes A. bis zum Prozess auf freien Fuß gesetzt wurde und am Montag das Gefängnis verlassen hatte.

»Ganz Österreich wusste, dass Werner wieder zu Hause ist.«

»Wie bitte?«, fragte Lupo, der mit seinem Notebook im Internet surfte.

»Hier.« Dorli reichte ihm die aufgeschlagene Zeitung.

»Hm. Das vergrößert natürlich den Kreis der Verdächtigen. Aber ich habe sowieso nicht angenommen, dass es jemand von der Familie war.«

»Und warum?«, fragte Dorli.

»Werner war vielleicht nicht gerade das beliebteste Familienmitglied. Ich kann mir jedoch nicht vorstellen, dass ihn jemand auf diese Weise umgebracht hätte. Das sieht nach einem Racheakt aus. Nach einem Angriff in irrsinnigem Zorn.«

»Das leuchtet mir ein.« Dorli strich Idefix liebevoll über den großen Schädel, den der auf ihren Schoß gelegt hatte. »Was treibst du eigentlich da?«

»Ich suche nach Spuren von Sandra.«

»Im Internet?«

»Na, du wolltest doch wissen, ob sie mal ein Trauma erlitten hat oder etwas anderes passiert ist, sodass sie sich heute an so vieles nicht erinnern kann.«

»Ja, natürlich. Hast du schon was gefunden?«

»Nicht viel. Aber eine ehemalige Schulkollegin aus der Abendschule hat angeboten, sich mit mir zu treffen, wenn ich will.«

»Weiß sie denn was?«

»Mal sehen. Sie wusste zumindest, dass Sandra mit einem anderen Mädchen zusammengewohnt hat. Das war aber plötzlich, von einem Tag auf den anderen, verschwunden.«

»Interessant.« Dorlis Stimme klang ironisch.

Lupo ließ sich nicht beirren. »Eben. Fand ich auch. Ich treffe die Schulkollegin heute Abend in Wien, im Café Benno in der Alser Straße. Willst du mit?«

»Nein, ich halte hier die Stellung. Außerdem ist die Mitbewohnerin wahrscheinlich einfach nur ausgezogen.«

»Das werde ich hoffentlich heute Abend erfahren. Aber pass auf dich auf. Schön langsam wird es hier echt gefährlich.«

»Keine Bange. Mein persönlicher Leibwächter würde mich warnen, wenn jemand mir nahe kommen täte, den er nicht kennt.« Dorli tätschelte Idefix liebevoll die Flanke. »Und was er mit dem anstellen würde, wenn er auf mich losginge, das möchte ich gar nicht wissen.«

***

Als Lupo ins Café Benno kam, war er ein wenig zu früh. Er sagte der Kellnerin, dass er auf eine Dame mit Namen Verena Dengler wartete. Falls sie nach ihm fragte, sollte sie so nett sein, sie zu ihm zu schicken.

Als sie zurückkam und seine Melange und ein Glas Wasser auf den Tisch stellte, sagte sie: »Die Dame ist schon da. Sie sitzt im nächsten Raum. Wollen Sie zu ihr gehen, oder soll ich ihr sagen, dass Sie da sind?«

»Danke, ich gehe hinüber.«

»Das ist allerdings der Raum für Raucher.«

»Schon in Ordnung.«

Er nahm seinen Kaffee und folgte der Kellnerin nach nebenan. Sie zeigte auf den dritten Tisch. Dort saß eine junge Frau mit langen blonden Haaren und einem süßen Gesicht. Als sie sich etwas erhob, um ihm die Hand zu reichen, sah Lupo, dass sie Krücken neben sich stehen hatte.

»Oh, tut mir leid. Hätte ich gewusst, dass Sie etwas gehandicapt sind, hätten wir uns gerne auch woanders treffen können.«

»Nein, nein, das macht nichts. Ich bin mobil und nicht krank.«

Lupo nahm Platz und nippte an seinem Kaffee.

»Sie sagten, es gehe um Sandra Adametz. Was hat sie denn angestellt?« Sie lächelte ein wenig.

»Nichts, Frau Dengler, soweit wir wissen.«

»Nennen Sie mich Verena. Frau Dengler klingt so alt.«

»Gern. Nun, es ist so, dass Sandra viele Jahre weg von zu Hause war. Und da passieren im Moment so viele seltsame Sachen, dass wir uns fragen, ob vielleicht jemand aus Sandras Vergangenheit etwas damit zu tun haben könnte.«

»Sie meinen die Entführung ihres kleinen Bruders?«

»Nicht nur. Es geht auch um Mord.«

»Oh mein Gott! Ist Sandra darin verwickelt?«

»Nein. Zumindest nicht als Verdächtige.«

»Gott sei Dank! Also, was wollen Sie wissen?«

»Sie sagten, sie hätte mit einem anderen Mädchen zusammengewohnt.«

»Ja. Mit Corinna. Die war zwei, drei Jahre älter als sie. Sandra hat erzählt, sie hat das erste Jahr, nachdem sie von zu Hause abgehauen war, auf der Straße gelebt. Dort hat sie Corinna kennengelernt. Und als es ihr gelang, endlich eine Wohnung zu mieten, hat sie Corinna zu sich genommen.«

»Kannten Sie Corinna?«

»Ich hab sie ein paarmal gesehen. Sie wirkte auf mich immer abwesend und depressiv. Wenn ich zum Lernen kam, ist sie jedes Mal aus dem Raum gegangen.«

»Und was ist dann passiert? Sie sagten, eines Tages war Corinna weg.«

»Ich habe Sandra natürlich gefragt. Aber sie meinte nur, dass Corinna verschwunden sei, wie schon öfter, und sicher bald wiederauftauchen würde. Vor allem, wenn ihr das Geld ausginge.«

»Aber sie kam nicht wieder.«

»Nein.«

»Hat Sandra sie als vermisst gemeldet?«

»Warum hätte sie sollen? Corinna war großjährig. Sie konnte gehen, wann und wohin sie wollte.«

»Und Sie haben nie wieder etwas von ihr gehört?«

»Nein.«

»Können Sie sich erinnern, wie sie aussah?«

»Jetzt, wo Sie das fragen, fällt mir auf, dass Sandra und Corinna sich etwas ähnlich gesehen haben. Allerdings mit Abstrichen. Denn Sandra war immer gut drauf und voll Schwung und Elan und Corinna das genaue Gegenteil. Eine richtige Trauerweide.«

»Gab es Männer, die mit den Mädchen befreundet waren?«

»Keine Ahnung. Darüber hat Sandra nie gesprochen. Und kennengelernt hab ich auch keinen.«

»Was haben Sie nach der Schule gemacht? Auch studiert?«

»Nein. Ich wollte endlich Geld verdienen. Aber nicht so nebenher wie Sandra, sondern richtig viel. Später habe ich gemerkt, dass es besser gewesen wäre, wenn ich doch ein Studium angehängt hätte.«

»So schlimm?«

»Schlimm nicht. Und ich bin auch nicht unzufrieden. Ich arbeite in einer Bücherei. Aber zu den Großverdienern kann man ohne Studium nur als Gauner gehören. Und selbst da bin ich mir nicht sicher.« Verena lachte verlegen.

»Haben Sie später noch von Sandra gehört?«

»Aber ja. Solange sie studiert hat, sind wir uns hin und wieder über den Weg gelaufen und dann auf ein Bier gegangen. Selbst aus Brüssel hat sie mir manchmal eine Karte geschickt. Zu Weihnachten zum Beispiel.«

»Danke, Verena, Sie haben mir sehr geholfen. Zwei Fragen habe ich noch, dann sind Sie mich los. Erstens: Wissen Sie, wie Corinna mit Familiennamen geheißen hat?«

»Oh Mann, das ist so lange her. Irgendwas mit K. Kaske, Klasske oder so ähnlich.«

»Letzte Frage: Hat Sandra irgendwann einmal einen Schock erlitten, ein Trauma? Vielleicht durch einen Unfall?«

»Nicht in der Zeit, in der wir uns kannten. Warum fragen Sie?«

»Manchmal wirkt sie so. Aber keine Sorge, es geht ihr gut. Außer dass ein Irrer allem Anschein nach die Familie ausrotten will. Darum wollte ich auch wissen, ob es Männerbekanntschaften gab.«

»Ich hoffe, Sie können den Wahnsinnigen bald finden und ihm das Handwerk legen. Es wäre schade, wenn Sandra etwas zustieße.«

Lupo bezahlte und fragte, ob er Verena Dengler irgendwo absetzen sollte.

»Nein danke, ich bleibe noch ein wenig. Ich komme eher selten raus. Und wenn ich schon mal hier bin, dann trinke ich noch ein Glaserl Wein, bevor ich mich auf den Heimweg mache.«

Lupo ließ während der Autofahrt nach Buchau das Gehörte Revue passieren. Ein Satz war ihm besonders im Gedächtnis haften geblieben: Sandra und Corinna hätten sich sogar ähnlich gesehen. Konnte es sein, dass Sandra gar nicht Sandra war? Und falls dem wirklich so wäre, was war dann mit der echten Sandra geschehen? Könnte es einen Grund geben, dass Sandra jetzt ihre Familie ausrottete? Oder Corinna, die ihre Identität angenommen hatte? Wohl nicht, denn Corinna war ja die Trauerweide gewesen. Und die Sandra, die Lupo kannte, war eine zupackende, aktive Frau, die immer gut drauf war. Außer sie fanden gerade wieder mal eine Leiche.

Doch es gab Fragen. Fragen, die es zu klären galt. Hätte ihn die falsche Sandra mit den Ermittlungen beauftragt, wenn sie eine Mörderin wäre? Eher nicht. Denn was oder wer immer sie möglicherweise war, dumm war sie keineswegs. Dieses Treffen hatte Lupo keine passenden Antworten, dafür jede Menge weiterer Fragen beschert.

***

Als Lupo zurückkam, sah er Dorli über ihren Unterlagen für die Detektivschule Eurodet brüten. »Na, schwieriges Thema?«

»Nein, eher schwere Entscheidung.«

»Ach, was denn?«

»Schießtraining. Wer will, kann die eigene Waffe mitbringen. Ich hab da noch so einen Schießprügel von Opa aus dem Zweiten Weltkrieg. Meinst, soll ich mit dem …«

»Ein Vorderlader? Mit Schießpulver und so?«

»Nein, du Depp. Einfach ein alter Revolver.«

»Dorli, wenn du glaubst, dass du jemals eine Waffe verwenden wirst, dann solltest du dir eine moderne, leichte und zuverlässige zulegen. Und mit genau der auch die Schießübungen abhalten. Alles andere ist ziemlich sinnlos. Was tust, wenn du einmal im Leben wirklich von der Waffe Gebrauch machen musst, und das alte Ding hat Ladehemmung, oder es klemmt irgendwas?«

»Na ja, hast eh recht. Aber was soll ich mir da anschaffen?«

»Klein, leicht, kein harter Rückstoß, aber groß genug, um einen Angreifer zu stoppen. Also keinen Damenrevolver.«

»So was gibt's?«

»In jedem zweiten Hollywoodkrimi. Hat die toughe Lady dann in der Handtasche oder im Strumpfband.«

»Wer tragt denn heute noch ein Strumpfband?«

»Na ja, dann waren das halt alte Hollywood-Schinken.«

»Gehst du mit mir Waffen gucken?«

»Na sicher. Wie war's hier?«

»Alles ruhig. Wenn irgendwer um die Ecke gebracht worden ist, dann lautlos.«

»Mal den Teufel nicht an die Wand.«

»Was war bei dir?«

Lupo fasste das Gespräch mit Verena Dengler kurz zusammen.

»Na, das ist ja ein Ding. Wenn es blöd hergeht, dann ist Sandra Corinna und die echte Sandra verschwunden. Dann hat sogar die falsche Sandra geerbt.«

»Geh, bitte! Aber ja, alles ist möglich.«

»Ich glaube nur nicht, dass sie die Leute hier umbringt. Was hätte sie davon? Egal, ob sie die echte Sandra ist oder nicht, es gehört eh alles ihr. Ganz im Gegenteil: Wenn sie irgendwas anstellen sollte, würde sie erst richtig durchleuchtet.«

»Ich glaube es auch nicht. Denn wenn ich mir ansehe, wie sie mit Johannes umgeht, dann glaube ich, dass sie ihn sehr liebt.«

»Und was sie für Pläne hier verwirklichen will! Wäre sie nicht Sandra, dann hätte sie doch einfach die Klitsche verkauft, das Geld eingesackt und wär verschwunden.«

***

Dorli erklärte beim Frühstück, dass sie die Holzinger Anni angerufen hatte, weil sie noch einmal mit ihr wegen der Kinder sprechen wollte.

»Was versprichst du dir davon?«, fragte Sandra.

»Nun, wir wissen, dass hier Pflegekinder waren. Sie wurden nicht gerade wie Prinzen behandelt, und eines davon war ein Mädchen. Wir haben das Skelett eines Säuglings gefunden, der mindestens ein halbes Jahrhundert hier begraben lag. Kommen euch da nicht auch komische Gedanken?«

»Du denkst an Kindesmissbrauch und späte Rache?«, fragte Sandra.

»So was in der Art.«

»Aber wieso nicht früher, wieso jetzt?«

»Ich weiß es nicht. Und es muss ja auch nicht so sein. Aber es stimmt mich schon nachdenklich, dass jetzt nach dem Tod der Altbauern eine längere Pause war. Und kaum steht das von dem Baby in der Zeitung, wird Werner umgebracht.«

Lupo grummelte: »Das klingt aber sehr weit hergeholt.«

»Ich weiß. Aber solange keiner eine bessere Idee hat, werde ich hier weiter nachbohren.«

Bei der Anni roch es wunderbar nach den Rosen, die vor dem Haus aufgeblüht waren. Jedes Mal, wenn ein Windhauch vorbeistrich, kam ein weiterer Schwung Rosenduft ins Zimmer geweht.

»Danke, Anni, dass du mich gleich heute empfängst.«

»Ach was, war eh zu Haus?«

»Mein Gott, bei dir ist es so friedlich«, murmelte Dorli und ließ sich auf die bequeme Bank vor dem Fenster fallen.

»Hättest heute Nacht da sein sollen? Da war da draußen der Teufel los?«

»Wieso denn das?«

»Katzenkrieg? Irgendwo in der Gegend muss eine rollige Katze wohnen? Und hier bei mir haben sich die Kater bekriegt?«

»Gab's Tote?«

»Was ist denn das für eine Frage? Natürlich nicht?«

»Am Hof der Adametz ist gestern der Werner ermordet aufgefunden worden.«

»Aber der war doch im Häfen?«

»Wurde Montag auf Kaution bis zur Verhandlung entlassen.«

»Aha? Weiß man, wer das getan hat?«

»Nein. Genauso, wie wir bis jetzt keine Ahnung haben, wer die Altbauern erpresst und umgebracht hat.«

»Blöde G'schicht?«

»Anni, ich möchte dich bitten, dich noch einmal zu erinnern, wie die Kinder hießen, die damals auf dem Adametz-Hof zur Pflege waren. Seit der Säugling gefunden worden ist, habe ich zumindest eine vage Vorstellung davon, was passiert sein könnte.«

»Geh, Dorli, das kann doch nicht dein Ernst sein. Wenn das Mädel damals angenommen vierzehn Jahre alt war, dann wär es doch spätestens zehn Jahre später hier aufgetaucht und hätte dem Adametz die Hölle heißgemacht.«

»Aber die Erpresserbriefe, in denen das Russenkind erwähnt ist – das ist doch auch ein Hinweis in diese Richtung.«

»Hm. Lass mich mal ein bisserl nachdenken?«

»Soll ich morgen wiederkommen?«

»Weiß noch nicht? Ich ruf dich an?«

***

Sandra war von Bertl Wagner informiert worden, dass die Ergebnisse bezüglich des toten Säuglings nun vorlagen. Sie hatte Lupo gebeten, sie auf die Inspektion zu begleiten.

»Also, was hat der Gerichtsmediziner herausgefunden?«, fragte Lupo.

Bertl Wagner zog eine schmale Mappe zu sich heran und öffnete sie. Er nahm ein einsames Blatt heraus, setzte seine Brille auf und studierte kurz die Aufzeichnungen, bevor er sie weglegte und zu sprechen begann.

»Nicht viel. Das Skelett ist etwa fünfzig bis sechzig Jahre alt. Nur durch das trockene Erdreich in dem Keller ist es überhaupt erhalten geblieben. Bei Babyknochen finden nämlich normalerweise wesentlich schnellere Zersetzungsprozesse statt als bei Erwachsenen oder älteren Kindern. Das hat etwas mit der noch nicht abgeschlossenen chemischen Ausbildung der Knochen zu tun. Wäre verwertbare DNA vorhanden gewesen, hätte man das Geschlecht bestimmen können. War aber nicht der Fall nach der langen Zeit in der Erde. Es gibt auch keine Erkenntnisse darüber, ob das Kind nach der Geburt gelebt hat oder ob es eine Totgeburt war, ob der Säugling eines natürlichen Todes gestorben ist oder getötet wurde. Fest steht jedenfalls, dass keine Anzeichen von Gewalteinwirkung, wie etwa Knochenbrüche, festzustellen sind, keine Scharten am Skelett, die auf Messerstiche oder Ähnliches hinweisen würden. Und das war es dann.«

»Hm, das ist nicht gerade viel. Wir werden also nie erfahren, von wem das Kind war und warum es dort begraben wurde.«

»Nein, zumindest nicht auf diesem Weg. Aber eines kann man aus der Art der Bestattung schließen: Wenn ein Säugling einfach in der Erde verscharrt wird, nicht einmal in eine Decke eingewickelt, was die meisten Leute sogar mit ihren Haustieren tun, wenn sie sie im Garten vergraben, dann war das sicher kein liebevolles Begräbnis.«

Lupo räusperte sich. »Dorli meint, dass vielleicht eines der Pflegekinder ein Kind geboren hat und die Bauern es verschwinden ließen, bevor sich die Leute im Dorf das Maul darüber zerrissen.«

»Unwahrscheinlich, aber nicht unmöglich. Oder vielleicht eine Magd, sofern es eine gab.«

»Kann man das denn nicht feststellen?«, fragte Sandra.

»Wegen der Pflegekinder könntet ihr euch an die MA 11 der Stadt Wien wenden. Dort läuft seit 2010 eine Studie zur Fremdunterbringung von Kindern und Jugendlichen in Heimen. Dabei stellte sich heraus, dass es auch viele Unterbringungen in Pflegefamilien gab, wo es den Kindern oft noch schlechter ging als in den Heimen. Im Zuge der Berichterstattung über die Studien meldeten sich viele Opfer beim Weißen Ring. Daher wurde 2012 eine eigene Studie zur Erfassung der Situation der Pflegekinder nach dem Krieg initiiert.«

»Woher wissen Sie denn das alles?«, fragte Sandra interessiert.

»Hin und wieder bekommen wir Anfragen zu dem Thema. Allerdings war noch nie eine zur Familie Adametz dabei.«

»Und an wen wenden wir uns da am besten?«, fragte Lupo.

»Wie gesagt, die MA 11 ist zuständig, und dort würde ich es mit dem Referat für Pflege- und Adoptivkinder versuchen. Ich glaube, die sitzen im neunten Bezirk. Wenn die nichts wissen, können sie euch zumindest weiterhelfen.«

»Danke vielmals, Bertl. Das werden wir versuchen. Denn wenn der Säugling wirklich von einem Pflegekind stammte, könnte das schon ein Motiv für Rache sein.«

»Lupo, einerseits hast du recht, andererseits halte ich das deswegen für Schwachsinn, weil seit damals eben fast sechzig Jahre vergangen sind. Die damaligen Kinder sind heute siebzig oder achtzig. Sind die überhaupt noch in der Lage, irgendetwas anzustellen? Leben sie überhaupt noch? Und warum sollten sie so lange gewartet haben?«

***

Lupo telefonierte seit acht Uhr früh mit Mitarbeiterinnen der MA 11, ohne dass er auch nur eine kompetente Ansprechperson gefunden hatte. Es war zum Haareraufen! Doch plötzlich hatte er eine Frau an der Strippe, die ihm zwar nicht per Telefon Auskunft geben wollte, aber ihm zu helfen versprach, wenn er sie aufsuchen würde.

Nach dem Gespräch mit Bertl Wagner hatte er Sandra gefragt, ob sie wirklich wollte, dass er weiterermittelte.

»Na sicher!«, war ihre Antwort gewesen. »Es gibt drei gewaltsame Todesfälle in meiner Familie plus einem Babyskelett. Ich will wissen, was wir für Leichen im Keller haben.« Sandra stockte. »Das war jetzt vermutlich nicht die beste Formulierung. Aber Sie wissen, was ich meine.«

Lotte Eder war an die fünfzig, eine resolute Blondine, deren Haar die ersten weißen Strähnen aufwies.

»Es ist nicht so einfach, so alte Fälle aufzuspüren«, meinte sie, nachdem sie Lupo gebeten hatte, Platz zu nehmen. »Die Daten wurden damals ja noch händisch in Akten erfasst, und viele sind verloren gegangen. Was wollen Sie denn genau wissen?«

»Bei einer Bauernfamilie namens Adametz in Buchau in Niederösterreich sollen in den sechziger Jahren mehrere Pflegekinder untergebracht gewesen sein. Die Angaben über die Anzahl variieren, es ist halt schon lange her. Aber drei sollen es jedenfalls gewesen sein. Ein Mädchen und zwei Buben. Können Sie irgendetwas dazu finden?«

»Kennen Sie die Namen der Kinder?«

»Nein. Das macht die Sache schwieriger.«

»Und warum interessieren Sie sich überhaupt dafür?«

»Ich weiß nicht, ob Sie die Ereignisse der letzten Wochen mitbekommen haben. Mittlerweile sind drei Menschen aus der Familie ermordet worden. Und man hat das Skelett eines Säuglings gefunden, das mindestens fünfzig Jahre alt ist. Es wäre zwar unwahrscheinlich, aber es besteht durchaus die Möglichkeit, dass hier eine späte Rache das Motiv ist.«

»Und was sagt die Polizei?«

»Es gibt keinerlei verwertbare Spuren, keine Hinweise auf einen Täter aus dem Umfeld der Familie, nichts. In Sachen Pflegekinder arbeite ich mit den lokalen Behörden zusammen.«

»Na gut. Begleiten Sie mich in den Keller? Wenn es eine Chance gibt, etwas herauszufinden, dann dort.«

Lotte Eder schnappte sich einen Schlüsselbund, rief der Kollegin im Nebenzimmer zu, dass sie ins Archiv gehe, und bat Lupo, ihr zu folgen.

Sie fuhren mit dem Aufzug in den Keller. Und von dort stiegen sie noch zwei Treppen hinunter bis zu einer Eisentür. Dort schloss Lotte Eder mit dem größten Schlüssel an ihrem Bund auf. Sie drückte rechts neben der Tür auf einen Schalter, und an der Decke flammten knackend und stotternd eine Reihe Leuchtstoffröhren auf. Es roch so ähnlich wie in der Pfandleihe, wo Lupo hin und wieder etwas versetzen musste, damit er bis zum Monatsletzten über die Runden kam.

»Wissen Sie, das Problem ist, dass es in den Jahren zwischen 1950 und 1960 so viele Pflegekinder gab. Man hat ja fast in jedem Fall sogenannte Besatzungskinder aus den Familien geholt und in Pflegefamilien untergebracht. Fälschlicherweise ging man damals davon aus, dass die Kinder es dort besser haben würden als in der eigenen Familie. Wie sich später herausstellen sollte, ein tragischer Irrtum.«

Sie gingen an langen Reihen von Metallgestellen entlang, die vom Boden bis zur Decke mit Akten gefüllt waren.

»Aber vielleicht haben wir Glück. Denn es gab damals auch sehr ordentliche Beamte, die ein Register angelegt haben, bei welchen Familien welche Kinder untergebracht waren.«

»Das wäre fein!«, antwortete Lupo und dachte: Bei unserem Glück sind die sicher nicht dabei.

Lotte Eder schnappte sich eine Leiter, die an der Wand lehnte.

»Kann ich für Sie etwas runterholen?«, fragte Lupo.

»Wenn Sie so nett wären? Die Kiste dort oben mit den Jahreszahlen ›1952–1960‹.«

Lupo stemmte den schweren Karton auf seine Schultern und kletterte damit die Leiter hinunter.

»Das sind nur die Aufzeichnungen über die Pflegefamilien, die in diesen Jahren Pflegekinder hatten.«

»So viele?«, staunte Lupo.

»Oh ja. Ich weiß das nur, weil ich in der Untersuchungskommission mitgearbeitet habe, die versuchte, die vielen Fälle von Übergriffen und Misshandlungen aufzuklären. Allein im Jahr 1952 befanden sich unter den betreuten Kindern mehr als zweitausend, deren Väter einer der vier Besatzungsmächte angehörten.«

»Nicht schlecht.«

»Tja, aber das waren beileibe nicht alle Fälle. Da gab es noch die Kriegswaisen, die keine Angehörigen mehr hatten. Die Kinder, die bei der Flucht ihrer deutschstämmigen Mütter aus Ländern wie Polen oder Rumänien den Anschluss an ihre Familie verloren. Und die, die sich allein durchgeschlagen haben. Die Pflegeheime sind praktisch aus allen Nähten geplatzt. Daher hat man versucht, so viele Kinder wie möglich an Pflegeeltern abzugeben.«

Lotte Eder, die inzwischen den Deckel der Kiste entfernt und weggelegt hatte, nahm den ersten Ordner heraus. »Wir wissen natürlich auch nicht das Jahr, oder?«

»Nein. Aber es muss so zwischen 1952 und 1955 gewesen sein, als die Kinder dort eintrafen. Denn angeblich waren sie 1960 alle weg.«

»Das kann ich mir vorstellen. Denn sobald die Schulpflicht vorüber war, sind die Kinder meist aus den Familien geholt worden, und man hat sie in eine Lehre gesteckt. Na gut, dann fangen wir mit 1952 an. Wie hieß die Familie noch einmal? Adameck?«

»Adametz.«

»Sie können sich gleich den nächsten Ordner nehmen, da ist das Jahr 1953 drinnen.«

Sie legten die Unterlagen auf einen ausgedienten Schreibtisch und setzten sich einander gegenüber auf wackelige Holzstühle. Schweigend blätterte Lupo in den alten Aufzeichnungen. Das Papier war gelblich, die Ränder oft ausgefranst, und die Luft roch nach Papierstaub, der sich jedes Mal erhob, wenn einer von ihnen umblätterte.

Nach einer Stunde war er durch und sah, dass Lotte Eder eben ihren Ordner wegstellte.

»Nichts«, sagten sie fast synchron.

»Nicht verzagen, wir haben ja noch ein paar Ordner.« Die Eder griff lächelnd nach dem nächsten Papierpacken. Und Lupo nahm sich seufzend den folgenden. Nach einer halben Stunde rief Lotte Eder: »Ha! Ich glaub, ich hab sie.«

Lupo eilte um den Tisch und blickte ihr über die Schulter.

»Da!« Sie deutete auf den Eintrag.

Adametz, Josef und Notburga.
Eigene Kinder: 3, davon 2 im Krieg umgekommen. Überlebend 1 Sohn, Siegfried.

»Ja, das sind sie!« Lupo war begeistert.

»Okay, dann schauen wir mal, wer die Kinder waren.«

Franco Lanninger, 11 Jahre, Mutter ledig, Vater angeblich italienischer Soldat.
Janoš, ca. 4 Jahre, Nachname unbekannt, Zigeunerkind aus Umgebung Oberwart.
Maria Mann, 8 Jahre, Mutter ledig, 5 Geschwister, 1 davon verstorben.

»Das ist super. Jetzt müssten wir nur noch herausfinden, wohin die Kinder nach dem Aufenthalt bei den Adametz gekommen sind.«

»Das wird schwerer sein, als sie hier zu finden. Denn üblicherweise sind die Kinder nach der Pflegefamilie entweder in einem Heim der Stadt Wien aufgenommen oder an weitere Pflegeplätze vermittelt worden. Aber da kann Ihnen vielleicht ein Kollege weiterhelfen, der die Heimkinderseite gut kennt.«

***

Dorli saß vor dem Computer in ihrem Büro und tat, als arbeitete sie. In Wahrheit sah sie zum Fenster hinaus und dachte über Sandra nach. Wie könnte sie herausfinden, ob sie wirklich die war, für die sie sich ausgab? Vielleicht mit Hilfe der Kräuterwaberl. Oder ihr eine Fangfrage stellen. Aber was sagte das schon? Nach so langer Zeit konnte es genauso gut sein, dass sich Sandra wirklich an vieles nicht mehr erinnern konnte. Vielleicht hatte sie nur die Erinnerungen an eine nicht besonders schöne Kindheit erfolgreich verdrängt. Wer hatte schon eine Ahnung davon, was der menschliche Geist schaffte, um das Individuum am Leben zu erhalten? Dorli stellte sich auch die Frage: Könnte es wirklich sein, dass Sandra die Familie Adametz ausrottete? Die Antwort lautete: Nein, definitiv nicht. Besonders Johannes schien sie abgöttisch zu lieben.

Plötzlich riss sie ein ungewöhnliches Flugobjekt aus ihren Überlegungen.

»Fliagt da Bauer übers Dach, is bei Gott da Wind ned schwach!«, quietschte Barbara Schöne und klatschte wie ein Kind in die Hände.

»Was ist denn das?«, rief Iris aus dem Bürgermeisterbüro.

»A oide Bauernregel«, antwortete die schöne Babsi kichernd.

»Nur dass draußen kein Wind weht«, murmelte Dorli. Und der Bauer hatte den Flug angetreten, als sein vorsintflutlicher Traktor, noch so ein Exemplar ohne Dach, den Hydranten am Straßenrand mittschiffs getroffen hatte. Dadurch wurde er von geschätzten fünfzig Stundenkilometern auf null abgebremst.

»Iris, ruf bitte Feuerwehr und Rettung.«

»Für was denn die Feuerwehr?«, fragte Barbara Schöne entgeistert.

»Weil der Depp den Hydranten umgelegt hat. Und dort schießt das Wasser meterhoch in die Luft!«

Dorli rannte aus dem Amtshaus, um dem Bauern Erste Hilfe zu leisten.

Als sie das Unfallopfer keuchend erreichte, saß der Unglückswurm voll Dreck, aber weitestgehend unversehrt im Graben neben der Straße und hielt sich den Arm. Der hatte doch wirklich mehr Glück als Verstand gehabt! Er war auf einem Erdhaufen gelandet, der vom Aushub des benachbarten Grundstücks stammte, wo gerade der Keller für ein Haus ausgebaggert wurde.

»Kogelbauer! Is alles in Ordnung?« Dorli dachte nämlich nicht daran, ohne Not in den Gatschhaufen zu treten und ihre Schuhe zu ruinieren.

»Irgend so a b'soffener Trottel hat mi abg'schossen«, maulte der Kogelbauer. »Wenn i den erwisch ...«

»Kogelbauer, der b'soffene Trottel war a Hydrant!«, rief ihm Dorli lachend zu. »Aber das kannst gleich der Feuerwehr erklären, denn dort spritzt jetzt das Wasser nur so raus.«

Ächzend und jammernd kletterte der Kogelbauer von seinem Erdhaufen. »Is ned wahr«, nuschelte er. »Echt jetzt?« Und landete torkelnd auf seinem Hintern.

Voll wie eine Haubitze, konstatierte Dorli und überließ ihn ohne Reue den eintreffenden Rettungsleuten.

***

Als Dorli in den Gasthof Adametz kam, herrschte dort wieder einmal dicke Luft. Obwohl die Leiche Werners noch gar nicht von der Gerichtsmedizin freigegeben worden war, stritt sich die Familie bereits darüber, wo er beigesetzt werden sollte, wie groß aufgezogen die Begräbnisfeierlichkeiten sein müssten und ob die Blasmusik spielen sollte. Erika wollte ein pompöses Ereignis mit viel Tamtam und teuren Nebengeräuschen. Zudem wollte sie sogar noch den Totenschmaus beim Kirchenwirt organisieren.

»Ich glaub, jetzt hast jeden Kontakt zur Realität verloren«, kommentierte Adam die Pläne seiner Frau. »Hast du a Ahnung, was des kostet?«

»Na und? Des blede Mensch hat eh so viel Geld«, kam es zurück.

»Ah ja, und des is a Grund, dass ma's mit offene Händ zum Fenster aussehaut?« Adam war sichtlich empört. »Beim Vater und bei der Mutter hat's gar ned billig gnua sein können. Aber da hast du ja no glaubt, dass es unser Geld is, gell?«

»Du bist so a blöder Arsch ...«

Sandra, die eben zur Tür hereinkam, hatte nur den letzten Satz ihrer Mutter gehört. »Wie nett. Macht sie dir öfters solche Komplimente, Papa?«

»Nur wenn's ums Geld geht«, antwortete Adam.

»I wollt doch nur a anständiges Begräbnis …«, versuchte Erika sich zu verteidigen.

»Für den Säufer, an dem du bei Lebzeiten ka guades Haar lassen hast. Der deinen geliebten Sohn entführt hat. Klar, da brauch ma a Staatsbegräbnis!«, brüllte Adam.

»Er bekommt ein Begräbnis wie Oma und Opa«, entschied Sandra. »Und der Leichenschmaus findet hier bei uns statt.«

Worauf ihre Mutter mit Leichenbittermiene aus dem Raum rannte und hinter sich die Tür zuknallte.

»So eine große Familie ist doch was Schönes«, flüsterte Lupo. »Schad, dass du so wenig Verwandte hast, Dorli.«

»Geh, bitte«, maulte Dorli. »Jetzt hast mir meine ganze schlechte Laune versaut.«

»Komm, wir gehen, bevor die noch merken, dass wir lachen«, sagte Lupo und zog Dorli an der Hand Richtung Tür.

»Und wie ist es dir heute ergangen?«, fragte sie ihn, nachdem sie ihm die Geschichte vom Kogelbauern und dem Hydranten erzählt hatte.

»Frag nicht! In der Früh auf der Fahrt nach Wien hab ich ein Auto überholt, da stand an der Tür: ›Katholischer Karosserieschutz‹. Hm, hab ich gedacht. Beten gegen Rost? Kurze Zeit später gab's einen Stau auf der Autobahn. Neben mir der Karosseriegesundbeter. Ich les die Aufschrift dreimal. Und dann war ich sicher, dass ich dringend einen ordentlichen Koffeinstoß brauch. An der Tür stand nämlich: ›Kathodischer Karosserieschutz‹.«

Dorli lachte. »Mann, wir haben's gut. Wir können gelegentlich raus und uns unter normalen Menschen bewegen, können auch mal lachen. Aber hier herrscht ja tagaus, tagein eine Grabesstimmung.«

»Ist auch kein Wunder bei drei Toten und einem vergrabenen Babygerippe in einem Monat. Hast eigentlich in letzter Zeit etwas von Bertl oder dem Rest der Polizei hier gehört?«

»Ja. Gestern hat Bertl Sandra informiert, dass sie jetzt den Fall an das LKA St. Pölten abgeben mussten. Es handelt sich ja offensichtlich um einen Serienmörder.«

»Und, ist schon was bei deren Ermittlungen rausgekommen?«

»Das ist bizarr.« Dorli lachte. »Laut Bertl ist der Nachfolger von Leo Bergler ein überhebliches Arschloch, der die ›Dorfpolizisten‹ behandelt wie blöde Volksschüler, die Spurensicherung als ›Gurkentruppe‹ bezeichnet und im Übrigen nicht glaubt, dass das ein und derselbe Mörder war.«

»Na super! Ich dachte nicht, dass ich jemals Leo Bergler nachtrauern würde. Aber bei dem Nachfolger könnte das durchaus passieren, falls wir auf den mal treffen.«

»Das ist wahr. Aber jetzt erzähl, was hast du erfahren?«

»Ich hab die Namen der Kinder. Es waren drei, ein Mädchen dabei.«

»Und wie sollen wir die finden nach der langen Zeit?«

»Tja, wird nicht leicht werden.«

»Denk ich mir.« Dorli streckte sich und stand auf. »Ich dreh mit Idefix noch eine Runde im Hof, bevor wir schlafen gehen.«

»Ich komm mit. Nicht dass dich der Mörder noch für jemand von der Adametz-Familie hält.«

***

Lupo war den ganzen Tag am Telefon gewesen und hatte sich durchgefragt. Heimleiter, ehemalige Erzieher, auch die Kontaktpersonen, die ihm Lotte Eder genannt hatte. Der Erfolg war niederschmetternd. Einen einzigen möglicherweise brauchbaren Hinweis hatte er erhalten: Franco Lanninger sollte in einem Pensionistenheim in Wien-Liesing leben. Also tätigte er den wohl dreißigsten Anruf des Tages und fragte in dem betreffenden Heim nach Franco.

»Franco Lanninger? Gibt es hier nicht«, quäkte eine unfreundliche Frauenstimme ins Telefon.

»Das kann nicht sein. Die Information stammt von der Magistratsabteilung –«

»Egal, von wem die stammt. Sie ist falsch.«

»Sicher nicht. Verbinden Sie mich bitte mit dem Heimleiter.« Lupo hörte, wie die grantige Person am anderen Ende der Leitung murrte.

»Wir haben einen Franz Lanner. Meinen S' vielleicht den?«, fragte sie dann.

Vielleicht hatte Franco im Laufe der Jahre gemerkt, dass es besser war, einen richtig österreichischen Vornamen zu haben.

Aber warum Lanner? »Könnte sein. Wann kann ich ihn besuchen?«

»Offen ist jeden Tag ab acht Uhr früh. Um zweiundzwanzig Uhr sperren wir das Heim wieder zu. Wir sind ja kein Gefängnis. Mit dem Lanner werden S' aber keine Freud haben«, erklärte die Frau schnippisch.

»Und warum nicht?«

»Des is ein dementer Alkoholiker. Wenn er an guaden Tag hat, weiß er, wer er is. Aber er hat wenig guade Tag.«

Na super. Lupo war schwer deprimiert. Die Ausbeute eines Tages am Telefon war ein Alki mit Alzheimer. Trotzdem würde er ihn morgen aufsuchen. Vielleicht regte sich etwas in seinem Gedächtnis, wenn er ihm die Namen der anderen Kinder nannte. Möglicherweise wusste er ja doch etwas. Immerhin ein Strohhalm.

Als er am Abend Dorli von seinem Scheitern auf ganzer Linie erzählte, meinte sie nur, dass sie einen weiteren Termin mit der Holzinger Anni habe.

»Und, glaubst du, die kann die Adressen und Telefonnummern der Kinder von damals aus dem Äther fischen?«, fragte Lupo gereizt.

»Nein. Aber denk dran, wie wir dich gefunden haben, als du halb tot in Wien in einem verfallenen Haus gelegen bist. Ohne Anni hätte dich dort so bald kein Mensch entdeckt.«

»Na gut. Es ist vielleicht kein Fehler, wenn wir jede nur erdenkliche Möglichkeit ausnützen.«

Dorli lächelte. Der gute Lupo. Harmoniebedürftig wie immer. Sie stand auf, ging zu ihm und küsste ihn auf den Scheitel.

***

Am nächsten Morgen betrat Lupo das Pensionistenheim, und sogleich überfiel ihn der Geruch nach Bodenpflegemittel, Malzkaffee, Urin und Desinfektionsspray. Er hoffte inbrünstig, dass er nie in einer solchen Einrichtung landen würde. Da lieber noch als Sandler auf der Straße verrecken.

Die Zimmernummer von Franco Lanninger vulgo Franz

Lanner hatte er schon am Vortag erfragt, daher schritt er gleich zum Aufzug und fuhr in den dritten Stock. Zimmer 321 lag zum Garten hin. Das Vierbettzimmer hatte einen Balkon mit Aussicht auf blühende Büsche und Bäume. Die Sonne schien in den Raum, und da die Balkontür offen stand, war der grässliche Geruch des Heimes überdeckt von Blütenduft und dem Geruch nach frisch gemähtem Gras.

Ein Mann saß auf dem Balkon und blickte in die Ferne. Schwer zu sagen, ob er dort etwas sah, das ihn interessierte, oder ob er gar nicht mitbekam, was um ihn vorging.

»Herr Lanner?«, fragte Lupo leise. Er war ja nicht einmal sicher, ob das der Mann war, den er suchte. Aber sonst war keiner hier.

»Der is terrisch, Sie müssen lauter reden«, mischte sich ein Mitbewohner ein, der hinter Lupo ins Zimmer getreten war.

»Franco Lanninger?«, schrie Lupo daher den Herrn auf dem Balkon an. Der wandte langsam den Kopf. Seine Augen irrten umher, erfassten Lupo, und er hatte das Gefühl, als gelänge es dem Mann nur schwer, sie auf ihn zu fokussieren.

»Schrei nicht so. Bin nicht taub«, nuschelte er.

»Guten Morgen. Sind Sie Franco?«, fragte Lupo noch einmal, diesmal in reduzierter Lautstärke.

»War ich mal ...«

Lupo zog sich einen der Stühle auf dem Balkon heran und setzte sich Franco gegenüber. »Herr Lanninger, Sie könnten mir helfen. Ich suche die ehemaligen Pflegekinder der Familie Adametz.«

Franco schwieg.

»Herr Lanninger?«

»Ja?«

»Sie waren doch dort. Erinnern Sie sich an die anderen Kinder?«

Franco nickte ganz sacht. »Da war der Engel. Und ein kleiner Bub.«

»Wissen Sie, wie die Kinder hießen?«

Franco sah Lupo an, als wäre er ein Außerirdischer. Dann schüttelte er langsam den Kopf. »Vielleicht Josef ... oder ... Jakob. Oder ... anders.«

»Das war der Bub. Aber das Mädchen?«

»Engel.«

Lupo gab auf. Er wusste ja ohnehin, wie die hießen. »Haben Sie Maria oder Janoš jemals wiedergesehen, nachdem sie dort weg sind?«

Francos Blick wanderte wieder in die Ferne. »Maria«, murmelte er. Es klang sehnsüchtig. Dann sank sein Kopf auf die Brust, und die Augen fielen ihm zu.

Eine Schwester trat auf den Balkon, als Lupo aufstand. »Heut ist er gut drauf, unser Franzl. Oft sagt er eine Woche lang kein Wort.«

Na, so was von einem Glück aber auch! Immerhin wusste er, wer er war. Und dass es einen Engel gab. Lupo war so klug wie zuvor. Ob Dorli mehr Erfolg hatte?

***

Dorli war um vierzehn Uhr mit der Holzinger Anni verabredet. Bis dahin dauerte ihr Dienst im Gemeindeamt. In Annis Haus waren alle Fenster offen. Der milde Frühlingswind brachte den Duft blühender Sträucher mit.

»Dorli, bist du des?«, rief die Anni aus einem der hinteren Räume.

»Ja.«

»Setz di ins Wohnzimmer? I bin gleich bei dir?«

Dorli nahm auf dem alten gemütlichen Sofa Platz. Die Katze lag auf ihrer Decke, und als Dorli die Hand ausstreckte und sie kraulte, begann sie laut zu schnurren.

Anni kam herein und setzte sich Dorli gegenüber auf einen Hocker. »Griaß di? Um was geht's heute?«

»Hör zu, Anni. Wir wissen jetzt, wer die Kinder waren, die bei den Adametz untergebracht waren. Also, wie sie heißen. Glaubst, du kannst damit was anfangen?«

Anni dachte kurz nach. »Weißt, was wir jetzt machen? Du sagst mir ihre Namen, und ich mach ein Stundenhoroskop.«

»Was ist das?«

»So was Ähnliches wie ein Geburtshoroskop. Also: Wie heißen die Kinder?«

»Franco Lanninger, er war elf Jahre, als er hierherkam. Janoš, Nachname unbekannt, er war vier. Und Maria Mann, acht Jahre.«

Die Holzinger Anni schloss das Fenster und zog die Vorhänge zu, sodass im Raum Dämmerlicht vorherrschte. Dann stellte sie eine dicke Kerze auf den Tisch und zündete sie an. Sie setzte sich wieder an ihren Platz, schloss die Augen und faltete die Hände wie die deutsche Kanzlerin, wenn sie eine Ansprache hielt. Sie schwieg lange. Dann schlug sie die Augen auf.

»Nicht gut«, begann Anni.

»Ui, was ist los?«

»Da steht Neptun in MC«, setzte Anni fort.

»Was bitte ist MC?«

»Medium Coeli – auf gut Deutsch: mitten am Himmel.«

»Und das ist nicht gut?«

»Nein, wirklich nicht. Bei den Kindern liegt vieles im Nebel, alles ist unklar. Irgendwer versucht, etwas zu verbergen. Man müsste in die Tiefe gehen. Aber Neptuns Energie verschleiert das. Noch dazu steht der Saturn fast im Quadrat zu Neptun. Der wird zusätzlich verhindern, dass die Wahrheit ans Licht kommt.«

»Na sauber. Und was tun wir jetzt?«

»Wir probieren noch etwas.«

»Aha. Und was?«

»Es nennt sich ›automatisches Schreiben‹.«

»Klingt so, als könnt ich das im Amtshaus gebrauchen.«

Anni lächelte. »Glaub mir, das würdest nicht wollen. Es ist nämlich so, dass ich jetzt meiner Oma Fragen stell.«

Annis Oma war seit mindestens fünfzig Jahren tot. Obwohl Dorli an eine Verbindung mit Toten nicht glaubte, stellten sich ihre Nackenhaare auf. Sie hatte ja keine Ahnung, wie die Oma der Kräuterwaberl gewesen war. Aber ihr reichte die manchmal unheimliche Anni auch allein.

»Und wie geht das?«

»Ganz einfach. Du sagst, was du wissen willst, und ich lese dort drüben an der Wand die Antworten – falls welche kommen. Es funktioniert leider nicht immer.«

Zum Beispiel, wenn die Oma im Himmel grad auf einen Kaffee ist, dachte Dorli und konnte sich ein Grinsen nicht verkneifen. Doch Anni merkte es nicht, sie sah bereits konzentriert auf die Wand gegenüber.

Dorli überlegte, was sie zuerst fragen sollte.

»Frag jetzt«, flüsterte Anni. »Sag nur den Namen, zu dem du was wissen willst.«

»Brunhilde und Siegfried Adametz.«

»Nein, bitte immer nur einen.«

»Siegfried Adametz.«

»Verwöhnter Bub … dunkler Fleck in der Vergangenheit.«

Da nichts mehr kam, nannte Dorli nun den nächsten Namen. »Brunhilde Adametz.«

»Verbitterte Frau. Krieg … Kind verloren … Reue?«

»Maria.«

»Großes Leid … großes Leid … großes Leid.«

»Janoš.«

»Guter Mensch. Großer Schatten auf dem Leben. Bringt den Ausgleich.«

Bringt den Ausgleich? Herrgott, wofür denn? Drei Menschen waren gestorben, und die Anni murmelte etwas von »Ausgleich«? Doch es gab noch einen Namen. Dorli nannte ihn. »Franco.«

»Arm … immer allein … verwirrt.«

»Dann ist da noch das Skelett von dem vergrabenen Baby. Aber ich weiß keinen Namen. Ist es von Siegfried?«

Anni schüttelte den Kopf.

Interessant. Vielleicht doch von Franco? »Aber sicher von Maria.«

»Nein.«

Nein? Na, von allein war es dort ja wohl nicht hingekommen. »Von wem ist es dann?«

Die Anni schwieg lange. Dann sagte sie: »Die Antworten zu dem Kind sind unklar.«

»Hat Franco die anderen Kinder jemals wiedergesehen? Ist er der Mörder?«, fragte Dorli, ohne daran zu denken, dass sie nur Namen hätte nennen sollen.

»Nein. Er war immer allein«, erwiderte Anni und schlug dabei die Augen auf, die die ganze Zeit geschlossen gewesen waren, obwohl sie vorhin behauptet hatte, die Botschaften ihrer Oma von der Wand abzulesen. »Und er ist kein Mörder.«

Dorli war verunsichert. Anni hatte vor gar nicht langer Zeit Lupo das Leben gerettet, weil sie ihn gefunden hatte, obwohl niemand gewusst hatte, wo er war. Nur Anni hatte ihn gesehen. Doch diese Séance jetzt? Was sollte das? Wusste Dorli nun mehr als vorher? Eher nicht.

Sie stand auf und bedankte sich bei Anni.

»Du glaubst nicht, dass ich dir geholfen hab, oder?«

»Im Moment nicht. Aber vielleicht fallen ein paar Puzzleteile an die richtige Stelle, wenn ich mit Lupo darüber rede.« Dorli schnappte ihre Handtasche und ging zur Tür.

»Ach ja, Lupo. Ihr solltet den Hochzeitstermin verschieben.«

»Warum in aller Welt sollten wir das tun?«

»An eurem Termin gibt es einen rückläufigen Merkur. Das bedeutet Ärger.«

»Ach, Anni. Ärger ist mein zweiter Vorname.« Dorli lachte übermütig und ging davon. Die Katze schlüpfte mit ihr zur Tür hinaus.

CORINNA

Du kannst wählen zwischen Wahrheit und Ruhe,
aber beides zugleich kannst du nicht haben.

Ralph Waldo Emerson

Sandra nahm den Packen Pläne, die ihr der Architekt eben präsentiert hatte, und trug sie in ihr Zimmer. Der Baumeister, den er mitgebracht hatte, wollte in den nächsten Tagen einen Kostenvoranschlag für die von ihr gewünschten Umbauten liefern. Schön langsam nahm das Projekt Biohof Gestalt an.

Adam war immer noch mit Feuereifer bei der Sache. Jeden Abend setzten sie sich eine Stunde zusammen und berieten, was sie dafür tun konnten, dass die Tiere artgerecht gehalten wurden und sich der Aufwand trotzdem nicht vervielfachte. Dass sie die ganze Arbeit zu zweit nicht stemmen würden, war ohnehin klar. Und auf Erika konnte man nur bedingt setzen. Aber mehr als zwei oder drei Mitarbeiter würden sie sich nicht leisten können. Zumindest zu Beginn nicht.

Sandras Handy summte. Als sie ihren Namen nannte, meldete sich eine Frauenstimme.

»Hier spricht Dr. Helene Brand, Ärztin im Heim ›Frieden‹. Sie sind als Kontaktperson für Frau Klafsky angegeben. Bin ich da richtig?«

Sandra musste sich setzen. »Ja, Corinna hat keine Familie. Ist sie …?«

»Nein, nicht, was Sie denken. Ganz im Gegenteil. Frau Klafsky ist aus dem Koma erwacht.«

»Wie bitte?« Sandras Gedanken fuhren Karussell. »Ist sie wirklich wach?« Sie hatte seit Jahren mit der Todesmeldung gerechnet, sicher nicht damit, dass Corinna aufwachte. Nach über zehn Jahren!

»Nun, ganz so ist es nicht. Aber sie ist eindeutig aus dem Koma erwacht. Sie atmet selbstständig, sie kann schlucken, und sie reagiert auf optische und sensorische Reize.«

»Wird sie jemals wieder sprechen können?«

»Frau Adametz, das kann Ihnen heute niemand sagen. Ich weiß nicht, ob Sie mit der Krankengeschichte von Frau Klafsky vertraut sind.«

»Bin ich. Ich weiß, dass sie klinisch tot war, als sie eingeliefert wurde. Dass sie sich eine Überdosis Heroin oder etwas in der Art gespritzt hat und dass sie zwar wiederbelebt werden konnte, aber seitdem im Koma lag.«

»Richtig. Und das für eine sehr lange Zeit. Es kann heute niemand mit gutem Gewissen eine Prognose abgeben. Es wird sich erst im Laufe der Zeit herausstellen, wie weit Frau Klafskys Gehirn geschädigt wurde. Wir wissen ja nicht einmal, ob außer den Vitalfunktionen noch irgendwas arbeiten kann. Das wird die Zukunft zeigen.«

»Und wie stehen die Chancen, dass sie jemals wieder ganz … ganz normal wird?«

»Sie meinen, dass sie sprechen, laufen, sich an ihr früheres Leben wird erinnern können? Tja, aus unserer langjährigen Erfahrung sind die Chancen dafür minimal. Aber manchmal geschehen Wunder.«

»Oh mein Gott. Ich dachte echt, Sie bringen mir schlechte Nachrichten, als ich hörte, wo Sie arbeiten.«

Die Frauenstimme am anderen Ende der Leitung klang warm und freundlich. »Ich wollte Sie einfach nur informieren. Wenn die Besserung fortschreitet, wenn eine Chance auf die Wiedererlangung von Sprache oder Beweglichkeit besteht, dann würden wir Frau Klafsky gern verlegen lassen, weil wir die erforderlichen Fördermöglichkeiten hier nicht haben. Es könnten dadurch auch Zusatzkosten entstehen. Sind Sie damit einverstanden?«

»Selbstverständlich! Halten Sie mich bitte auf dem Laufenden?«

»Sehr gerne. Ich würde mich freuen, Sie persönlich kennenzulernen. Vielleicht könnten Sie es einrichten, gelegentlich hier vorbeizukommen?«

»Wenn ich wieder mal in Österreich bin, gerne. Aber ich arbeite in Belgien.«

»Ach, das wusste ich nicht. Nun, wir bleiben auf jeden Fall in Verbindung.«

Sandra legte das Handy weg. Das konnte doch nicht wahr sein! War sie bescheuert? Warum hatte sie jetzt gesagt, dass sie in Belgien arbeitete? Sie hatte doch ihren Job dort gekündigt und baute hier einen Biobauernhof auf! Hatte sie wirklich solche Angst, Corinna wiederzusehen? Ihren verfallenen Körper, der schon vor zehn Jahren weit über das biologische Alter hinaus von ihrem Lebenswandel gezeichnet war?

***

Als sie Corinna zum ersten Mal getroffen hatte, lebten sie beide auf der Straße. Corinna ging auf den Strich, um sich das Geld für die Drogen leisten zu können. Sie selbst nahm jede Arbeit an, egal, ob Schneeräumen, Straßenkehren oder Blätterzusammenrechen im Herbst. Bei allen Supermärkten der Umgebung hingen am Schwarzen Brett Zettel mit ihrer Telefonnummer aus. Ob Babysitten oder Wäschebügeln, sie machte alles, was Geld einbrachte. Sie sparte eisern, leistete sich nur das Allernötigste: zwei Garnituren Bekleidung, einen Schlafsack, eine Regenpelerine.

Da Corinna in beständiger Angst lebte, dass sie in der Nacht überfallen werden könnte, verabredeten sie jeden Morgen, wo sie sich am Abend treffen würden. Dann verbrachten sie die Nacht gemeinsam. So entwickelte sich eine Art Freundschaft. Was gar nicht leicht war. Denn Corinna war nicht nur süchtig, sie war schwer depressiv. Zog sich in ihr Inneres zurück, man kam kaum an sie ran. Sandra dagegen sprühte vor Unternehmungsgeist, schmiedete Pläne für die Zeit, wenn sie endlich eine Wohnung hatte. Sie wollte eine dauerhafte Arbeitsstelle finden – sozusagen die Voraussetzung für einen Mietvertrag, nebenbei die Matura in der Abendschule machen und später studieren. Hochfliegende Träume.

Corinna glaubte nicht daran, dass sie es schaffen würde, doch ein halbes Jahr später erhielt Sandra einen Job als Kellnerin in einem Café-Restaurant. Da sie freundlich war und mit den Gästen scherzte, war sie beliebt, und der Umsatz stieg. Die Trinkgelder flossen reichlicher, der Chef bot ihr eine Fixanstellung an. Damit war der Weg frei für eine Wohnung. Sie fand eine in Wien-Fünfhaus, in einer kleinen Gasse parallel zur äußeren Mariahilfer Straße. Ganz in der Nähe lag der Westbahnhof. Die Wohneinheit hatte nur vierzig Quadratmeter. Aber sie verfügte über zwei Zimmer, eine kleine Küche, Bad und Toilette.

Sandra fragte Corinna, ob sie mit ihr dort einziehen wollte.

Sie könnten das kleine Schlafzimmer mit einem Kasten teilen, sodass jede einen privaten Bereich bekäme. Wenn Corinna Geld hätte, könnte sie etwas zuzahlen zur Miete. Wenn nicht: Es ging auch so.

Die Möbel fanden sie im Sperrmüll oder bei Wohnungsauflösungen. Statt eines Bettes musste am Anfang eine Matratze auf dem Boden reichen. Die Vorhänge waren vom Vormieter hängen geblieben. Sie mussten sie nur waschen und bügeln. Selbst Beleuchtungskörper brauchte Sandra nur für Küche und Wohnzimmer zu kaufen. Die anderen hatte die alte Dame, die in ein Heim gezogen war, in der Wohnung belassen.

Sandras Tage waren lang, und wenn sie nach Hause kam, war sie oft so müde, dass sie nur mehr die Zähne putzte und ins Bett fiel.

Hin und wieder verschwand Corinna. Tagelang, manchmal wochenlang. Und plötzlich stand sie wieder im Wohnzimmer oder in der Küche, wenn Sandra heimkam. Sie erzählte nie, wo sie gewesen war. Und Sandra fragte nicht. Es war nicht Gleichgültigkeit. Sie dachte sich, wenn Corinna sie an ihrem Leben teilhaben lassen wollte, würde sie von sich aus erzählen. Wenn sie schwieg, wäre das auch zu respektieren.

***

Zwei Jahre später. Sandra hatte die Abendschule im Schnelldurchgang gemeistert. Immer noch war sie Kellnerin im Café Sinnlos in der Josefstadt. Mittlerweile waren die Original-Kloschüsseln, auf denen man dort früher gesessen war, durch bequemere Sitzbänke ersetzt worden. Die harten Holzsärge hatten dickere Polsterauflagen erhalten. Trotzdem war es immer noch ein angesagtes Lokal, vor allem bei jungen Leuten. Mittags kam anderes Publikum. Die Angestellten aus den Büros der Umgebung, die einen schnellen Imbiss brauchten. Manchmal auch die Schauspieler aus dem Theater in der Josefstadt. Oder Touristen, die einen guten Kaffee mit Kolatsche oder Krapfen dazu wollten.

Corinna war immer öfter abgetaucht. Aber auch wenn sie zu Hause war, wirkte sie mehr wie ein Zombie denn wie ein Mensch. Sandra wusste oft nicht, ob Corinna high war oder eher geisteskrank. Sie war niemals unangenehm, das nicht. Aber teilnahmslos. Lag schweigsam in ihrer Koje im Schlafzimmer. Immer noch auf der Matratze. Alles Geld, das sie sich zusammenbettelte oder erschlief, wanderte auf direktem Weg in die Taschen ihres Rauschgiftlieferanten. Oder sie lehnte im Wohnzimmer auf der Sitzbank und stierte regungslos in das Fernsehgerät, egal, was dort lief.

Wenn Sandra fragte, ob Corinna mit ihr essen wollte, erhielt sie oft gar keine Antwort. Und wenn Corinna reagierte, dann schüttelte sie nur wortlos den Kopf.

Sandra hatte sich vorgenommen, mit Corinna ein ernstes Wort zu reden. Sie war ihr unheimlich geworden, diese stumme Fremde. Vor allem hatte sie Angst, dass sich Corinna in ihrer Wohnung den goldenen Schuss setzen könnte. Doch zu dieser Aussprache kam es nicht mehr. Denn am nächsten Tag war Corinna wieder verschwunden.

Zwei Tage später erhielt Sandra Besuch von zwei Polizisten. »Bei Ihnen ist eine Corinna Klafsky gemeldet?«, fragte der freundlichere Typ der beiden.

»Ja, warum?«

»Sind Sie mit ihr verwandt?«

»Nein. Wir haben nur eine lose Wohngemeinschaft.«

»Wie sollen wir das verstehen?«, fragte der Beamte mit den verkniffenen Zügen um den Mund.

Sandra zuckte mit den Achseln. »Sie kommt und geht. Verschwindet auf Wochen und taucht wieder auf.«

»Wo war sie in der Zwischenzeit?« Wieder Knittermund.

»Keine Ahnung. Ich habe sie nie gefragt. Sie ist erwachsen. Sie kann tun, was immer ihr beliebt.«

»Wissen Sie, welchen Beruf Corinna ausgeübt hat?«

»Sie geht auf den Strich.«

»Sie arbeitete als Prostituierte? Störte Sie das nicht?«

»Herrgott, warum sollte mich das stören? Sie macht das ja nicht hier. Und ich bin nicht bei der Sitte.«

»Und wo übte sie ihre Profession aus?«, fragte nun der Kuscheltyp weiter.

»Ehrlich, ich weiß es nicht. Warum fragen Sie eigentlich dauernd, was Corinna getan hat? Ist ihr etwas zugestoßen? Lebt sie nicht mehr?«

»Sie hatte einen Unfall«, sagte Knittermund.

»Sie liegt im Koma«, gab gleichzeitig der Kumpeltyp von sich.

»Du lieber Himmel! Hat sie wer überfahren?«

»Nein. Zu viele Drogen oder falsche Zusammensetzung.«

Der unfreundliche Beamte schielte durch die Schlafzimmertür. »Wir haben einen Durchsuchungsbeschluss. Wir vermuten, dass Ihre Freundin oder eventuell Sie noch größere Mengen Rauschgift gebunkert haben, um sie zu verticken. Zum Beispiel in dem Lokal, in dem Sie arbeiten.«

Sandra musste schlucken. Die Polizei im Haus zu haben war schon schlimm genug. Aber diesen Verdacht musste sie schnellstens ausräumen. Wenn ihr Chef davon erfuhr, würde er sie rauswerfen. Dann könnte sie die Wohnung nicht mehr bezahlen, nicht studieren, ihr ganzes Leben würde den Bach runtergehen.

»Sehen Sie sich um. Der linke Teil im Schlafzimmer ist Corinnas. Der, wo die Matratze am Boden liegt. Sie hat sich nie ein richtiges Bett gekauft. Die andere Seite ist meine.«

»Wir haben einen Drogenhund draußen. Ich hole ihn jetzt herein. Haben Sie Angst vor Hunden?«, fragte Bussibär.

»Nein. Ich liebe Hunde.«

In den nächsten drei Stunden durchwühlten die Polizisten vom Drogendezernat die kleine Wohnung systematisch. Der Hund hatte ein paarmal angeschlagen. Doch die ganze Ausbeute der Razzia war ein einziges kleines Päckchen mit einer Handvoll Tabletten, das sie unter der Bettdecke auf Corinnas Matratze fanden. Konnte was auch immer sein.

Als die Männer Sandras Wohnung verließen, sah es aus, als hätte eine Bombe eingeschlagen. Selbst den Spülkasten im Klo hatten sie halb zerlegt.

»Verraten Sie mir noch, in welchem Krankenhaus Corinna liegt?«

***

Corinna war nie mehr aufgewacht. Bis jetzt. Zehn Jahre im Koma! Unvorstellbar. Selbst wenn sie völlig wiederhergestellt werden konnte, Corinna hatte sich schon früher in der Welt nicht zurechtgefunden. Wie sollte das in der jetzigen, hektischen Zeit funktionieren?

Für Sandra waren die ersten Wochen nach Corinnas Drogenunfall schwer gewesen. Denn die Polizei hatte sie noch einige Male überfallartig besucht und die Wohnung auseinandergenommen. Wobei sie nie wieder etwas gefunden hatten. Aber das wäre noch nicht so schlimm gewesen. Doch die Beamten erschienen auch an ihrem Arbeitsplatz. Nahmen ihren Spind in Augenschein, sprachen mit ihrem Chef, mit den anderen Servicekräften.

Nach dem zweiten Polizeieinsatz dieser Art nahm ihr Chef Sandra zur Seite. »Tut mir leid, Kleine, aber das geht nicht. Wir sind ein anständiges Lokal. Wir müssen auf unseren Ruf achten. Ich zahl dir noch bis Ende des Monats, aber du bist ab sofort freigestellt.«

Sandra, die schon etwas Derartiges erwartet hatte, bedankte sich, nahm ihn in den Arm und flüsterte in sein Ohr: »Du weißt aber schon, dass ich das Dreckszeug niemals genommen und schon gar nicht hier verkauft habe?«

Er strich ihr übers Haar. »Klar. Aber ich weiß auch, was unsere Kunden denken, wenn wir zweimal die Woche die Polizei hierhaben. Sorry.«

Dann stand Sandra auf der Straße. Ohne regelmäßiges Einkommen keine Wohnung. Ohne Wohnung kein Studium. Adieu, wunderbare Pläne für ein schöneres Leben. Scheiße!

***

Der Mann, dessen Name Lotte Eder von der MA 11 Lupo gegeben hatte, war mit der »Hacklerregelung«, die eigentlich für Schwerarbeiter gedacht war, in Frühpension gegangen, wie so viele Beamte, und lebte mittlerweile auf Kreta. Im sonnigen Süden ließ es sich mit einer nicht gerade kargen Beamtenpension gut leben. Und wer in Griechenland zu den Leuten gehörte, die Geld hatten, bekam auch alles, was für die armen Leute des Landes unerreichbar war. Ausreichendes Essen, ein schönes Haus, gute medizinische Betreuung, dienstbare Geister, die einem die Mühen des Alltags abnahmen.

Lupo beneidete den Mann. Er selbst, selbstständig tätig seit dem Schulabgang, würde mal eine Minipension erhalten, falls überhaupt noch staatliche Renten ausbezahlt wurden. Jammern und Klagen würden in dem Fall nicht helfen. Geld zum Zurücklegen hatte er auch nicht. Er würde wahrscheinlich arbeiten müssen, bis er in die Grube fiel.

Da ihm sein Ansprechpartner abhandengekommen war, suchte Lupo verzweifelt nach einem Ersatz. Nach tagelanger telefonischer Recherche und vielen Gesprächen mit zum Teil massiv unwilligen Bürokraten der Jugendfürsorge erreichte Lupo einen Mann, der ihm mit den Kindern Maria und Janoš möglicherweise weiterhelfen konnte. Lupo fragte Dorli, ob sie ihn begleiten wollte. Und weil Dorli ohnehin nichts lieber tat, als Detektiv zu spielen, konnte sie nicht Nein sagen und nahm sich einen Tag Urlaub im Amtshaus.

Nikolaus Kausterer, der Mann der Jugendfürsorge, zuständig für Heimkinder, war ein Zwei-Meter-Hüne mit Armen wie Dreschflegeln und Oberschenkeln, die man sonst in dem Ausmaß nur bei Sumoringern sah. Nachdem er Dorli und Lupo begrüßt hatte, bot er ihnen Kaffee aus einem modernen Kaffeeautomaten an, der hinter ihm auf einem Bord stand.

»Vornehm«, meinte Dorli, die Cappuccino bestellte. »Dachte nicht, dass in Amtsräumen der Republik Österreich so tolle Kaffeemaschinen stehen.«

»Ist ja auch meine private Investition in meinen Arbeitsplatz«, gestand Kausterer mit einem Lächeln. »Aber wenn ich keinen guten Kaffee bekomm, bin ich unausstehlich.«

Kausterer nahm sich selbst auch eine Tasse und setzte sich. »Was kann ich für Sie tun?«

Lupo erzählte von den Kindern. Dass er Franco gefunden hatte, der aber an Alzheimer litt und ihm mit den beiden anderen Kindern nicht weiterhelfen konnte.

»Darf ich fragen, warum Sie die Kinder von damals suchen?«

»Es haben sich in jüngster Zeit bei der Bauernfamilie, bei der sie untergebracht waren, drei Morde ereignet, für die bis jetzt weder ein richtiger Grund noch ein Täter ausgemacht werden konnte.«

»Gut, Sie wollen einen Mörder finden. Was bringt Sie jedoch

auf die Idee, dass Maria oder Janoš irgendwie damit zu tun haben könnten?«

Lupo musste weiter ausholen und zusätzlich von den Erpresserbriefen und vom Mord nach Auffinden des Babyskelettes sprechen.

»Okay, das macht Sinn. Sehen wir mal, was wir haben.« Kausterer griff nach zwei schmalen Heftern. »Ich habe mir die Akten bereits ausheben lassen. Sie sind allerdings ziemlich dürftig. Wen zuerst?«

»Egal«, antwortete Lupo.

»Dann nehmen wir die Akte, die obenauf liegt.«

Kausterer schlug sie auf. »Das ist die von dem kleinen Jungen namens Janoš. Der wurde im Jänner 1960 aufgegriffen, als er versuchte, bei einem Bäcker Brot zu stehlen. Er kam in die KÜST, die Kinderübernahmestelle der Stadt Wien, da er damals erst zehn Jahre alt war. Dort blieb er für vier Monate, dann wurde er ins Kinderheim Wilhelminenberg verlegt. Seine Akte wurde auch an die Kinderadoptionsstelle der Stadt Wien weitergeleitet. Da er als Findelkind galt, war hier das Einverständnis der Eltern nicht einzuholen.«

»Aber wurde er nicht seiner Mutter weggenommen?« Dorli klang aufgebracht.

»Das kann schon sein. Im Akt steht jedoch ›Findelkind aus Zigeunerlager‹. Und die Zigeuner, die dort gelebt hatten, waren zwei Jahre vorher vertrieben worden. Wohin sie gegangen waren, wusste niemand. Also war das Kind – rechtlich gesehen – eine Waise.«

»Stark. Aber ich hab Sie unterbrochen. Tut mir leid.«

»Sie haben ja vollkommen recht, Frau Wiltzing. Und heute kann ich Ihre Empörung gut verstehen. Damals allerdings waren andere Zeiten. Das Rote Kreuz war noch immer damit beschäftigt, gefangene Soldaten aus russischen Lagern nach Hause zu holen. Zudem suchten sie für viele jüdische Familien nach dem Verbleib von Angehörigen. Da war für ein Zigeunerkind ohne Anhang nicht viel Zeit übrig.« Kausterer nahm einen Schluck Kaffee. »Aber dann hatte der Kleine Glück. Kaum am Wilhelminenberg angekommen, nahm ihn ein Ehepaar zu sich und adoptierte ihn. Allerdings kam er dadurch weit weg von Wien.

Die Familie lebte damals in Salzburg. Der Vater war laut den Unterlagen selbstständiger Kaufmann, die Mutter Sängerin. Und damit endet meine Weisheit.«

»Können Sie uns wenigstens verraten, wie der Knabe ab dann hieß?«, fragte Lupo.

»Darüber steht hier nichts. Aber wenn man davon ausgeht, dass er seinen Vornamen behalten hat, dann müsste er Janoš Sillberg heißen.«

»Oder ganz anders.« Dorli stützte ihr Kinn in die Hand. »Falls denen Janoš nicht gefiel, bekam er vielleicht einen anderen Vornamen. Und wenn der Mann später irgendwann geheiratet und vielleicht sogar den Namen seiner Frau angenommen hat, finden wir ihn nie wieder.«

»Tja, da kann Ihnen sicher das Einwohnermeldeamt der Stadt Salzburg weiterhelfen.« Kausterer legte den schmalen Hefter zur Seite und nahm den anderen zur Hand. »Maria Mann. Das ist eine eher traurige Geschichte.«

***

»Was war mit Maria?«, fragte Dorli.

»Sie wurde Anfang Februar 1960 in ein Krankenhaus eingeliefert. Da sie bewusstlos war und hoch fieberte, hatte man lange keine Ahnung, wer sie war oder woher sie kam. Das Einzige, was man von ihr wusste, war, dass sie kurz zuvor ein Kind geboren haben musste. Doch sie war total entkräftet, litt unter Mangelernährung, hatte eine schwere Lungenentzündung, die Brustdrüsen waren entzündet, und sie war nicht ansprechbar. Als sie langsam zu Kräften kam, sprach sie kein Wort. Sie wurde in die Psychiatrie des Otto-Wagner-Spitals verlegt.«

»Mein Gott, das arme Mädchen. Konnte man ihr dort helfen?« Dorli war ehrlich betroffen.

»Ich denke, Sie haben keine Ahnung, was dieses Spital war. Das war vorher die Fürsorgestelle Am Spiegelgrund, wo Naziärzte ›unwertes Leben‹ für Versuche missbrauchten oder gleich beendeten. Und zwar viele hundert Kinder und meist unter grausamen Umständen. So schlimm war es vermutlich nicht mehr, als Maria dorthin verlegt wurde. Doch die Ärzte waren mit wenigen Ausnahmen immer noch dieselben. Und der Stand des ärztlichen Könnens auf dem Gebiet waren eher die Unterbringung Geisteskranker weitab von der Zivilgesellschaft und deren Ruhigstellung mit Medikamenten und durch Anbinden in Gitterbetten, Verabreichung von Elektroschocks und solche Dinge. Auf gut Deutsch: Das, was dort betrieben wurde, läuft heute unter dem Titel Misshandlung. Erst in den achtziger Jahren wurden die Missstände aufgedeckt und die lange erwachsen gewordenen Kinder in betreuten Wohngruppen untergebracht.«

»Himmel! Na, wenn diese Maria einen Grant auf die Bauernfamilie gehabt und die alle umgebracht hätte, könnte man das gut verstehen.« Dorli redete sich in Rage.

»Mag sein. Aber Maria war zu dieser Zeit nicht mehr in der Anstalt.«

»Ach. Wurde sie entlassen?«

»Ja. Und zwar 1973.«

»Befanden die Ärzte sie als geheilt?«, fragte Lupo.

»Geheilt?« Dorlis Stimme klang grantig. »Wohl von der Behandlung hier. Denn eigentlich hat ihr ja vorher gar nichts gefehlt, außer ein bisserl Menschlichkeit und Respekt.«

»Darüber steht nichts im Akt. Aber sie hat geheiratet und ist von ihrem Mann in Pflege genommen worden.«

»Sie hat geheiratet?« Dorli und Lupo übten Chorsprechen.

»Und wen?«, setzte Dorli noch hinzu.

»Darüber schweigt die Chronik. Es steht hier nur: ›Der Schweizer Staatsbürger H.S. heiratet Maria Mann und nimmt sie in häusliche Pflege.‹«

Lupo schüttelte zweifelnd den Kopf. »H.S. klingt nicht gerade nach Janoš Sillberg. Wobei – das S. könnte natürlich für Sillberg stehen. Wie alt wär der da gewesen? Bisserl über zwanzig?«

»Kopfrechnen ist wohl nicht dein Ding«, lästerte Dorli. »Der Janoš muss da dreiundzwanzig Jahre alt gewesen sein. Als sie vom Bauern weg sind, war er so an die zehn. Der würde doch nicht dreizehn Jahre später seine ehemalige Pflegeschwester suchen und heiraten!«

»Und warum nicht? Nur weil sie ein paar Jahre älter war?«

»Nein, Lupo. Sondern weil sie vielleicht ein Pflegefall war. Wer tut sich denn so was an?«

»Es steht nicht in den Akten, ob sie ein Pflegefall war. Dass sie in häusliche Pflege entlassen wurde, heißt nichts anderes, als dass sich das Spital einen Revers unterschreiben ließ, dass die Verantwortung für die Frau jetzt bei ihrem Mann lag«, erklärte Kausterer.

»Verzwickte Geschichte. Die Chancen, dass wir einen von den beiden finden, sind nicht gerade größer geworden. Aber danke für Ihre Hilfe.« Lupo erhob sich.

Dorli hatte noch eine Frage: »Steht irgendwo in dem Akt, ob das junge Paar in Österreich geblieben ist? Oder ob sie in der Schweiz gelebt haben?«

Kausterer blätterte die letzte Seite um. »Hier steht tatsächlich noch etwas. ›H.S. gibt an, dass er mit seiner Frau in der Nähe von Bern wohnen wird.‹ Aber das ist alles. Es tut mir leid. Adresse steht keine da. Hat sicher auch niemanden interessiert. In der Schweiz waren sie außerhalb jeglicher Zuständigkeit der österreichischen Behörden.«

Sie verließen das Büro von Kausterer. Dorli hakte sich bei Lupo ein und fragte: »Wie viele Einwohner hat Bern? Du warst doch erst neulich mal dort.«

»So an die hundertdreißigtausend, glaube ich. Und ich kenn natürlich alle persönlich! Inklusive der paar tausend aus der Umgebung.«

»Na, dann haben wir ja überhaupt kein Problem. Jetzt schauen wir schnell im Telefonbuch nach, wo H.S. wohnt, und schon haben wir Maria und Janoš.«

»Und wenn sie nicht gestorben sind …«

»Geh, Lupo, jetzt sei nicht so pessimistisch. Du musst positiv denken.«

»Klaro. Ich bin Sherlock Holmes und hab sie im Handumdrehen gefunden.«

»He, dann bin ich Dr. Watson?«

»Träum weiter.«

***

Der Tag, an dem Werner beerdigt wurde, begann mit dem Durchzug einer Sturmfront mit Starkregen. In der Kirche fanden sich noch ein paar Freunde ein, doch auf dem Weg zum

Friedhof folgten nur eine Handvoll Leute dem Sarg, die fast alle der Familie angehörten. An die Verwendung eines Schirmes war nicht zu denken, der Sturm hätte ihn sofort unbrauchbar gemacht. Die paar Trauergäste, die dem Wetter trotzten, sahen aus, als wären sie eben aus dem Swimmingpool gestiegen, in den sie vorher samt Kleidern gefallen waren.

Die Zeremonie des Herrn Pfarrer fiel so kurz wie noch nie aus. Auf das übliche Schauferl Erde, das auf den Sarg geworfen wurde, verzichteten alle, denn es wäre nur Lehmbrühe gewesen, die man ins Grab kippen konnte. Und davon floss ohnehin reichlich von allen Seiten in die Grube.

Keiner sprach. Nur Erika keifte: »Eh klar, der blöde Hund macht uns sogar no im Tod des Leben schwer.«

Was ihr einen bösen Blick ihres Mannes eintrug. »Hättst ja z' Haus bleiben können! Der Werner hätt di sicher ned vermisst.«

Dorli, die der Beerdigung beigewohnt hatte, weil sie sehen wollte, ob ein Unbekannter teilnahm oder sich jemand seltsam benahm, war einmal mehr davon überrascht, wie gehässig diese Frau war. Dabei stammte sie aus ganz kleinen Verhältnissen. Sie hatte den potenziellen Erben geheiratet, nie in der Wirtschaft mitgearbeitet, war ein angesehenes Mitglied der Buchauer Gesellschaft und hatte sicher ein gutes Leben.

Wenn man hörte, wie sie mit ihrem Mann sprach, dann konnte man sich vorstellen, dass sie nicht ganz unschuldig daran war, dass eine Tochter Selbstmord begangen hatte und die andere als junges Mädchen ausgerissen war. Dass dann der lang ersehnte Erbe mit Trisomie 21 geboren wurde, war sicher hart. Aber gerade Erika hatte sich wohl am allerwenigsten um das Kind mit den besonderen Bedürfnissen gekümmert.

Dorli fand es ausgesprochen rührend, wie sich Sandra mit ihrem kleinen Bruder abgab. Sie ging auf alle seine Fragen ein. Und er hatte viele. Vermutlich weil niemand bisher seinen Wissensdurst gestillt hatte. Sandra las ihm vor, erzählte ihm Geschichten, förderte sein außergewöhnliches Talent, zu zeichnen. Man konnte direkt zusehen, wie dieses Kind unter ihrer Fürsorge aufblühte. Hätte seine Mutter nur einen Bruchteil ihrer negativen Energie positiv für ihren Sohn verwendet, hätten beide vermutlich ein wesentlich zufriedeneres Leben führen können.

Kaum war der Sarg in der Erde versenkt, sprach der Pfarrer noch einen kurzen Segen, die kleine Ansammlung von Menschen zerstreute sich in Windeseile. Wie zum Hohn kam in dem Moment, als Dorli bei ihrem Auto anlangte und die Tür öffnete, die Sonne zwischen den Wolken hervor, und der Regen hörte auf. Tja, vielleicht hatte sich Werner doch einen letzten Spaß mit seinen Verwandten erlaubt und Petrus bestochen, sie so richtig nass zu spritzen. Dorli jedenfalls hätte sich ihre Teilnahme an der Beerdigung schenken können. Denn kein Fremdling, kein Verdächtiger, kein schwarzer Mann mit Hut war aufgetaucht. Was ihm bei dem Sauwetter kaum zu verübeln war.

***

Beim Leichenschmaus ging es zu wie bei einer Bauernhochzeit. Es wurde gebechert, als gäbe es kein Morgen. Die Tische bogen sich unter der Last der Fleischplatten, Knödel und Rösti in Warmhalteboxen, Sauerkraut und Salatschüsseln. Auf einer Seite des alten Gastraumes war ein langer Kuchentisch aufgebaut. Mohntorte, Nusskipferl, Topfentorte mit frischen Erdbeeren, Sacherschnitte, Schaumrollen – eine Auswahl wie in einer guten Konditorei.

»Wer hat denn all die Köstlichkeiten gebacken?«, fragte Dorli Sandra.

»Einen Teil ich selbst, die Nusskipferln meine Mutter – man möchte es nicht glauben –, und den Rest haben die Nachbarinnen mitgebracht.«

Die alte Gaststube füllte sich nach und nach mit immer mehr Gästen, bei Weitem mehr jedenfalls, als zu Werners Beerdigung erschienen waren. Aber hier gab es nicht nur freies Essen und Bier oder was immer auch das Herz begehrte. Hier war es warm und trocken.

Dorli sah, dass Sandra müde in der Tür zur Küche lehnte und über die versammelten Menschen blickte.

»Geht's dir gut?«, fragte sie.

»Aber ja. Es ist nur ein bisserl viel in letzter Zeit. Wenn ich denk, dass ich eigentlich nur für zwei Tage zu Omas Begräbnis kommen wollte … Und wie sich dann alles hier entwickelt hat! Es kommt mir vor wie ein Traum.«

»Ein Alptraum?«

»Teilweise schon. Mit drei ermordeten Menschen in der nächsten Umgebung hast nicht gerade die Ruhe weg. Besonders in der Nacht. Glaub mir, ich schlaf derzeit nicht gut.«

»Vielleicht solltest du ein paar Tage wegfahren.«

»Schön wär's. Aber jetzt ist grad die Planung vom Biobauernhof und der Umbau der Apartments für Ferien auf dem Bauernhof in der Endphase. Solange da nicht alles fertig ist und der Umbau reibungslos läuft, wird es keinen Urlaub für mich geben. Außerdem könnte ich ohnehin nicht in Ruhe irgendwo herumsitzen, wenn ich weiß, dass der Mörder immer noch frei herumläuft. Und vielleicht ist mein Vater der Nächste auf seiner Liste?«

»Geh, bitte, mal den Teufel nicht an die Wand!«

»Ist der Verdacht zu weit hergeholt? Ich denke nicht. Es sieht doch echt so aus, als wollte jemand unsere Familie auslöschen.«

Dorli musste Sandra im tiefsten Inneren recht geben. Laut jedoch sagte sie: »So etwas darfst du nicht einmal denken.«

»Was soll ich denn sonst denken?«

Gute Frage. Dorli fand es äußerst deprimierend, dass die Polizei bis jetzt absolut nichts herausgefunden hatte. Die Fingerprints, die sie gefunden hatte und die niemandem auf dem Hof zuzuordnen waren, schienen nirgends auf. Die Zeichnung, die Johannes angefertigt hatte, brachte keine Treffer. Vom Landeskriminalamt hatten sie auch nie wieder etwas gehört, seit es den Fall an sich gerissen hatte. Bertl Wagner meinte dazu mit säuerlichem Gesicht: »So viel hätten wir ›Dorfdeppen‹ und die ›Gurkentruppe‹ auch rausgefunden!«

Die Nachforschungen von Lupo und ihr waren auch nicht sonderlich erfolgreich gewesen. Eine beschissene Situation. Kein Wunder, dass sich Sandra Sorgen machte.

»Lupo und ich bleiben bei euch. Sozusagen als Personenschutz.« Und dafür verlangten sie nichts. Nur die echte Ermittlungsarbeit stellte Lupo in Rechnung. Und selbst da hatte er schon Hemmungen, weil einfach nichts dabei rauskam.

»Das ist total lieb. Aber ihr könnt uns auch nicht rund um die Uhr bewachen. Und das kann ich auch gar nicht erwarten.«

»Weißt du, Sandra, ich hab immer noch die Vermutung, dass

das alles mit den Pflegekindern zusammenhängt. Aber wir haben nur Franco gefunden, und der ist dement. Der weiß manchmal nicht einmal, wie er selber heißt. Geschweige denn, dass der jemanden töten könnte. Und die anderen beiden sind verschwunden. Leben vielleicht in der Schweiz. Aber auch das ist nur eine Vermutung.«

»Auf gut Deutsch, wir können nur hoffen, dass der Mörder entweder aufhört oder sich beim nächsten Mal verrät.« Sandra stieß sich vom Türstock ab und wandte sich einer Frau zu, die eben auf sie zutrat.

»Sandra, altes Haus! Schön, dich wiederzusehen.«

Sandra blickte verwirrt zu Dorli. Es war ihr anzusehen, dass sie keinen blassen Schimmer hatte, wer sie da begrüßte.

»Kennst mich nimmer? I bin die Michi!«

Sandra streckte ihr die Hand entgegen. »Hallo, Michi.«

»Du erinnerst dich nicht mehr an mich?«, fragte die Frau.

»Tut mir leid. Im Moment bin ich ein bisserl daneben«, antwortete Sandra.

»Mein Gott, ist ja kein Wunder! Ich hab g'hört, was hier alles passiert ist. Du musst ja völlig durch den Wind sein.«

Sandra legte der Frau die Hand auf die Schulter. »Können wir uns ein anderes Mal unterhalten? Ich muss Janni zu Bett bringen.« Damit ließ sie Michi einfach stehen und verschwand durch die Tür.

»Komisch, dass sich Sandra nicht an mich erinnert. Was sagen Sie, Frau Wiltzing? Kann man seine beste Freundin, neben der man acht Jahre in der Schule gesessen ist, nicht wiedererkennen?«

»Ich weiß es nicht. Aber bei drei Mordfällen in der Familie halte ich so ziemlich alles für möglich«, antwortete Dorli. Doch insgeheim dachte sie ebenso wie diese Schulkollegin Sandras. Wie konnte Sandra ihre beste Freundin aus Kindertagen nicht erkennen?

MARIA

Seelenleiden zu heilen vermag der Verstand nichts,
die Vernunft wenig, die Zeit viel, entschlossene Tätigkeit alles.

Johann Wolfgang von Goethe

1960

Als Maria in einem weichen, warmen Bett erwachte, dachte sie, sie sei im Himmel. Sie schlug die Augen auf, und alles um sie herum war weiß. Himmel eben. Sie schwebte sicher in den Wolken. Sie wollte sich aufsetzen, doch sofort drehte sich alles, und sie fiel wieder zurück. Nein, das konnte nicht der Himmel sein. Da wurde man bestimmt nicht schwindlig. Was war los mit ihr? Sie konnte sich gar nicht daran erinnern, dass sie irgendwo an eine Tür geklopft hatte.

Nachdem Janoš von seinem Beutezug nicht mehr zurückgekommen war, fehlte ihr jede Erinnerung. Wahrscheinlich war er beim Klauen erwischt worden. Sie konnte sich nicht vorstellen, dass er sie freiwillig im Stich gelassen hätte. Seit sie bei Nacht und Nebel den Bauernhof verlassen hatten, war er rührend um sie besorgt gewesen.

Was wohl aus ihrem kleinen Jungen geworden war? Solange sie in den Wehen gelegen hatte, hatte nur Gerti hin und wieder vorbeigeschaut, kurz ihre Hand gehalten und ihr Mut zugesprochen. Doch als das Kind kam, war plötzlich die Bäuerin hereingestürmt, hatte die Nabelschnur durchtrennt, Gerti Anweisungen gegeben, was sie jetzt noch tun sollte mit der Nachgeburt, und war samt dem Baby verschwunden. Maria hatte gerade noch einen Blick auf das Kind erhascht und gesehen, dass es ein Bub war.

In der folgenden Nacht war Janoš zu ihr geschlichen.

»Maria, sobald du aufstehen kannst und es dir wieder gut geht, müssen wir weg«, flüsterte er in ihr Ohr.

»Ich kann doch meinen Sohn nicht alleinlassen.«

»Du musst. Wenn wir bleiben, werden sie uns umbringen.«

»Geh, Janoš, wie kommst denn auf die Idee?«

»Sie haben dir dein Kind weggenommen. Wahrscheinlich weil niemand erfahren darf, dass du eins von dem Scheißkerl Siegfried hast. Du wirst dein Kind nie wiedersehen. Und wenn du nicht gut achtgibst, werden sie dich auch verschwinden lassen.«

»Und wie? Glaubst du, die werden mich verstecken?«

»Nein, Maria. Ich glaube, die werden dich umbringen.«

»Sag, spinnst du jetzt?«

»Nein, ganz sicher nicht. Und sprich bitte leise.«

»Und wie kommst du dann auf so eine hirnverbrannte Idee?«

»Weil ich gehört hab, wie die Alte dem Sigi aufgetragen hat, dass er das Baby verschwinden lassen soll. Und glaubst du, er legt es seiner Verlobten in den Arm und sagt: ›Schau, was für einen süßen Kerl ich mit der Maria zusammengebracht hab‹?«

Maria drehte sich zur Wand. »Ich glaub, es ist besser, du gehst jetzt.«

»Bitte, Maria, denk wenigstens darüber nach.«

Und das hatte sie getan. Sie hatte die Bäuerin auch nach ihrem Kind gefragt.

»Was denn für a Kind?«, kam als Antwort. »Was phantasierst denn da z'samm?«

Maria, die eben dabei gewesen war, aus dem Bett aufzustehen, sprang der Alten vor die Füße. »Das ist jetzt kein Witz! Ich will wissen, wo mein kleiner Bub hingekommen ist.«

»Du bist vollkommen deppert. Wennst weiter so an Blödsinn redest, dann kommst in die Psychiatrie. Und jetzt ziag di an und geh wieder an die Arbeit.«

»Wo ist mein Kind?«, schrie Maria.

Daraufhin versetzte die Bäuerin Maria eine feste Ohrfeige, die sie zurück aufs Bett beförderte. Ihre Wange fühlte sich an, als hätte sie ein Dampfhammer getroffen. Die boshafte Alte erklärte mit heiserer Stimme: »Vergiss es. Oder die Welt vergisst di!«

Da war Maria plötzlich überzeugt gewesen, dass sie wirklich mit Janoš abhauen musste, wenn sie am Leben bleiben wollte.

Drei Tage später war ihnen ein Zufall zu Hilfe gekommen. Bauer und Frau waren zum Einkaufen in eine größere Stadt gefahren. Doch am Abend war dort ein Schneesturm losgebrochen, sodass sie nicht heimfahren konnten. Immerhin waren sie so vernünftig, wenigstens Gerti per Telefon Bescheid zu geben, damit die Tiere gemolken und versorgt wurden.

»Bei uns schneit es zwar, aber es ist nicht so schlimm. Ich glaub, wir sollten heute abhauen«, meinte Janoš.

»Wann?«, fragte Maria nur.

»Um Mitternacht. Bis die Bauersleut zurück sind, ist es sicher Vormittag. Die Tiere werden es überleben. Aber wir haben einen guten Vorsprung.«

»Zu Fuß? Was glaubst du, wie weit wir da kommen?«

»Wir nehmen Guggi.«

»Den alten Esel? Der bricht doch schon zusammen, wenn du ihm einen Sack Kartoffeln aufllädst.«

»Dich Fliegengewicht kann er schon tragen. Und ich kann ja laufen.«

»Dann werden die sagen, wir haben den Esel gestohlen. Und schicken uns die Polizei hinterher.«

»Glaub ich nicht. Wenn die uns finden und du sagst, dass du ein Kind vom Sigi hast, das sie dir weggenommen haben …«

»Dann werden die das einfach leugnen. Die Alte hat gesagt, wenn ich das behaupten sollte, steckt sie mich in die Psychiatrie.«

»Ich glaub es trotzdem nicht, dass sie die Polizei verständigen. Denn wenn wir offiziell noch da sind, dann erhalten sie das Geld für uns weiter. Glaubst, dass der alte Gierkrampen drauf verzichtet?«

Nein, das glaubte Maria nicht. Aber sie war sicher, dass sie nicht so einfach davonkommen würden.

Allerdings hatte sie dabei nicht daran gedacht, dass sie erfrieren könnten oder verhungern. Aber an beidem waren sie nah dran gewesen. Und Marias Brüste hatten sich entzündet. Sie litt unter unerträglichen Schmerzen. Allein wenn das Hemd bei jeder Bewegung an den Brustwarzen schabte, hätte sie es sich am liebsten vom Leib gerissen. Zudem war sie unendlich müde. Nur Janoš zuliebe kämpfte sie sich quälend langsam vorwärts, bis sie zusammenbrach. Dann war Janoš losgezogen und wollte etwas zu essen organisieren. Und war nicht wieder zurückgekehrt. Danach – Filmriss. Bis zum Aufwachen in der Klinik.

Doch damit hatte der Alptraum erst so richtig begonnen.

***

»Wo ist der Säugling?«, fragte die Schwester unfreundlich.

»Welcher Säugling?«

»Stell dich nicht blöd. Der, den du vor ein paar Tagen geboren hast.«

»Ich hab nicht –«

Die Frau in der blauen Tracht schnitt Maria mit einer heftigen Handbewegung das Wort ab. »Lüg mich nicht an. Du hast geboren. Du hast sogar immer noch Milch. Also: Wo ist das Kind?«

Maria war in Panik. Was sollte sie sagen? Die Wahrheit? Damit die Bäuerin sie in die Psychiatrie einweisen lassen konnte? Lügen? Aber was? Nie hatte Maria daran gedacht, dass sie sich zum Verbleib ihres kleinen Sohnes, den man ihr einfach weggenommen hatte, eine Geschichte würde ausdenken müssen.

»Hast es umbracht?«, fragte die Schwester mit einem bitteren Zug um den Mund.

»Nein!«

»Und wo ist das Kind dann?«

Maria zuckte mit den Achseln. »Ich weiß es nicht«, schluchzte sie. »Sie haben es mir weggenommen.«

»Wer's glaubt, wird selig«, antwortete die Frau und ging zum nächsten Bett. Dort lag ein junges Mädchen, das wie Maria an einer schweren Lungenentzündung litt. Es atmete schwer, und der Husten klang furchtbar. Die Schwester steckte ihr ein Fieberthermometer unter die Achsel. Dann drehte sie sich noch einmal zu Maria um. »Die Gendarmen freuen sich schon auf deine Vernehmung. Und ich denke, du bist gesund genug dazu. Das bissel Fieber ist egal.«

Das bissel Fieber war über achtunddreißig Grad.

Zwei Stunden hatten die Männer in den grauen Uniformen Maria befragt. Sie hatte kein Talent zum Lügen. Was hätte sie auch erfinden sollen? Klang ihre echte Geschichte nicht ärger als jede Fiktion? Maria hatte es daher mit der Wahrheit versucht. Sie konnte sehen, dass sie ihr kein Wort glaubten. Immer wieder stellten sie die gleichen Fragen. Immer wieder antwortete Maria mit der Wahrheit. Als sie gingen, kam eine Klosterschwester und versuchte, sie mit Drohungen, dass der liebe Gott sie verstoßen würde, wenn sie nicht endlich die Wahrheit sagte, zu einer Änderung ihrer Aussagen zu bewegen.

Doch Maria, erschöpft und verzweifelt, schrie ihr ins Gesicht: »Und was, glauben Sie, würde Ihr lieber Gott sagen, wenn ich etwas anderes als die Wahrheit behaupten würde? Und wo war er, Ihr lieber Gott, als mein Kind und ich ihn dringend gebraucht hätten? Ich weiß nicht, was sie mit meinem kleinen Buben gemacht haben. Sie haben ihn mir sofort nach der Geburt weggenommen. Und damit gedroht, mich in die Psychiatrie einweisen zu lassen, wenn ich jemals etwas darüber sagen würde. Hat mir Ihr Gott da geholfen? Nein! Er hat zugelassen, dass sie mir mein Kind gestohlen haben, verkauft oder umgebracht, was weiß ich. Er hat zugelassen, dass mich der Scheißkerl von Sohn jahrelang vergewaltigt hat. Wo war Ihr Gott da?«

Maria drehte sich zur Wand und sprach von da an kein Wort mehr. Am nächsten Tag wurde sie in die Psychiatrie des Otto-Wagner-Spitals am Spiegelgrund verlegt.

Immer hatte sie geglaubt, dass sie bei den Bauern die Hölle auf Erden erlebt hätte. In diesem Spital lernte sie, dass es eine neue, schlimmere Dimension der Hölle gab. Ihr Körper war schon gebrochen. Nun begannen sie, systematisch ihren Geist zu zerstören.

***

Heute

Bertl Wagner bat Sandra, zur Inspektion zu kommen. Es gebe Neuigkeiten.

»Die Spezialisten vom Landeskriminalamt haben einen Mann verhaftet, der angeblich Ihre Großeltern und Ihren Onkel umgebracht hat.«

»Oh!« Sandra hatte schon seit einiger Zeit die Hoffnung aufgegeben, dass sie jemals den Täter fassen würden.

»Ich glaube nur nicht, dass er's war. Ich glaub, der könnte gar keinen Mord begehen, auch wenn er noch so sehr wollte.«

»Wie kommen Sie darauf?«

»Er ist ein Faktotum hier. Sozusagen der Dorftrottel, wenn ich das jetzt so abschätzig ausdrücken darf. Auf dem geistigen Niveau einer Schnecke. Bestenfalls.«

»Und wie kommen die Beamten dann drauf, dass der unsere Familie auszurotten versucht?«

»Sie brauchen einen Erfolg. Der Mann hat keine Verwandten, ist geistig zurückgeblieben und kann sich nicht wehren. Und wenn man ihm etwas mehrmals vorsagt, wiederholt er es einfach. Angeblich hat er gestanden.«

»Das ist ja schrecklich.«

Sandra dachte daran, wie hilflos Janni in solch einer Situation wäre. »Kann ich irgendwas für ihn tun?«

»Nein. Ich glaube nicht, dass der Fall Adametz mit dem Kerl überhaupt zur Anklage kommt. Der Staatsanwalt müsste total deppert sein, würde er sich auf so etwas einlassen.«

»Und wenn nicht?«

»Die haben doch nix in der Hand. Die Fingerabdrücke passen nicht. Das Bild passt nicht. Die geistigen Fähigkeiten reichen nicht einmal so weit, dass sich der Mann das Schnitzel selbst klein schneiden kann.«

»Armer Teufel.«

»Allerdings. Ich fürchte nur, wenn die Anklage nicht erfolgt und es weiter keine Spuren zum wirklichen Täter gibt, werden die Ermittlungen eingestellt werden.«

»Bis es den nächsten Toten in unserer Familie gibt.«

»Na, das wollen wir doch nicht hoffen.«

»Verraten Sie mir einen Grund, warum der Psychopath jetzt aufhören sollte. Er war ja schon dreimal erfolgreich.«

Bertl Wagner zuckte mit den Achseln. »Ich weiß nicht, was ich tun soll. Ich würde Ihnen gerne helfen. Aber wir haben ohnehin zu wenige Beamte hier. Haben Dorli und Lupo schon etwas herausgefunden?«

Sandra schüttelte den Kopf. »Sie haben eines der Kinder von damals gefunden. Den ältesten Jungen. Er ist über siebzig und dement.«

»Ach herrje. Auch nicht gerade der Megaerfolg. Passen Sie auf sich und Ihre Familie gut auf.«

»Ich glaube nicht, dass ich jetzt besser schlafen werde. Aber danke trotzdem für die Information.«

Sandra trat auf die Straße. Nicht sehr hilfreich, was bis jetzt im Fall Adametz geschehen oder eher nicht geschehen war. Doch

Sandra hatte auch noch ein anderes Problem, das einer Lösung harrte. Aber wo bekam man auf die Schnelle einen Menschen mit den dafür nötigen besonderen Fähigkeiten her? Sie griff zum Telefon.

***

Dorli und Lupo hielten Kriegsrat.

»Der Mann, der verhaftet wurde, ist es sicher nicht gewesen.« Dorli tippte sich mit dem Zeigefinger gegen die Stirn. »Die vom LKA spinnen ja. Ich denke, es wär jetzt der richtige Zeitpunkt, einmal Leo Bergler im BKA einen Besuch abzustatten.«

»Hm. So ungern ich das tu, aber ich fürchte, du hast recht. Ich glaub nämlich auch immer noch, dass diese Mordserie mit den Pflegekindern von damals zusammenhängt. Aber ich bin nicht einmal in Salzburg einen Schritt weitergekommen, wo die Familie gewohnt hat, die Janoš adoptiert hat. Und in der Schweiz haben wir vermutlich noch weniger Glück. Es gibt ja nicht einmal einen Ansatzpunkt.«

»Wer weiß, ob Leo mehr herausbekommt. Es ist einfach viel zu lange her.«

»Genau das ist das Problem. Es ist ja ein echtes Wunder, dass wir so viel über die Kinder erfahren haben. Normalerweise sind so alte Akten unauffindbar, weggeworfen worden oder beim Übersiedeln verloren gegangen, jedenfalls weg.«

»Andrerseits: Wenn diese Maria wirklich zwölf Jahre in der Psychiatrie am Spiegelgrund war, kann ich mir nicht vorstellen, dass die heute mit siebzig Jahren – oder knapp darüber – hierherkommt und die Leute umbringt. Noch dazu auf die Art.«

»Vielleicht sind sie zu zweit. Maria und ihr Schweizer Mann.«

»Falls das Janoš wäre, dann ist der nur vier Jahre jünger als sie. Selbst wenn ich mir vorstellen könnte, warum sie die Menschen hier töten, fehlt mir jede Idee, wieso erst jetzt und nicht schon vor dreißig oder vierzig Jahren.«

»Okay, ich kontaktier den Leo morgen.«

Dorli nickte. »Weißt, was mir auch immer noch Bauchweh bereitet?«

»Na, sag schon.«

»Sandra und ihre partielle Vergesslichkeit. Sie ist blitzgescheit. Merkt sich alles. Und dann erkennt sie die Frau nicht, die acht Jahre in der Schule neben ihr gesessen ist? Da stimmt doch was nicht.«

»Tja, das seh ich auch so. Aber gefunden hab ich nichts.«

»Ich weiß.«

Lupo strich sich sorgenvoll über das Kinn. Die Bartstoppeln kratzten, obwohl er sich am Morgen gründlich rasiert hatte. »Fällt dir dazu noch etwas ein?«

»Nein.«

Lupo seufzte. »Dann sollten wir dieses Thema ad acta legen.«

Dorli nickte. »Bei den Morden sind wir keinen Schritt weiter. Dafür haben wir einen weiteren Toten. Was ist das nur für ein beschissener Fall?«

***

Sandra fasste einen Entschluss. Bevor sie irgendetwas wegen Corinna unternahm, sollte sie sich selbst davon überzeugen, wie es ihr jetzt ging. Sie organisierte daher auf dem Hof alles für den Tag, den sie wegbleiben würde. Am nächsten Morgen saß sie bereits um sieben Uhr früh im Auto und quälte sich im Frühverkehr Richtung Wien. Währenddessen hatte sie reichlich Zeit, über ihre Situation nachzudenken. Was würde sie tun, wenn Corinna wirklich wieder auf die Beine kommen sollte? Sich an früher erinnern würde? Ihre und die Zukunft aller auf dem Hof standen auf dem Spiel. Aber was konnte sie tun? Sie konnte doch niemanden engagieren, damit er Corinna das Licht ausknipste.

Im Pflegeheim fragte sie nach Frau Dr. Helene Brand, die vor ein paar Tagen mit ihr Kontakt aufgenommen hatte. Die hatte allerdings gerade ihren freien Tag. Eine ältere Schwester mit verhärmtem Gesicht und strähnigem graubraunen Haar brachte Sandra zu Corinna.

Sandra erschrak vor dem Anblick der Frau, die sie vor zehn Jahren das letzte Mal gesehen hatte. Das Gesicht war totenblass mit einem Stich ins Gräuliche, von scharfen Falten durchzogen, die Wangen eingefallen, die Augen tief in den Höhlen. Das einstmals blonde Haar war grau und schütter. Die Arme lagen auf der

Decke. Sie waren kaum mehr als mit Haut überzogene Knochen. Die Hände sahen aus wie Klauen. Stünde Corinnas Name nicht auf der Tafel am Fußende des Bettes, Sandra hätte sie im Leben nicht erkannt.

Die Schwester zeigte auf einen Stuhl in der Ecke, den sich Sandra holen sollte, damit sie sich zu Corinna setzen konnte. Das tat sie.

»Hörst du mich?«, fragte sie leise, um die anderen Patienten in dem Vierbettzimmer nicht zu stören.

»Sie können ruhig lauter mit ihr reden«, sagte die Pflegerin, schon unterwegs zur Tür. »Von den anderen hier«, sie wies auf die restlichen Betten, »sind zwei stocktaub, und die Dritte hat seit Jahren kein Wort mehr gesprochen. Vermutlich Locked-in-Syndrom.«

In ihren Worten schwang nicht einmal der Hauch von Mitleid oder Bedauern mit. Aber wahrscheinlich konnte man sich das gar nicht leisten, wenn man jeden Tag mit schwerstbehinderten Menschen in ihrer letzten Lebensphase zu tun hatte. Sandra wusste, sie würde diesen Beruf keine zwei Wochen durchstehen.

Die Tür klappte, die Frau war gegangen.

Sandra zog den Stuhl ganz nahe an das Bett und stellte ihn so, dass sie praktisch in Corinnas Ohr sprechen konnte, wenn sie sich etwas vorbeugte.

»Also, Corinna, hörst du mich?«

Das Gesicht Corinnas blieb unbewegt. Nicht einmal die Augenlider flatterten.

»Na komm, du bist doch angeblich aus dem Koma erwacht. Mach wenigstens die Augen auf.«

Keine Reaktion. Sandra ärgerte sich. Warum reagierte Corinna überhaupt nicht? Schlief sie? Sie nahm all ihren Mut zusammen und zwickte sie in den Handrücken. Die Haut fühlte sich an wie Papier. Nichts.

»Weißt du eigentlich, was du mir angetan hast, als du dich wegräumen wolltest? Die Polizei hat die Wohnung auf den Kopf gestellt, nicht nur einmal. An meinen Arbeitsplatz sind sie auch gekommen, weil sie annahmen, ich hätte auch gekokst oder gedealt. Ich habe meinen Job verloren. Und das alles, weil ich so nett war, dir jahrelang kostenlosen Unterschlupf zu gewähren.«

Corinna rührte sich nicht.

»Es hat mich viele Monate gekostet, mich davon zu erholen. Ich musste mich prostituieren, bis ich wieder einen vernünftigen Job fand. Und nachher hatte ich jahrelang Angst, dass mich einer von den Freiern wiedererkennen würde. Nur wegen dir! Hättest du dich nicht vor die U-Bahn werfen können? Ich habe dich gehasst. Jahrelang. Hab mir immer vorgestellt, wie ich dich besuche und einfach dafür sorge, dass du krepierst. Deswegen hab ich mich nie hergetraut. Aus Angst, ich könnte wirklich mal umsetzen, was ich mir in dieser Zeit ausgemalt habe. Und jetzt, wo es das Leben endlich mal ein bisserl besser mit mir meint, wachst du auf. Mach endlich die Augen auf!«

Der letzte Satz war schrill und laut herausgekommen. Corinna blinzelte. Dann öffnete sie die Augen. Ihre Augen waren vom selben Blau wie Sandras. Corinna blickte sie an. Doch es lag nicht der leiseste Hauch von Wiedererkennen in ihren Zügen. Sie wirkte unendlich verloren, klein und hilflos, so als würde sie überhaupt nicht begreifen, was geschah oder wo sie war. Mehr noch: Ihr Blick war leer. Und irrte jetzt ziellos durch den Raum.

Sandra sprang auf. Stellte den Sessel zurück vor das Fenster und lief aus dem Krankenzimmer, ohne das stille Gespenst im Bett noch einmal anzusehen. Sie war fest davon überzeugt, dass man Corinna keinen Gefallen getan hatte, sie so lange am Leben zu erhalten. Was war das für ein Leben? Ohne Bewusstsein, ohne überhaupt zu wissen, dass man existierte.

Sandra war klar, dass sie floh. Aber der Zustand, in dem Corinna sich befand, war unerträglich. Da wollte sie lieber nach Hause und auf den Mörder warten, bis sich der sein nächstes Opfer holte.

***

Als Lupo in Leo Berglers Büro trat, spritzten dieser und eine Blonde mit Zopf auseinander.

»Mein Gott, kannst du nicht anklopfen?«, herrschte Bergler Lupo an.

Der grinste übers ganze Gesicht: »Hab ich. Und der Portier hat versucht, mich telefonisch anzumelden. Aber es hat niemand abgehoben. Und im Übrigen: Grüß dich, Maria, servus, Leo.«

Die Polizistin war zart errötet und reichte Lupo nun die Hand. »Ich muss dann wieder …«, murmelte sie und sah dabei zu Leo Bergler hinüber. Gleich darauf huschte sie zur Tür und verließ das Büro.

»Süße Maus. Da würd ich auch nix anbrennen lassen, wäre ich an deiner Stelle.«

»Ach halt doch die Klappe.« Leo Bergler schlug ihm auf die Schulter. »Was führt den Meisterdetektiv aus der Provinz in die Hauptstadt?«

»Wir haben einen eher ungewöhnlichen Fall.«

»Und der Onkel Leo soll das wiedergutmachen?«

»Wenn er kann?«

»Na, erzähl mal.«

Lupo versuchte, so detailreich wie notwendig und so kurz wie möglich die Situation rund um den Bauernhof Adametz und die Morde zu schildern. Auch, was er über die Kinder erfahren hatte.

»Aber mindestens eines davon ist in der Schweiz. Kannst du da was machen?«

»Möglich. Aber dafür bräuchte ich irgendeine offizielle Legitimation.«

»Alles klar.« Lupo grinste. »Hast heute schon mal in deine Mails geschaut?«

»Warum?«

»Weil dort ein offizielles Ersuchen der Dienststelle Berndorf von Bertl Wagner sein müsste.«

»Aha! Mal wieder die ganze Truppe für euch eingespannt.«

»Eher die ganze Truppe beisammen, um einen Unschuldigen, den dein Nachfolger beim LKA St. Pölten hinhängen will, zu entlasten.«

»Hab schon gehört, dass dort eine echte Flaschn sitzen soll.«

»Das hat sich bis zu euch herumgesprochen?«

»*Bad news are good news* bei uns. Du verstehst?«

Leo Bergler öffnete feixend seinen Mailaccount, fand die Anforderung von Bertl Wagner und druckte das Blatt aus. »So, dann wollen wir mal.«

Er zog die Tastatur zu sich und tippte den Namen Janoš Sillberg ein. Kurz darauf lächelte er. »Na, da schau einmal an.«

»Was gibt es über ihn?«

»Erst mal, dass die Familie 1965 von Salzburg weggezogen ist. Die neue Adresse ist in der Schweiz. Und zwar Wohlen bei Bern. Hübsche Gegend übrigens. Liegt am Wohlensee.«

»Das steht da alles drinnen?«

»Nein, du Heini, das weiß Google.«

»Aha. Und was ist mit Janoš?«

»Das weiß Google nicht.«

»Jessas, jetzt nerv nicht rum.«

»Noch in Salzburg hat sich der Bursche umbenennen lassen. Sein Adoptivvater hieß nämlich Räto Sillberg. Und seine schnucklige kleine Firma waren die Rätosill-Werke. Die stellten damals Turbinen für Kleinkraftwerke und Flugzeugtriebwerke her. Und der Sohn sollte wohl später das Werk übernehmen und auch so heißen wie die Firma, nehme ich mal an.«

»Er hieß also ab da Räto Sillberg.«

»Räto Sillberg junior, ganz genau.«

»Hm. Dann war die Eintragung beim Jugendamt falsch, dass ein gewisser H.S. Maria geheiratet hat. Aber das war handschriftlich. Vielleicht eine schlecht leserliche Schrift.«

»Oder verblasste Tinte.«

»Möglich. Und gibt es irgendwelche Einträge zu Räto Sillberg junior?«

»Da weiß wieder die allwissende Müllhalde Google weiter. Räto Sillberg absolvierte sein Wirtschaftsstudium in Oxford und führte seit 1981 die Rätosill-Werke bis Mitte 2015. Dann zog er sich ins Privatleben zurück. Die Firma wurde an Pratt & Whitney Aero Engines in Luzern verkauft. Wow! Der Mann nagt seither sicher nicht am Hungertuch. Und vorher ist es ihm vermutlich auch nicht gerade schlecht gegangen.«

»Weiß man etwas über die Familie? Vor allem über seine Frau Maria?«

»Nichts. Oder wart mal. Hier steht etwas. ›Maria Sillberg starb nach langer schwerer Krankheit im Dezember 2015. Sie wurde in der Familiengruft beigesetzt.‹ Über allfällige Kinder find ich nix.«

»Hm. Kannst du dir vorstellen, dass ein schwerreicher Schweizer Pensionär hierherkommt und die ehemaligen Pflegeeltern und deren Nachfahren umbringt, weil ihn die als Kind ein paar Jahre vielleicht schlecht behandelt haben?«

»Die unzensierte Fassung oder die mit Mitleid und Hoffnung?«

»Mann, du nervst.«

»Also wenn du mich fragst, könnt ihr den Burschen streichen. Selbst wenn er aus irgendeinem Grund einen Rachefeldzug führen würde, könnte der sich locker einen Auftragskiller leisten. Der würde sich doch nie im Leben selbst die Hände schmutzig machen.«

»Außer er hat mit denen eine besondere persönliche Rechnung offen.«

»Und was sollte das sein?«, fragte Leo Bergler mit süffisantem Grinsen. »Dass sie ihm am Freitag keinen Schweinsbraten serviert haben, weil sie katholisch waren?«

»Den hat der sicher auch am Sonntag nie bekommen. Aber es wurde ja unter dem Bauernhaus ein Baby eingebuddelt. Maria hat eines geboren, das ihr sofort nach der Geburt weggenommen wurde. Was, wenn der kleine Janoš irgendwie gemerkt hat, dass die das Kind Marias ermordet haben?«

»Na geh, und dann kommt er nach fast sechzig Jahren und bringt die Kinder der damaligen Bauern um?«

»Wäre doch denkbar.«

»Aber unrealistisch. Außer …« Leo Bergler lehnte seinen Kopf an die im Nacken verschränkten Arme.

»Was, außer?«

»Na stell dir folgendes Szenario vor. Diese Maria war jahrelang im Spital. Was ist, wenn ihr entweder bei der Hausgeburt oder im Spital etwas passiert ist, sodass sie nachher keine Kinder mehr bekommen konnte? Das wäre zumindest ein halbwegs passables Motiv.«

»Allerdings. Denn gerade Industrieimperien werden ungern verkauft, lieber in der Familie weitervererbt. Und wenn es nicht anders geht, an ein adoptiertes Kind.«

»Adoptieren hätt er aber auch eins können. Oder mehrere. Daran hat ihn niemand gehindert.«

»Vielleicht war Maria seelisch gebrochen und konnte keine Kinder aufziehen.«

»Das hätt er aber auch spätestens dann gemerkt, als er mit ihr verheiratet war, und nicht ein halbes Jahrhundert später.«

»Uff. Du hast recht. Jedenfalls danke für die Hilfe. Und liebe

Grüße an deine fesche Kollegin. Gibt's schon Pläne für eine gemeinsame Zukunft?«

»Nein! Und jetzt raus mit dir. Ich hab auch noch einen Job.«

»Ah ja? Was machst denn so?«

»Verdächtige Flüchtlinge auf Terrorhintergrund überprüfen. Ein hochinteressanter Aspekt meiner Arbeit.«

»Ich seh es an deinem angefressenen Gesichtsausdruck. Na, dann lass dich nicht aufhalten. Tschüss!«

***

Als Lupo aus Wien zurückkehrte, kam er gleichzeitig mit Sandra im Hof an. Sie fuhr den Mercedes ihres Großvaters. Der Motor erstarb, aber Sandra blieb im Auto sitzen. Lupo ging zu ihr hinüber. Sandra blickte ins Leere. Als Lupo ans Fenster klopfte, zuckte sie zusammen. Sie wandte ihm ihren Blick zu. Ihre Augen schwammen in Tränen.

Lupo öffnete die Autotür. »Sandra, was ist denn los?«

Sie schüttelte den Kopf. »Nichts. Geht schon wieder.«

Lupo reichte ihr die Hand, und sie ließ sich widerstandslos aus dem Auto ziehen. »Na, nach nichts sieht das aber nicht aus. Möchten Sie reden?«

»Nein. Oder doch. Kommen Sie, ich mach uns einen Kaffee.«

Lupo folgte Sandra in die Küche. Während sie an der Kaffeemaschine werkelte und sich dabei verstohlen die Tränen aus dem Gesicht wischte, nahm Lupo zwei Tassen aus dem Schrank. Er konnte sich des Gefühls nicht erwehren, dass er sich hier mittlerweile besser auskannte als Erika, Sandras Mutter. Dann holte er noch Milch aus dem Eiskasten.

»Also, was bedrückt Sie?«, fragte er, als die Tassen gefüllt waren und sie am Tisch Platz genommen hatten.

»Eigentlich könnten wir uns duzen nach all dem, was wir schon miteinander hier durchgestanden haben. Meinst du nicht?«

»Gern.« Lupo versenkte drei Stück Zucker in seinem Kaffee. »Also, wo drückt der Schuh?«

»Das ist schon ganz schön viel mehr. Ich muss dazu ein wenig in der Zeit zurückgehen.« Sandra richtete ihren Blick direkt in

Lupos Augen. »Vielleicht wirst du mich jetzt verachten. Aber dann kann ich es auch nicht ändern.«

»So schlimm?«

»Ja.« Sie nippte an ihrer Tasse. »Als ich von hier abgehauen bin, lebte ich einige Zeit auf der Straße. Ich hatte ja nichts, kaum mehr, als ich am Leib trug. Allerdings hatte ich eine ziemlich genaue Vorstellung davon, was ich von der Zukunft erwartete. Und was ich dafür tun musste. Ich nahm jede Arbeit an, arbeitete vierzehn Stunden am Tag und sparte eisern. Ich wollte nämlich so bald wie möglich einen fixen Wohnsitz. Dazu gehörte aber ein ordentlicher Job, und dann wollte ich die Schule fertig machen. Hinterher studieren. Mich von meiner Vergangenheit befreien.«

»Das klingt noch nicht sonderlich beunruhigend.«

»Kommt gleich. Auf der Straße lernte ich ein Mädchen kennen, das auch kein Dach über dem Kopf hatte, aber in der ständigen Angst lebte, jemand könnte sie im Schlaf ermorden. Oder berauben. Sie hieß Corinna.«

Und dann erzählte sie Lupo die ganze Geschichte. Sie endete damit, dass sie ihre Stelle verloren hatte und Corinna ins Koma gefallen war. Sandra schniefte.

»Mein Gott, das tut mir so leid.« Lupo sprang auf, packte ein Taschentuch und reichte es Sandra. Sie wischte sich über die Augen und putzte sich die Nase. Dann warf sie sich schluchzend in seine Arme. Lupo streichelte sanft über ihren Rücken. Er hatte keine Ahnung, was er tun sollte, um Sandra zu beruhigen. Er hob sanft ihr Gesicht, sodass sie ihm in die Augen sehen musste. »Die Geschichte muss doch gut ausgegangen sein, sonst wärst du heute nicht hier, so wie du bist. Stark, schön, verlässlich.«

»Ach du. Das ist ja noch nicht alles.« In Lupos Arm geschmiegt, erzählte sie ihm, wie es weitergegangen war. »Um meine Wohnung zu halten, bis ich einen neuen Job finden würde, bin ich auf den Strich gegangen. Ich kann dir gar nicht sagen, wie ich Corinna dafür gehasst hab. Hätte sie sich nicht selbst schon fast umgebracht, hätte ich es getan. Aber dann hatte ich Glück. Ich fand einen Sugardaddy, der mich ein Jahr lang unterstützte. Ich konnte die Matura machen und inskribieren. Dann fand ich wieder einen festen Arbeitsplatz. Das war pures Glück. Denn im Hotel Imperial suchten sie dringend eine Assistentin mit Fremdsprachenkenntnissen für die Eventmanagerin. Und ich suchte ebenso dringend einen Job und konnte neben Deutsch gut Englisch, halbwegs Französisch und mich immerhin auch in Spanisch verständigen. Wir einigten uns auf sechs Stunden täglich, sieben Tage die Woche. Da blieb Zeit für das Studium daneben. Ich studierte tagsüber, und ab achtzehn Uhr war ich im Hotel. Sugardaddy konnte ich in die Wüste schicken. Und ab dann ging es eigentlich fast nur mehr bergauf.«

»Und warum dann die Tränen?«

»Neulich erhielt ich einen Anruf, dass Corinna aus dem Koma erwacht ist.«

»Nach all der Zeit? Wer ist denn für die Kosten im Pflegeheim aufgekommen?«

Sandra nickte. »Ich habe jahrelang zugezahlt. Und heute war ich bei ihr. Sie atmet selbstständig. Das war's aber auch schon. Dort liegt ein lebender Leichnam im Bett. Da frag ich mich: Warum haben die sie so lange am Leben erhalten? Sie erkennt nichts, reagiert auf nichts. Stell dir mal vor, du müsstest so vor dich hin vegetieren.«

»Lieber nicht. Sonst tu ich mir noch selber leid«, versuchte Lupo Sandras Stimmung aufzuheitern. In diesem Augenblick läutete Sandras Handy. Sie nahm das Gespräch an. Hörte kurz zu.

»Nein«, flüsterte sie. Und nach einer Weile: »Das kann ich nicht. Bitte geben Sie mir etwas Zeit. Ja, ich melde mich.«

Sie warf das Telefon mit einem Stöhnen auf den Tisch.

»Schlimme Nachrichten?«

»Corinna hatte einen Schlaganfall. Sie hängt wieder an allen lebenserhaltenden Maschinen. Und ich soll jetzt entscheiden, ob sie sie abschalten. Ich kann das nicht!«

Lupo strich ihr beruhigend übers Haar. »Kennst du keine Verwandten von ihr?«

Sandra schüttelte den Kopf. Dann umklammerte sie Lupo. »Halt mich fest«, flüsterte sie. »Ich kann nicht mehr.« Ihre Augen hielten seinen Blick fest, und dann küsste sie ihn mit einer Wildheit, dass ihm Hören und Sehen verging. Er vergaß Zeit und Raum. Der harte und gleichzeitig zarte frauliche Körper, an ihn geschmiegt, ließ seinen Körper reagieren. Der süße Kuss katapultierte ihn in eine andere Dimension. Plötzlich durchzuckte ihn ein befremdlicher Gedanke: Ich heirate in ein paar Tagen. Was tue ich da eigentlich?

Lupo fühlte schreckliches Mitleid mit Sandra, aber auch tiefe Reue darüber, dass er sich zu etwas hatte hinreißen lassen, das ganz anders gemeint war, aber irgendwie falsch angekommen war. Sanft schob er Sandra von sich weg. »Tut mir leid, aber das kann ich nicht. Dorli und ich heiraten demnächst.«

Sandra trat zwei Schritte zurück. »Tut mir leid. Ich wollte nicht …« Sie verlor den Faden.

»Es braucht dir nicht leidzutun. Es war durchaus schön. Aber ich habe die Liebe meines Lebens bereits gefunden. Außerdem bin ich eh zu alt für dich.«

Über Sandras Züge huschte ein zartes Lächeln. »Zum Trösten ist man nie zu alt. Danke.«

»Und was wirst du jetzt wegen Corinna unternehmen?«

»Keine Ahnung. Ich habe mir ein paar Tage Bedenkzeit erbeten. Ich kann nur hoffen, dass sie nicht mein Besuch heute so aufgeregt hat, dass sie in der Folge einen Schlaganfall erlitten hat.«

»Aber du hast gesagt, dass sie überhaupt nicht reagiert hat. Dann wird sie gar nicht gemerkt haben, dass du dort warst. Und selbst wenn sie eine Ahnung hatte, dass da jemand an ihrem Bett stand und redete, glaubst du, sie hätte dich erkannt? An der Stimme? Oder auch nur ein Wort verstanden?«

»Wohl kaum.« Aber sicher war sich Sandra ganz und gar nicht. Und das bereitete ihr Magenschmerzen.

***

Lore klopfte an Dorlis Tür. Als sich nichts rührte, trat sie ein. Idefix begrüßte sie stürmisch. »Na, wo ist denn dein Frauli? Probiert es seine eherne Rüstung für die Hochzeit an?«

»Das hab ich gehört!«, rief Dorli aus dem Schlafzimmer.

»Drum hab ich es ja so laut gesagt!« Lore rauschte wie eine Brandungswelle zu Dorli hinein. Idefix wurde von ihrem Schwung mitgerissen und landete fast auf Dorli.

»Mein Gott, renn mich doch nicht gleich über den Haufen! Ich probier wirklich, was ich zur Hochzeit anziehen werde.«

»Du willst doch nicht allen Ernstes diesen alten Fetzen tragen?«, fragte Lore mit gekräuselter Nase. »Wenn dich Lupo so sieht, ergreift er in letzter Minute die Flucht.«

»Haha. Das traut er sich nie.«

»Egal. Der Fummel geht gar nicht. Los, pack dich zusammen. Wir fahren einkaufen.«

»Ich kauf mir doch nix für einen Tag im Leben!«

»Dann suchst du dir halt etwas, das du nachher auch noch anziehen kannst. Auf einen Ball oder zu einem Fest, ins Theater oder für was immer.«

Dorli murrte. Aber als Lore insistierte, dass sie nicht zur Hochzeit käme, wenn Dorli nicht halbwegs brauchbar angezogen sei, packte sie dann doch ihre Handtasche, schob Idefix in den Garten und stieg mit Lore ins Auto, um nach Wiener Neustadt in eine Boutique zu fahren.

»Ich hab früher gelegentlich hier eingekauft«, sagte Lore mit leichter Trauer in der Stimme. »Als dein Bruder noch ein normaler Mensch war und wir noch eine gute Ehe führten.«

»Dann sollten wir woandershin schauen.« Dorli wollte wieder ins Auto klettern.

»Nix da. Die haben schöne und ausgefallene Klamotten zu halbwegs christlichen Preisen. Wir gehen da jetzt rein. Marsch, marsch!«

Seufzend fügte sich Dorli.

Als sie nach einer Stunde mit einem chamoisfarbenen Kleid und einem dazu passenden Spitzenjäckchen in einer eleganten Papiertragetasche wieder im Auto saß, steuerte Lore das nächste Schuhgeschäft an.

»Was denn? Neue Schuhe? Kommt nicht in Frage. Da krieg ich Blasen an den Füßen!«

»Ach was. Hast ja noch drei Tage zum Eingehen. Du kaufst dir jetzt High Heels. Du wirst doch nicht mit deinen Genagelten heiraten wollen?«

»Herzerl, du übertreibst maßlos. Ich hab auch schöne Schuhe mit Absatz.«

»Ja, passend zum Dirndl. Aber nicht zu dem zarten Nichts an Stoff, das du jetzt gerade erstanden hast.«

In ihrem tiefsten Innersten musste Dorli Lore recht geben. Aber das hätte sie nicht einmal unter Folter eingestanden.

Als sie zu Hause dann die ganze Beute auf Anweisung Lores anprobierte, mit den hochhackigen Schuhen dazu und einem verwegenen Hütchen, das vorne ein Hauch von Schleier zierte, musste Dorli grinsen. »Glaubst, Lupo erkennt mich in der Verkleidung?«

»Der wird hin und weg sein! Du siehst traumhaft aus. Wie ein junges Mädchen.«

»Das wird Lupo höchstens erschrecken.«

»Na keine Angst, unters Jugendschutzgesetz fallst nicht mehr.«

Dorli schmiss ein Kissen in Richtung ihrer Schwägerin. »So, und jetzt lass uns etwas Vernünftiges tun.«

»Einen Sitzplan für die Hochzeitsgäste machen?«

Dorli seufzte. »Sicher nicht. Bei uns darf sich jeder hinsetzen, wo er will.«

Lore schüttelte missbilligend den Kopf. »Und was willst dann stattdessen tun?«

»Wir haben im Amtshaus für die Flüchtlingskinder Kleider gesammelt. Die laden wir jetzt ins Auto und bringen sie nach Traiskirchen.«

»Die Kinder?«

»Die Kleider!«

»Wie hat schon Kaiser Franz Joseph gesagt? ›Mir bleibt doch nix erspart auf dieser Welt.‹«

»Jaja, du Gurkerl. Das hat er gesagt, als der Thronfolger ermordet wurde. Und wir machen jetzt gerade mal ein paar Flüchtlingskinder glücklich.«

»Amen.«

***

Angeblich werfen große Ereignisse ihre Schatten voraus. Aber nichts dergleichen war passiert. Der Morgen des 25. Juni dämmerte herauf und ging mit einem gleißend rotgoldenen Sonnenaufgang in einen wolkenlosen Tag über. Dorlis und Lupos Hochzeitstag.

Lupo war am Vormittag weggefahren, weil er der Familie Adametz noch Anweisungen für den Tag geben wollte. Der halbe Ort würde infolge der Hochzeitsfeierlichkeit leer stehen. Das sollte der Mörder nicht ausnutzen können.

Da Sandra und Johannes zur Trauung kommen würden, sollten sich Adam, Erika und Lukas möglichst zusammen in einem Raum aufhalten. Wobei die Besatzung schon ziemlich geschrumpft war. Lukas war auf Jobsuche und hielt sich fast nur nachts und an den Wochenenden auf dem Hof auf.

Kathi und ihre wilden Söhne waren von ihrem Exmann abgeholt worden. Dem Abschied unter Heulen und Zähneknirschen war ein erfreulich friedliches Leben gefolgt. Die Buben besuchten nun ein Internat und verbrachten die Wochenenden bei ihrem Vater und seiner neuen Familie. Kathi lebte in einer betreuten Einrichtung, einer Art Seniorenresidenz, wo sie bekocht und versorgt wurde, aber sonst kommen und gehen konnte, wann sie wollte. Nur die Nacht musste sie im Haus verbringen. Die Ruhe dort tat ihr gut. Sie hatte begonnen, Klavierspielen zu lernen. Beteiligte sich immer öfter am Leben der Wohngemeinschaft und nahm sogar schon an dem einen oder anderen Ausflug teil.

Dorli gönnte sich einen ausgedehnten morgendlichen Spaziergang mit Idefix. Ein leichtes Mittagessen folgte. Und eine Stunde entspannt auf der Couch, mit dem neuesten Thriller eines regionalen Autors, der es in den letzten Jahren unter die Bestseller geschafft hatte. Dorli war so in den spannenden Roman versunken, dass sie fast die Zeit vergessen hätte.

Eine knappe Stunde verbrachte sie im Bad und begann, sich dem Anlass entsprechend aufzubrezeln. Haare mal richtig gut föhnen, ein wenig Make-up auflegen, damit sie nicht glänzte wie eine Schweineschwarte, alle Accessoires zusammensuchen. Sie war noch nicht einmal in ihrem Kleid, als Lore schon hereinschneite, eine hopsende Lilly und einen griesgrämigen Peter im Schlepptau.

»Was ist denn dir über die Leber gelaufen, Peter?«, erkundigte sich Dorli.

Der verzog nur angewidert den Mund und verschwand mit Idefix in den Garten.

»Was hat er denn?«

»Er is sauer. Er wollte in ausgebeulten Jeans und einem zerrissenen Leiberl zu deiner Hochzeit gehen. Und dass er jetzt an Anzug tragen muss, reicht für ihn, um beleidigt zu sein. Weißt eh, Mütter!« Lore verdrehte dramatisch die Augen.

»Ganz klar. Mütter sind ja immer sooo peinlich.«

»Na ja, ich fürchte, wir waren auch nicht anders in dem Alter.«

»Ganz bestimmt.«

»Mädel, leg einen Zahn zu. Sonst kommst zu deiner eigenen Hochzeit zu spät.«

»Nur mit der Ruhe. Ohne mich fangen s' bestimmt nicht an.«

»Wo ist eigentlich Lupo?«

»Der wollte noch kurz bei den Adametz vorbeischauen. Sie dazu vergattern, ausnahmsweise mal alle zusammenzubleiben, solange der halbe Ort bei unserer Feier ist. Und dann ist er nach Wien, sich herausputzen für mich. Wahrscheinlich warten wir dann beide auf unseren Partner, weil wir einander nicht erkennen werden.«

»Geh, halt kane Volksreden. Hüpf ins Kleid, steig in die Wahnsinnsschuhe und setz das geile Hütchen auf. Und dann Abmarsch.«

»Wenn ich einmal groß bin, möchte ich so schön sein wie Tante Dorli!« Lilly hopste um die aufgetakelte Braut herum.

»Lilly, das möchtest du sicher nicht. Du bist viel hübscher als ich«, bremste Dorli ihre Nichte ein.

»Ehrlich?«

»Großes Indianerehrenwort.«

»Ihr könnt euer interessantes Zwiegespräch im Auto fortsetzen, aber jetzt ist es wirklich höchste Zeit. Los!«, kommandierte Lore.

»Gelegentlich hast einen Ton drauf wie ein Feldwebel«, motzte Dorli.

»Wenn du zwei Kinder und einen Mann jahrelang im Zaum gehalten hast, dann reden wir weiter.« Lore hielt Dorli die Beifahrertür auf. Doch auf dem Sitz hockte Peter.

»Peter, du sitzt hinten. Und du brauchst gar nicht erst zu maulen. Tante Dorli kann nicht auf die Rückbank kraxeln. Sonst schaut sie aus, als hätte sie in dem schönen Kleid geschlafen.«

Peter kroch im Schneckentempo aus dem Wagen und auf den Rücksitz. Seine Laune war dadurch nicht gerade besser geworden.

***

Beim Standesamt stand schon eine Traube von Gästen, die auf das Brautpaar warteten. Dorli zupfte ihr kurzes Kleid über die Knie, dann streckte sie sich und versuchte, Lupo in dem bunten Meer von Menschen zu entdecken.

Bär, Dorlis Freund aus Kindertagen und Chef der Motorradgang Devils, kam auf sie zu. Sie musste schmunzeln. Im Gegensatz zu seiner üblichen Kleidung trug Bär heute schwarze Jeans und ein weißes Hemd, Größe XXXXL, letzte Kleidergröße vor dem Dreimannzelt. Die Lederjacke hing lässig über seinem Arm.

»Lupo is no ned da«, teilte er ihr lakonisch mit.

»Glaubst, muss ich mir Sorgen machen?«

»Fracksausen wird er scho haben. Aber er kommt sicher.«

»Apropos Fracksausen. Hast du deinen Flachmann dabei?«

»Brauchst an Mutschluck?«

»Kann nicht schaden.«

Bär stellte sich so vor Dorli, dass die Meute nicht mitbekam, was sie tat. Sie nahm einen großen Schluck aus der kleinen Stahlflasche. »Ah, jetzt geht's mir besser.«

Sie mischte sich unter die wartenden Gäste. Plauderte mit ihnen, ließ sich aufziehen, dass sie jetzt doch noch unter die Haube kam, und wurde innerlich immer unruhiger. Wo blieb Lupo? Er war mittlerweile eine Viertelstunde überfällig. Sah ihm überhaupt nicht ähnlich.

Plötzlich fiel ihr Blick auf die Holzinger Anni, die höchst besorgt aussah. Da fiel ihr ein, was die Anni gesagt hatte, als sie sie zum letzten Mal besucht hatte. Du lieber Himmel, sie hatte geraten, die Hochzeit auf ein anderes Datum zu verlegen, weil da ein rückläufiger Merkur für Ärger sorgen könnte. Und sie hatte das mit einem blöden Spruch abgetan.

»Bär!«, brüllte Dorli gar nicht damenhaft in die Runde.

Er kam auf sie zugerannt. »Was ist denn los?«

»Bist du mit dem Moped da?«

»Klar!«

»Komm, wir fahren.«

»WAS?«

»Wir müssen Lupo suchen. I erklär's dir unterwegs.«

»Hast ihn schon angerufen?«

»No na ned!«

»Meldet er sich nicht?«

»Nur die Mobilbox. Da muss etwas passiert sein.« Gemeinsam mit Bär lief sie zu seinem Motorrad. »Lore?«

Die kam ohnehin schon auf Dorli zugeschossen. »Wo willst du denn jetzt noch hin?«

»Wenn ich in einer halben Stunde nicht mit Lupo wieder da bin, gehts ins Restaurant vor. Wir kommen nach!«

»Aber …«

Ohne Lore weiter zu beachten, zog Dorli ihren Rock hoch und schwang sich wenig damenhaft hinter Bär aufs Bike. »Erst zu mir, wir brauchen den Hund.«

»Und i hob docht, du willst di umziehn.«

»Keine Zeit«, brüllte ihm Dorli ins Ohr und klammerte sich fest, weil er mit reichlich überhöhter Geschwindigkeit durch die Kurven fetzte. Der enge Rock und die Stöckelschuhe waren auf dem Sozius nicht gerade die ultimative Bikerkleidung. Vom fehlenden Helm gar nicht zu reden. Aber das alles war jetzt unwichtig.

Zu Hause schloss Dorli nur das Tor auf und rief: »Idefix, komm!« Und zu Bär: »Und jetzt langsamer zum Adametz-Hof, sodass der Hund mitkommt.«

Es war nicht sehr weit, und als sie in den Hof einfuhren, lief Dorli ein kalter Schauer über den Rücken. Absolute Stille lag über dem Anwesen. Die Sonne schien, kein Windhauch regte sich. Weder Mensch noch Tier war irgendwo zu sehen. Normalerweise döste der alte Hofhund im Schatten, und die Katzen saßen auf dem Dach. Aber nicht heute. Und da ab Freitagmittag auch die Bauarbeiten bis zum Montag ruhten, war nicht einmal ein Arbeiter zu sehen.

Dorli sprang vom Sozius. »Idefix, such Herrli!«

Der Hund blickte fragend zu ihr auf. »Ja, komm, such Lupo.«

Idefix schnüffelte, lief hierhin, kehrte um, lief in die andere Richtung.

»Bist sicher, dass der waß, was er tuan soll?«, fragte Bär.

»Ja.«

Eine Weile lief Idefix kreuz und quer durch den Hof. Doch dann schien er einer frischen Spur zu folgen, denn er hielt schnurstracks auf die Jauchegrube zu. Dort blieb er stehen und bellte.

»Braver Hund«, lobte Dorli mit zitternder Stimme. Was, wenn der Mörder Lupos Leiche hier ebenso entsorgt hatte wie die des Altbauern?

»Bär«, setzte sie mit brechender Stimme an. Räusperte sich und begann noch einmal. »Bär, hilf mir, wir müssen die Abdeckung wegheben.«

»Du machst gar nix, da wirst nur dreckig.« Bär wuchtete die schwere Eisenplatte beiseite, als wäre sie aus Pappe. »Ma, des fäult!« Angeekelt wandte er den Kopf ab, nur um ihn gleich darauf völlig perplex wieder zurückzudrehen. »Lupo! Was machst denn du da drinnen?«

»Nach der Uhrzeit: heiraten. Dorli wird schon auf mich warten.«

»Elftes Gebot: Du sollst dich nicht täuschen!«, erwiderte diese und trat mit schlotternden Knien an den Rand der Grube. »Bist du verletzt?«

»Dorli! Nein. Und weil die Jauche vor Kurzem ausgepumpt worden sein muss, bin ich auch nicht ersoffen in dem Scheiß.«

»Na, dann kumm raus da, Kumpel.« Bär reichte Lupo die Hand und zog ihn hoch.

»Was ist passiert?«, fragte Dorli. Am liebsten wäre sie Lupo um den Hals gefallen. Aber dann wäre ihr schönes Kleid wahrscheinlich nur mehr für den Sondermüll geeignet gewesen.

»Der Mörder ist am Hof. Sandra hat sich umgedreht und aufgeschrien. Aber bevor ich reagieren konnte, hat er mir eine übergebraten und mich da reingeschmissen. Und jetzt metzelt er vermutlich den Rest der Familie dahin.«

»Und, wer ist es?«

»Weiß ich doch nicht. Ich war ohnmächtig.«

Dorli schmunzelte. »Na, du bist mir ein Held! Die Schutzbefohlene merkt früher als du, dass etwas nicht in Ordnung sein könnte.«

»Ja, ich weiß. Ich hab auf ganzer Linie versagt.«

»Hör auf mit dem Selbstmitleid. Wir müssen Sandra finden, bevor der Mörder ihr oder einem anderen was antut. Hast du eine Ahnung, wo alle sein könnten?«

»Mich hat er im Stadl erwischt. Kommts mit!«

»Hast du irgendeine Waffe?«, fragte Dorli.

»So wie der stinkt, braucht er scho für sein G'ruch an Waffenschein«, lästerte Bär.

»Nein, ich hab keine Waffe dabei. Aber ich nehm mir von dort einen Prügel«, antwortete Lupo und zeigte auf einen Holzhaufen. Er zog einen langen Ast heraus und prüfte seine Festigkeit. »Besser als nichts.«

Dorli folgte seinem Beispiel und griff sich auch ein Holzstück. Dann folgte sie auf ihren Pumps mit Trippelschritten den Männern und dem Hund. Sie kam sich völlig lächerlich in ihrem Aufzug vor, wie sie da im engen Kleidchen und auf High Heels dahinstöckelte. Aber zum Umziehen war wahrlich keine Zeit gewesen.

Lupo öffnete die Stadltür. Dahinter empfing sie Düsternis und Stille. Er legte den Finger an die Lippen und bedeutete ihnen, leise zu sein. Dann drangen sie in den Raum vor. Es roch nach Heu und Sommerwiese. Aber auch nach Erde, Diesel und warmem Öl. Das kam vermutlich von dem Traktor in der Ecke.

Langsam durchstreiften sie den großen Raum. Doch der war verlassen.

»Da is niemand«, stellte Bär lakonisch fest. »Und was mach ma jetzt?«

»Nachdenken«, antwortete Lupo. »Dorli, hast du eine Ahnung, wo die sein könnten?«

»Im Haupthaus. Aber wo?« Dorli runzelte die Stirn. »Wenn unsere Vermutung mit den Kindern auch nur ansatzweise richtig war, wo würde Janoš das Jüngste Gericht über die Familie abhalten?«

»Im Keller!«

»Ganz genau.«

Lupo lief bereits los, dahinter Bär. Dorli streifte die Schuhe von den Füßen und ließ sie achtlos im Hof liegen. Dann sauste sie barfuß mit Idefix hinterdrein.

JANOŠ

Der Augenblick ist nichts als der wehmütige Punkt
zwischen Verlangen und Erinnern.
Robert Musil

Adam und Sandra saßen mit auf den Rücken gebundenen Händen an der Wand auf dem Boden. Vor ihnen die aufgewühlte Erde, wo Lupo das Skelett des Neugeborenen gefunden hatte.

»Warum, um Gottes willen, wollen Sie uns alle umbringen? Was haben wir Ihnen denn getan?« Sandra wunderte sich, dass ihre Stimme nicht schrill und ängstlich, sondern beherrscht und ruhig klang. Fast unbewusst registrierte sie, dass der Mann genau so aussah, wie Johannes ihn gezeichnet hatte. Alt, mit Falten im Gesicht, aber nicht unsympathisch.

»Sie haben mir gar nichts getan. Und auch Ihr Vater nicht. Aber sein Vater hat eines der seiner Familie anvertrauten Kinder jahrelang missbraucht.«

»Und dafür machen Sie uns verantwortlich? Gilt jetzt seit Neuestem Sippenhaftung?«

»Ich werde Ihnen eine Geschichte erzählen.«

»Na, auf die bin ich aber gespannt.« Sandra klang sarkastisch.

»Sie können sich Ihre Überheblichkeit sparen. Sie haben es ja auch nicht in dieser Familie ausgehalten, und dabei waren die Verhältnisse in Ihrer Kindheit eine wahre Erholung gegen das, was wir Pflegekinder hier mitgemacht haben.«

Sandra senkte beschämt den Kopf. »Touché.«

Und Janoš erzählte, was ihnen widerfahren war. Sowohl Adam als auch Sandra konnten ihre Erschütterung kaum verbergen.

Als Janoš schließlich schwieg, ergriff Sandra wieder das Wort. »Sie haben unser volles Mitleid. Aber warum wollen Sie uns töten?«

»Die Geschichte ist noch nicht zu Ende. Ich hatte Glück, wurde adoptiert und bekam eine gute Ausbildung, erbte ein florierendes Unternehmen und konnte dann auch nach Maria suchen. Ich entdeckte sie in der Klapsmühle. Als ich sie endlich gefunden hatte, stand ein Wrack vor mir. Sie hatte mehr als acht Jahre dort verbringen müssen. Sie können sich überhaupt nicht vorstellen, was das zu der Zeit bedeutete. Maria war bis zum Skelett abgemagert. Sie sprach nicht, sie blickte mit leeren Augen in irgendeine nur ihr zugängliche Welt. Ich heiratete sie, weil das die einzige Möglichkeit war, sie dort rauszukriegen. Und ich nahm sie mit nach Hause in die Schweiz, damit die österreichischen Behörden nie wieder Zugriff auf sie haben könnten.«

Sandra hatte während dieser Schilderung Adams Hand ergriffen. Ihre Augen schwammen in Tränen. »Es tut mir so leid für Sie. Können wir Ihnen irgendwie helfen?«

Janoš brachte sie mit einer abwehrenden Handbewegung zum Schweigen. »Es dauerte mehr als fünf Jahre mit der bestmöglichen Betreuung durch Psychologen und Trainer, bis Maria anfing, wieder zu sprechen und ein wenig am Leben teilzunehmen. Sie wurde allerdings nie wieder wie früher. Dieses wundervolle Wesen, das nie jemandem etwas Böses getan hatte, wurde durch ein menschenverachtendes System und eine grausame Familie um sein Leben betrogen. Die Ärzte fanden im Laufe der Jahre heraus, dass sie im Spital unfruchtbar gemacht wurde, indem man ihr nicht etwa die Eileiter unterband, wie man das heute tun würde, sondern gleich die Gebärmutter rausnahm. Denn ›solche wie sie‹ sollten keine Kinder mehr bekommen können. Außerdem war es ungeheuer praktisch. Sie war ja ein bildhübsches, blutjunges Mädchen. Also musste sie für Ärzte, Pfleger und wen weiß ich noch als Hure herhalten. Ausgerechnet Maria, die liebevolle und geduldige Frau, die alles Leid klaglos ertrug. Die so gerne eine liebende Familie gehabt hätte. Die ihre Mutter nie verstanden hatte, weil sie immer wieder ihren Körper verkauft hatte.«

»Entschuldigen Sie die Frage. Aber woher hatten Sie das Geld für all diese Behandlungen? Das muss doch ein Vermögen gekostet haben.«

»Ja, hat es. Ich hatte das Glück, nicht nur vermögende, sondern auch sehr verständnisvolle Adoptiveltern zu haben. Sie haben mich immer unterstützt. Auch bei Maria.« Janoš wischte sich über die Augen.

»Die ersten Monate hat sie immer wieder versucht, sich das Leben zu nehmen. Als sie endlich anfing zu sprechen, fragte sie mich dauernd: ›Was willst du denn mit mir anfangen? Mich haben Dutzende Männer gefickt. Ich muss kotzen, wenn mich einer nur berührt. Ich habe dich wirklich gern, aber ich werde nie wirklich deine Frau sein können. Zudem kann ich ohnehin keine Kinder mehr bekommen. Ich möchte nur mehr sterben. Aber du, du hast ein wunderbares Leben vor dir. Du hast Geld, liebende Eltern. Lass dich scheiden. Such dir eine gute Frau und hab mit ihr Kinder. Vergiss mich.‹ Doch das konnte ich nicht. Und das alles verdanken wir Ihrem Vater und Großvater Siegfried.«

»Das tut mir unendlich leid«, sagte Sandra. »Aber so wie es aussieht, haben sie ihn ja ohnehin umgebracht. Wobei ich nicht verstehe, warum auch Oma, warum Werner und warum noch uns. Und ganz nebenbei, wieso jetzt und nicht vor zig Jahren?«

»Sie sind eine kluge Frau. Sie passen gar nicht in die Familie. Sind Sie sicher, dass Sie nicht adoptiert sind? Aber ich werde es Ihnen erklären. Erst mal: Warum erst jetzt? Maria ist im vorigen Jahr gestorben. Ich habe ihr versprechen müssen, dass ich die Familie nicht zur Rechenschaft ziehen werde. Denn ich habe angesichts dessen, was ihr angetan worden war, immer wieder gesagt: ›Sigi, den Scheißkerl, bringe ich um!‹ Nach ihrem Tod fühlte ich mich an diesen Eid nicht mehr gebunden. Und als ich ein wenig nachforschte, was aus der Familie Adametz geworden war, wurde ich noch wütender, als ich vorher schon war. Die hatten sich mit unserer Arbeitskraft und dem Geld, das sie für uns bekommen hatten, eine glänzende Zukunft aufgebaut. Also wollte ich sie dort treffen, wo es ihnen sicher am meisten wehtat: beim Geld. Dann starb Brunhilde. Und Sie können sicher sein, es traf keine Unschuldige.«

»Aber Mutter war doch damals no gar ned mit dem Vater verheiratet«, warf Adam mit zittriger Stimme ein.

»Das stimmt. Trotzdem hat sie eine große Rolle bei Marias Unglück gespielt.«

»Wieso?«, fragte Sandra.

Janoš wischte sich über die Augen. Die Erinnerung traf ihn mit der Wucht eines Fausthiebes in den Magen.

***

Januar 1960

JANOŠ

Stundenlang hatte er Maria immer wieder schreien gehört. Gegen Ende immer schwächer. Seine Angst, sie auch noch zu verlieren, jetzt, da Franco schon weg war, stieg ins Unermessliche. Mittlerweile war Abend, und Gerti stellte ihm ein Brot, dick mit Butter bestrichen und darüber noch ein paar Scheiben Rauchwurst, vor die Nase. »Iss, bevor die Alte wieder da ist. Sonst räumt s' da no persönlich die Wurscht vom Brot.«

»Wo ist sie denn?«

»Bei Maria. Das Kind wird jetzt jeden Moment kommen.«

Wurde auch schon Zeit. Hoffentlich überstand Maria diese Tortur halbwegs gesund.

»Trink no a Glaserl Milch.« Gerti schob ihm einen Halbliterkrug hin, in dem normalerweise die Männer im Wirtshaus ihr Bier erhielten.

»Vergelt's Gott. Aber im Moment bring ich nichts runter.«

»Dann nimm's mit. Aber verschwind jetzt, bevor die Bäurin auftaucht«, flüsterte Gerti ängstlich.

Da wurde ihm klar, dass Gerti ihm mehr gegeben hatte, als er bekommen hätte, wäre die Bauersfrau anwesend gewesen. Er schnappte sein Brot und die Milch und verzog sich in die Kammer, die er jetzt allein bewohnte, seit Franco weg war. Doch die Sorge um Maria und ihr Kind trieb ihn wieder hinaus. Was, um alles in der Welt, würde die Bäuerin mit dem Kind anfangen?

Da öffnete sich die Tür zu Marias Kammer, und der alte Drachen kam mit einem blutigen Bündel heraus. Sie trampelte zu Sigis Zimmer, und er folgte ihr leise.

Sie drückte Siegfried das Kind in den Arm und schrie: »Da hast deinen Bankert. Mach mit ihm, was du willst.«

Sigi nahm das Kind behutsam und trug es in seine Kammer. Dort legte er es aufs Bett und betrachtete es liebevoll. Fast hätte Janoš so etwas wie Sympathie für ihn verspürt.

Doch dann kam Brunhilde. »Was willst denn mit dem Balg?«, schrie sie ihn an. »Du kannst den ned behalten. Oder willst den Leuten einreden, ich hätt ihn gekriegt? Und wer soll ihn stillen?«

Mein Gott, die war ja noch schlimmer als die alte Hexe! Auch Siegfried schien wie vor den Kopf gestoßen. »Was soll ich denn mit dem Kind machen?«, fragte er sie unsicher.

»Mir wurscht. Aber auf jeden Fall beseitigen. Und zwar so, dass es keiner findet. Denn falls des passiert, dann bin i weg, das verrat i dir.«

»Sagst du mir im Ernst, i soll des Kind umbringen?«

»Wie hast denn des so schnell überringelt?«, kam es ätzend von Brunhilde. »Und dann vergrabst es tiaf irgendwo, wo's kana findet. Und wenn des alles erledigt ist, kannst zu mir kommen, und wir bestellen des Aufgebot.«

Mehr konnte Janoš nicht hören. Denn gleich danach schoss Brunhilde aus Siegfrieds Kammer und knallte die Tür zu. Er musste blitzartig verschwinden.

***

Heute

Janoš blickte verstört auf die vor ihm sitzenden Menschen. Er schüttelte benommen den Kopf. »Daraufhin hab ich beschlossen, dass Maria und ich so bald wie möglich wegmüssen. Aber ehrlich gesagt hätte ich mir nie vorstellen können, dass der Siegfried das Kind wirklich umbringt. Ich dachte, der legt es vielleicht irgendwo bei einem Spital vor die Tür. Oder setzt es vor dem Pfarrhof aus. Doch dann las ich viele Jahre später in der Zeitung von dem toten Kind, vergraben und eingemauert im Keller. Und da war mir klar, dass Siegfried es wirklich getan hat. In dem Augenblick wollte ich, dass alle Kinder, die diese Ratten je in die Welt gesetzt hatten, sterben sollten. Sie haben weniger Recht, zu leben, als Marias Kind.« Erschöpft hielt Janoš inne.

Sandra weinte. Trotzdem fragte sie ihn: »Und wenn Sie uns jetzt alle umbringen, ist dann alles ungeschehen? Wird Marias Kind dadurch wieder lebendig? Macht das hinterher Marias Leben besser?«

Janoš senkte den Blick. »Nein. Sie haben recht. Aber es fühlt sich so an, als würde es so eine Art ausgleichende Gerechtigkeit schaffen.«

»Sie spielen also Gott.«

»Möglich. Aber vielleicht ist es ein Weg für mich, mit der Vergangenheit abzuschließen.«

»Und wie viele Morde wiegen den einen an dem unschuldigen Baby auf?«

»Wie ich schon sagte: Sie sind eine bemerkenswert kluge Frau. Es macht wahrscheinlich gar keinen Unterschied, wie viele dafür sühnen. Das Kind ist und bleibt tot. Maria ist jetzt vielleicht mit ihrem Sohn vereint. Es macht mich nur immer noch ganz krank, wenn ich denke, dass dieses Kind eigentlich der rechtmäßige Erbe gewesen wäre. Und dass Brunhilde und Siegfried mit dem Mord an einem unschuldigen Kind durchgekommen sind, statt lebenslänglich im Gefängnis zu schmoren.«

»Nehmen S' mich. Aber lassen S' die Sandra gehen«, krächzte Adam. »Oder wollen S' meine Kinder a no umbringen?«

»Nein, bitte! Lassen Sie Adam am Leben. Der Hof braucht jemanden, der ihn führen kann. Ich kann das nicht.«

»Sandra, halt den Mund. Du bist die nächste Generation. Nehmen S' mich.«

»Ich will keinen von euch umbringen. Und der Hof ist mir erst recht egal.«

***

Lupo stürmte in das Kellerabteil. »Dazu werden Sie auch keine Gelegenheit mehr haben. Legen Sie die Waffe auf den Boden. Arme in die Höhe, wo ich sie sehen kann.« Seine Stimme dröhnte in dem kleinen Raum. Hinter ihm drängten Bär, Dorli und Idefix herein. In der winzigen Kammer wurde es eng. Janoš wirbelte herum und richtete die Waffe auf sie.

»Idefix, fass!«, rief Dorli.

Gleichzeitig stürmte sie los, um Janoš zu entwaffnen. Lupo auf der anderen Seite. Der Hund rannte den alten Mann fast über den Haufen und fasste ihn am Handgelenk, sodass er die Waffe sinken ließ. Lupo stürzte auf ihn zu, entwand ihm die Pistole und riss ihm die Hände hinter den Rücken, wobei Janoš zu Boden ging.

»Wart, ich binde die zwei los, dann kannst ihn fesseln.« Dorli lief zu Adam und Sandra, befreite sie und reichte die Schnüre an Lupo weiter.

Bär stand daneben und sah fassungslos zu, wie seine beiden Freunde und der Hund einen Bewaffneten blitzschnell und mühelos überwältigten. »Wow« war alles, was er herausbrachte.

»Ruf die Polizei«, rief ihm Dorli zu.

»Ka Empfang da.«

»Na, dann geh halt rauf in den Hof. Wir haben hier alles unter Kontrolle. Wo ist eigentlich Erika?«

»Sie wollte noch zum Pfarrhof. Dem Pfarrer einen Kuchen bringen«, erwiderte Sandra.

»Und Johannes?«

»Der schläft.«

»Aber ihr solltet doch alle beisammenbleiben!«

»In dem Fall war es besser, dass sie mal nicht das gemacht haben, was wir von ihnen verlangt haben«, stellte Lupo ungerührt fest.

Ob sie wollte oder nicht, Dorli musste ihm recht geben.

Während sich Bär auf den Weg nach oben machte, fiel Sandra ihrem Vater um den Hals. »Du wolltest dich für mich opfern. Danke. Ich weiß nicht, was ich sonst sagen sollte. Dafür gibt es nämlich keine Worte.«

Adam wehrte mit einer verlegenen Geste ab. »Wer sollt si denn sonst um den Johannes kümmern? Außerdem kann i mi daran erinnern, dass du g'sagt hast, er soll mi leben lassen.«

»Reden wir oben weiter.« Dorli schob Sandra und Adam Richtung Ausgang.

»Wir kommen gleich nach.« Lupo half Janoš auf die Beine und nahm ihn fest in den Griff. »Bis später. Ich stoße zu euch, sobald die Polizei da ist.«

Dorli brachte Sandra und Adam in die Küche. Dann nahm sie eine Flasche Schnaps vom Bord, dazu drei Gläser und schenkte reichlich ein.

»So, und jetzt wird vielleicht wieder Frieden einkehren auf dem Hof.«

»Dorli, danke für eure Hilfe. Ohne euch würden wir wahrscheinlich schon die Radieschen von unten sehen.«

»War ja schon höchste Zeit, dass der Kerl mal gefasst wurde.«

»Ihr hättet jetzt eigentlich am Standesamt sein sollen.« Sandras Stimme klang belegt.

»Ach was, das hat am Montag auch noch offen. Und jetzt prost!« Dorli kippte das Stamperl auf ex hinunter. Und dann nahm sie klammheimlich ihr Handy und tippte eine kurze Nachricht an Lore.

»Haben Lupo gefunden. Alle wohlauf. Geht essen, wir kommen nach.«

Sie tranken, und Sandra hustete mit Tränen in den Augen. »Du lieber Himmel, was ist denn das für ein Zeug?«, fragte sie keuchend.

»Zwetschgenschnaps, doppelt brennt«, antwortete Adam. »Mach i selber.«

»Der heißt bei uns ›Brennobestinkauffe‹«, ergänzte Dorli.

»Wahnsinn. Den solltest weiter machen. So, setzts euch bitte nieder. Ich muss euch auch was Wichtiges sagen.«

»Geh, lass die Dorli jetzt endlich heiraten.«

»Auf die paar Minuten wird's nicht mehr ankommen. Und ich muss es sofort sagen, sonst verlässt mich der Mut.«

Sie folgten ihr nach nebenan und setzten sich auf die bequeme Sitzgruppe.

»Also, Kind, was is so wichtig?«

»Dass du fast für jemanden dein Leben weggeworfen hättest, der nicht dein Kind ist. Ich bin nicht Sandra.«

»Was?«, rief Adam. »Natürlich bist du mei Kind, des gspürt ma do.«

»Nein, so leid es mir tut. Dein Kind liegt unter dem Namen Corinna Klafsky seit Jahren im Koma.«

Adam schüttelte den Kopf. »Das kann do ned sein, bitte.«

»Doch. Als Sandra von hier weglief, hat sie bald danach mich auf der Straße getroffen. Ich war auch obdachlos. Und sie hatte grenzenlose Angst, dass die Polizei sie aufgreifen und wieder heimschicken könnte. Sie sah so jung aus. Sie wollte mit mir ihre Papiere tauschen. Denn wenn sie kontrolliert würde, war sie eben nicht Sandra, sondern Corinna und schon achtzehn. Und ich sah viel älter aus, da war die Gefahr der Kontrolle nicht so groß. Ich hab dann das Geburtsjahr auf mein richtiges gefälscht und damit bald einen Job und eine Wohnung bekommen. Und Sandra dann bei mir aufgenommen. Ebenso einfach war es, die Schule abzuschließen. Und nachdem ich offiziell achtzehn Jahre alt war, konnte ich mit echten Zeugnissen inskribieren und mit Sandras echten Papieren einen Pass beantragen. Leider war Sandra schwer drogenabhängig und ist immer weiter abgerutscht.«

Bei ihren Worten hatte Adam zu schluchzen begonnen, und schließlich liefen ihm die Tränen über die Backen.

Sandra nahm den weinenden Mann in den Arm. »Es tut mir so leid. Aber ich konnte nichts dagegen tun. Eines Tages verschwand sie, und als Nächstes kam die Polizei und sagte, sie hätte sich den goldenen Schuss gesetzt.«

Sandra erzählte die ganze Geschichte. Ohne ihre Rolle zu beschönigen, ohne Mitleid zu heischen. »Sie fiel ins Koma. Und dort blieb sie zehn Jahre. Vor ein paar Tagen ist sie aufgewacht. Ich war bei ihr. Das, was dort im Bett liegt, ist ein Zombie. Ein verfallener Körper, ohne Erinnerung, ohne Bewusstsein, ohne Chance, je wieder so etwas wie ein Leben zu führen.«

»Ich will sie sehen«, murmelte Adam in Sandras Haar.

»Leider gibt es noch etwas Trauriges, das ich dir sagen muss. Sie hatte einen Schlaganfall und ist wieder ins Koma gefallen. Und jetzt wollen die den Stecker ziehen. Aber ich kann das nicht entscheiden. Das musst du tun, Adam.«

»Oh mein Gott.« Er verbarg sein tränenüberströmtes Gesicht in den Händen.

»Wenn du möchtest, gehe ich mit dir hin. Und dann müssen wir die ganze Sache der Polizei melden. Ich kann das Erbe nicht antreten.«

Adams Kopf ruckte nach oben. »Na, das wirst ganz bestimmt ned tuan! Janni vergöttert di, und du bist überhaupt des Beste, was uns je passiert is. Du bleibst mei Tochter, für immer. Und deine Freundin Corinna werden wir gemeinsam besuchen und dann …« Adam versagte die Stimme.

Dorli fand Adams Aussage typisch für diese Familie. Seine Tochter war ihm zwar ein paar Tränen wert, aber sonst egal. Hauptsache, der Hof wurde gerettet und die Familie versorgt. Sie beschloss, still und heimlich zu verschwinden. Diese Sache ging nur die beiden betroffenen Menschen etwas an. Und was immer sie beschließen würden, Dorli würde dahinterstehen und nie etwas anderes behaupten. Auch wenn es sich irgendwie nicht richtig anfühlte.

***

Als Janoš alias Räto Sillberg, seltsam gefasst und wortkarg, abgeführt worden war und Lupo und Dorli unschlüssig im Hof standen, kam Bär herbeigeeilt.

»Was stehts denn da no rum? Los, Lupo, duschen und umziagn. Dorli, wo san deine Schuach? Vielleicht solltest a was anderes anziagn, du bist voll Dreck. Und dann: auf zum Standesamt. Der Hansi wart auf eich. Ich hab eam a Kisten Bier versprochen, wenn er euch heit no traut. Und danach geht's zur Tafel. Und dann is hoffentlich a Zeitl a Ruah!«

Das war so ziemlich die längste Rede, die Dorli je von Bär gehört hatte. Sie umarmte ihn und schmierte die Tränen der Rührung knapp oberhalb seines Nabels in sein Hemd. Weiter reichte sie an dem Riesen ohne High Heels nicht nach oben.

Als Dorli, Lupo und Bär eine Stunde später im Restaurant erschienen, war das Hallo groß. Der ganze Saal applaudierte frenetisch.

»Wenn eure Hochzeit schon so aufregend und voller Hindernisse war, wie wird des später werden mit euch zwei?«, wurden sie von allen Seiten gefragt.

»Hoffentlich nicht ganz so hektisch«, antwortete Lupo. »Aber mit Dorli weiß man ja nie.«

»Diesmal war nicht ich diejenige, die in der Bredouille steckte.«

Peter sprang herbei. »Siehst, Mama!«, rief er erbost seiner Mutter zu. »Mi hast in den depperten Anzug g'steckt, und jetzt schau, was die Dorli und der Lupo anhaben.«

»Tja, Schatzel«, sagte Dorli, »wir hätten liebend gern unsere richtigen Kleider für heute getragen. Aber Lupo ist in der Jauchegrube gelandet, und ich war vom Kellereinsatz voll Dreck. Also haben wir uns ganz schnell das Erstbeste aus dem Kasten gegriffen, damit wir den Standesbeamten noch erwischen. Der hat für uns einen Sondertermin gemacht. Doch irgendwie hast recht. Es kommt nicht drauf an, was ma anhat, sondern wie man sich darin fühlt. Und ich fühl mich jetzt großartig!«

»Und außerdem ist Dorli sowieso immer schön, egal, was sie trägt«, ergänzte Lupo.

»Igitt, seids ihr peinlich.« Peter verdrehte die Augen. Aber er grinste dabei übers ganze Gesicht.

»Wollts eigentlich was essen?«, fragte Lore. »Wir haben euch sicherheitshalber was aufgehoben.«

»Wie nett! Aber i hätt jeden Einzelnen von euch herbeutelt, wenn jetzt ned gnua zum Essen da wär«, polterte Bär. »No dazu, wo's da so guad riacht.«

Und dann machten sie sich mit Appetit über die Speisen her. Während Dorli und Lupo die friedliche Atmosphäre genossen und sich verliebte Blicke zuwarfen, erzählte Bär, was alles geschehen war. Wie toll sich seine Freunde geschlagen hatten. Wie stolz er auf sie war.

»Geh, bitte!« Lupo lachte. »Der Einzige, der einen tollen Einsatz geliefert hat, war der Idefix!«

»Was hast von meinem Hund sonst erwartet?«

»Dein Hund, Tante Dorli? Das war unser Hund«, echauffierte sich Peter.

»Tja, so lang, bis ihn dein lieber Vater bei mir abgegeben hat, weil ihr angeblich eine Allergie gegen Hundehaare habt. Oder er. Aber einigen wir uns darauf: Idefix ist unser Familienhund.«

»Yeah! Give me five!« Befriedigt schlug Peter seine Hand an Dorlis und stapfte zu den anderen Buben zurück.

Als Dorli und Lupo satt waren, mussten sie noch gemeinsam die Hochzeitstorte anschneiden. Beim Hochzeitswalzer streikten sie in trauter Übereinstimmung. Und während sich die Gäste auf der Tanzfläche tummelten, schmiegte sich Dorli an Lupos Schulter.

»Und du wolltest eine ruhige Hochzeit mit Kutsche und Trallala«, murmelte sie in seinen Ärmel.

»Wär dir eh zu fad gewesen. Jetzt kannst dich nicht beschweren.«

»Bäh, du stinkst immer noch nach Mist.«

»Wie hat Sandra so treffend bemerkt? Eine Landwirtschaft ist keine Parfumfabrik.«

»Aber die halbe Parfumfabrik werden wir dir heute noch über den Kopf kippen. Denn ich will in der Hochzeitsnacht nicht glauben, dass ich im Schweinekoben lieg!«

»Gott, hätte ich gewusst, wie heikel du bist, hätt ich es mir im letzten Moment noch überlegt, ob ich dich wirklich heiraten will.«

»Hab ich ja gewusst. Drum bin ich gekommen und hab dich an den dreckigen Klamotten aus deinem originellen Versteck geholt und aufs Standesamt gezerrt.«

»Ach Dorli, ich liebe dich. Sag, ab wann darf das Brautpaar eigentlich abhauen?«

Dorli blickte auf ihr Handgelenk und tat, als würde sie die Zeit ablesen. Das Problem war nur, dass sie gar keine Uhr trug. »Ab jetzt.«

***

Am folgenden Montag standen Adam und Sandra am Bett von Corinna.

»Das is mei Tochter?«, flüsterte er Sandra zu. »Schaut ja älter aus als ihre Mutter.«

»So wahr ich hier stehe. Aber wenn du einen Beweis brauchst: Deine Tochter hat rechts unter dem Schlüsselbein ein Muttermal, genau dort, wo du es auch hast. Es sieht fast herzförmig aus. Und jetzt schau mal da.« Sandra zog das Hemd von Corinna etwas zur Seite.

Adam trat näher. Er nahm die Hand der reglosen Gestalt im Bett und streichelte sie. Tränen liefen über seine Wangen. Er beugte sich zu ihrem Ohr und flüsterte: »Was haben wir dir nur antan, Kind? Dir und deiner Schwester. Die ane hat ned leben wollen, die andere ned können. Aber ans versprech ich dir: Deine Freundin wird für den Janni sorgen. Und für uns, wenn ma alt san. Du hast leider nix mehr davon. Aber i bin davon überzeugt, di hätt sie a no pflegt, wenn es nur irgendwas bringen tät.«

Adam legte die Hand zurück, beugte sich über das graue Gesicht und küsste es. »Schlaf guad, mei Klane.«

Er stand auf und wandte sich an Sandra. »Und jetzt musst du

der Ärztin sag'n, dass sie die Geräte abstellen sollen. Das Kind hat so lang g'litten, wir müssen's jetzt gehn lassen.«

Das taten sie dann auch. Die Ärztin sprach ihnen noch einmal Mut zu. »Corinna hat seit einer Stunde keinerlei Hirntätigkeit mehr. Das heißt, sie ist klinisch tot. Sobald wir die Maschinen abhängen, die ihren Körper am Leben erhalten, wird auch der Körper sterben. Wir hätten die Maschinen schon ausschalten können. Aber da wir wussten, dass Sie kommen, haben wir noch zugewartet, damit Sie sich verabschieden können. Und Sie müssen kein schlechtes Gewissen haben. Es hätte keinen Sinn, den Körper länger am Leben zu erhalten, denn diesmal gibt es kein Zurück. Tot ist tot.«

Adam und Sandra waren dabei, als die Geräte abgestellt wurden. Sie hielten einander an den Händen und sahen, wie fast unmittelbar, nachdem die Herz-Lungen-Maschine ihre Funktion einstellte, der Brustkorb Corinnas noch einmal sank und sich nicht mehr hob.

»Mei, Dirndl, komm, fahr ma. Du bist jetzt mei anzige Tochter. Du bist Sandra. Für immer.«

»Und was sagen wir zu Hause?«

»Nix. Dass deine Freundin Corinna heute g'storben ist. Und dass wir sie bei uns am Friedhof beisetzen werden, damit du sie manchmal besuchen kannst. Und i bin nur mitg'fahren, damit du ned im Graben landest, wennst weinen muasst.«

»Du bist so ein guter Mensch, Adam. Darf ich weiterhin Papa zu dir sagen?«

»Sicher. Und Mama zur Mutter. Und kein Wort zu den anderen. Das, was heute war, das bleibt für immer zwischen uns zwa.«

»Und was ist, wenn doch mal jemand draufkommt? Zum Beispiel, weil vielleicht meine Blutgruppe nicht stimmt?«

»Ka Ahnung. Darüber zerbrechen wir uns den Kopf, wenn's notwendig is.«

Arm in Arm verließen sie das Krankenhaus, nachdem sie den bürokratischen Teil erledigt hatten.

»Weißt«, sagte Adam und wischte sich noch mal mit dem Ärmel die Tränen aus den Augen, »viele Familien verlieren ihre Kinder. I glaub nur, es is ganz selten, dass sie dafür a anderes Kind kriegen, das so perfekt is. I war nie besonders gläubig, aber heut werd i dem Herrgott a Kerzen stiften dafür.«

***

Eine kleine Schar erlesener Gäste fand sich bei Dorli und Lupo ein, um mit ihnen die Hochzeit nachzufeiern. Es waren die Menschen, die infolge der Vorkommnisse am Tag der Hochzeit nicht dabei sein konnten. Das waren vor allem Bertl Wagner, der Janoš verhaftet hatte, Leo Bergler mit Freundin Maria, der just an dem Tag Dienst schieben musste, sowie Adam und Sandra mit Janni, der Dorli und Lupo stolz eine Zeichnung überreichte, auf der sie beide mit Idefix zu Füßen im Garten des Adametz-Hofes saßen.

»Danke, Janni. Mein Gott, ist das schön geworden. Wann hast du denn das gezeichnet?«, fragte Dorli.

»An an Sonntag. Da war Muttertag.«

»Ich glaub, du solltest später Maler werden. Du bist sehr begabt.«

Sandra nickte. »Ich war mit ihm an der Akademie und hab mir die Meinung von ein paar Kapazundern eingeholt. Es ist nicht sehr wahrscheinlich, dass er dort jemals wird studieren können. Weil die schulischen Ergebnisse nicht entsprechend sind. Aber gleich zwei bekannte Maler haben sich angeboten, Janni zu unterrichten. Sie meinen, wenn er sich das, was er jetzt kann, als Autodidakt angeeignet hat, dann ist da noch viel mehr, das mangels Förderung brachliegt. Und das wollen sie zum Leben erwecken.«

»Toll! Da bin ich gespannt, ob wir demnächst einen großartigen bildenden Künstler in unserer Gemeinde haben werden«, sagte Lupo.

»Den haben wir jetzt schon«, entgegnete Dorli. »Aber vielleicht wird er mal über die Gemeindegrenzen hinaus bekannt und berühmt.«

»Wir werden sehen. Solange es ihm solche Freude macht, soll er jede Unterstützung bekommen.« Sandra lehnte sich entspannt zurück.

Dorli musterte sie aufmerksam. »Seit der Mörder sitzt, schaust du viel besser aus. Wie geht's mit dem Hof voran?«

»Ist ja wohl kein Wunder. Vorher hab ich kaum eine Nacht durchgeschlafen. Gut geht's mit dem Hof, gell, Papa?«

»Ja. Große Einweihungsfeier is nächsten Monat. Der Pfarrer wird das Haus und die Viecher segnen. Die Lokalzeitung hat si ang'sagt, die wollen an Bericht bringen. Die Erika is deswegen schon ganz aus dem Häusel. Endlich wird's amoi in der Zeitung stehen.« Adam lächelte verschmitzt. »Und ihr seids natürlich alle eing'laden zur Eröffnung.«

»Da freuen wir uns mit euch und kommen gern.« Dorli hob die Weinflasche. »Noch wer rot?«

»Bertl, was hat eigentlich die Vernehmung von Janoš ergeben?«, fragte Lupo.

»Offiziell heißt er Räto Sillberg. Er leugnet. Aber selbst wenn er es irgendwann zugibt: Nach dem, was er über die Hintergründe erzählt hat, wird er mit an guten Anwalt sicher mildernde Umständ kriegen. Und das Geld für an super Anwalt hat der in der Portokasse.«

Sandra setzte ihr Glas ab. »Das Traurige ist, dass er das nicht einmal für sich gemacht hat. Sondern weil er seine wunderbare traumatisierte Frau rächen wollte. Mit der ist das Leben und leider auch unsere Familie nicht sehr freundlich umgegangen.«

»Ich hab mit dem Mann so ein komisches Gefühl«, sagte Dorli. »Der ist kein Mörder.«

Lupo lächelte nachsichtig. »Du und dein Gefühl. Als ob man das einem Menschen ansehen würde, ob er ein Mörder ist oder nicht.«

»Das hat nichts mit seinem Aussehen zu tun. Er hat so eine Aura, traurig und passiv, aber auch irgendwie dem Leben zugewandt.«

»Geh, jetzt fängst du auch noch mit dem esoterischen Mist an.« Lupo klang ärgerlich.

Und Dorli war sauer. Denn der »esoterische Mist« der Kräuterwaberl hatte ihm schon einmal das Leben gerettet. Das hatte der undankbare Kerl wohl vergessen.

»Ich versteh nicht, warum er sich nicht später hat scheiden lassen, eine andere geheiratet hat und Kinder in die Welt gesetzt. Die Maria hätt er sich ja als Exfrau und Pflegefall trotzdem in der Nähe behalten können«, meinte Leo Bergler.

»Das ist eben wahre Liebe.«

»Dorli, das ist nicht Liebe, das ist eine Art von Besessenheit«, rief Bergler quer über den Tisch.

»Geh, Leo, du hast doch überhaupt ka Ahnung, was Liebe überhaupt ist«, kam es postwendend retour.

»Da spricht die langjährige Fachfrau in Liebesangelegenheiten«, kommentierte Lore Dorlis Ausspruch trocken. »Ihr habts alle keine Ahnung. Liebe bedeutet nicht nur, dass ma vor lauter Verliebtheit die Realität ned mitkriagt. Liebe ist auch, den anderen zu respektieren, seine Launen zu ertragen, denn wer ist denn schon immer gut aufgelegt? Es bedeutet auch, ihm beim Kotzen den Kopf zu halten und den Hintern zu wischen, wenn er krank ist, und so weiter. Aber was red i mit euch überhaupt? Außer Adam is ja da keiner von euch verheiratet.«

»Doch.« Dorli legte ihren Arm um Lupos Taille. »Nur haben wir noch die Herzerln in den Augen.«

Lupo nickte. »Und sind so verliebt, dass wir die Realität nicht mitbekommen. Ich für meinen Teil wünsch mir, dass dieser Zustand noch eine Weile andauert. Wiewohl …« Er lächelte zärtlich auf Dorli hinunter. »Ich kenn Dorli auch schon mit dem Kopf in der Kloschüssel.«

»Na, das hättest jetzt nicht unbedingt erwähnen müssen. Und wenn schon, dann wollen wir auch mal festhalten, dass ich dich aus der Güllegrube gezogen hab.«

»Darauf trink ma jetzt!«, rief Adam. »Des hört si für mi wia der wundervolle Anfang ana großen Liebe an.«

Er nahm seine Tochter Sandra in den Arm, und sie prosteten einander zu.

Dorli gewann den Eindruck, dass sich hier ebenfalls eine große Liebe anbahnte, wenn auch anderer Art.

***

Dorlis Handy klingelte. »Ich komm ja schon!«, rief sie, ungeachtet der Tatsache, dass der Mensch am anderen Ende das nicht hören konnte. Als sie sich mit »Schatz« meldete, war es kurz still. »Mann, i hab mi no immer ned dran gewöhnt, dass du jetzt anders heißt!«

»Da bist nicht allein, Bertl. Ich muss jedes Mal nachdenken, bevor ich meinen Namen sag. Was gibt's denn?«

»Dorli, ihr müsst mit Sandra und den Leuten vom Adametz-Hof reden. Wir mussten auf Anordnung des Haftrichters den Räto Sillberg laufen lassen.«

»Was? Das gibt's ja nicht! Wieso denn das?«

»Blöderweise hat der ein Alibi für den Tatzeitpunkt von Siegfrieds Tod. Und als der Werner umgebracht wurde, war er nachweislich in der Schweiz.«

»Nachweislich? Hat das irgendwer überprüft?«

»Na sicher! Du glaubst doch nicht, dass der Richter den einfach gehen lässt, nur weil er das behauptet.«

»Und dass er Lupo niedergeschlagen hat und in die Güllegrube geschmissen oder Adam und Sandra mit vorgehaltener Waffe in den Keller gebracht und dort gefesselt hat, das zählt auch nix?«

»Die Waffe war nicht geladen. Lupo wollte er angeblich nur kurzzeitig ruhigstellen. Und weil er den Hof schon seit Tagen beobachtet hat, wusste er angeblich, dass die Güllegrube leer war. Gefesselt hat er Sandra und Adam nur, damit sie ihm in Ruhe zuhören, behauptet er. Er wollte, dass die Familie weiß, was ihre Vorfahren verbrochen haben. Und ihr wart ja sogar Zeugen, als er gesagt hat, dass er sie nicht umbringen will.«

»Mich laust der Affe. Wer soll es denn sonst gewesen sein?«

»Genau. Das ist die Preisfrage. Und wenn er es nicht war, dann könnte es sein, dass der wahre Mörder jetzt wieder aus der Deckung kommt und weitermacht. Solange ein anderer als Mörder eingesessen ist, hat sich der sicher bedeckt gehalten. Aber jetzt?«

»Hast du es der Familie Adametz schon gesagt?«

»Nein. Ich wollte erst dich informieren. Und jetzt fahr ich zu ihnen raus und bring ihnen die schlimme Nachricht.«

Dorli verharrte in einer Art Schockstarre, als sie das Gespräch mit Bertl beendet hatte. Sie vergaß sogar, dass sie auf Lupo böse sein müsste, weil der ihre Intuition, dass Räto Sillberg nicht der Mörder war, so als Spinnerei abgetan hatte. Wer zum Teufel sollte noch einen Grund haben, diese Familie ausrotten zu wollen?

In Dorlis Hirn blitzte ein Gedanke auf. Bevor sie ihn fassen konnte, war er jedoch wieder weg. Es hatte etwas mit dem zu tun, was sie von der Kräuterwaberl erfahren hatte. Verdammt, was war das?

Als kurz darauf Sandra anrief, war Dorli nicht weiter überrascht. Doch es gab noch eine weitere sensationelle Neuigkeit.

»Stell dir vor, beim Notar hat sich ein Mann gemeldet, der behauptet, er sei der erstgeborene Sohn vom Siegfried Adametz, und verlangt seinen Anteil am Erbe.«

»Ach. Und wie heißt er, und wann ist er geboren?«

»Er heißt Christian Baumgartner und ist im Jänner 1960 geboren.«

»Heiliger Strohsack! Behauptet der etwa, er sei der Sohn von Siegfried und Maria?«

»Das geht aus dem Schreiben nicht hervor. Aber ich würde das einmal annehmen.«

»Wenn das stimmen sollte, dann frag ich mich jetzt schon: Wer war dann das Baby, das im Keller vergraben wurde?«

»Da bist du nicht allein. Und außerdem frag ich mich auch, ob wir uns nun wieder drauf gefasst machen müssen, dass die Morde weitergehen.«

»Ich will nicht unken, aber das wäre durchaus im Bereich des Möglichen.«

Als Dorli das Telefon weglegte, wusste sie plötzlich, was ihr vorhin durch den Kopf gegeistert war und sich nicht fassen ließ. Als sie die Holzinger Anni gefragt hatte, ob Maria oder Siegfried die Eltern des vergrabenen Säuglings gewesen waren, hatte Anni in beiden Fällen mit »Nein« geantwortet, dann aber eingeräumt, dass sie widersprüchliche Signale empfing. Und sie, in ihrer Überheblichkeit, hatte natürlich gedacht: Was für ein Blödsinn!, und war einfach darüber hinweggegangen. Wie hatte ihr das entfallen können?

***

Dorli konnte Lupo nicht erreichen. Sie hatte einen Entschluss gefasst und hätte ihm gerne gesagt, was sie vorhatte. Sie rief Bertl Wagner an.

»Sag, ist der Räto Sillberg schon weg?«

»Du meinst, aus dem Gefängnis?«

»Auch. Aber vor allem: Ist er noch in Österreich?«

»Ja. Er hat sich bereit erklärt, noch hierzubleiben, bis die Ermittlungen abgeschlossen sind.«

»Das ist gut. Ich möchte nämlich mit ihm reden. Sagst du mir bitte, wo ich ihn finde?«

»Dorli, du weißt, dass das nicht geht.«

»Bertl, jetzt sei ned so!«

»Ich kann es dir wirklich nicht sagen. Aber du könntest mal in einem Kurhotel in Baden zu suchen anfangen.«

»Das ist eine hervorragende Idee. Danke.«

Kurhotels in Baden gab es zwar mehrere, aber sie würde schon herausfinden, wo der alte Knabe abgestiegen war. Selbst wenn es kein Kurhotel, sondern ein ganz normales war. Und da der Kerl Geld wie Heu hatte und vielleicht auf etwas Bequemlichkeit Wert legte, würde er bestimmt nicht in Mitzis Studentenbude absteigen. Dorli war sich sicher, dass ihn auch interessieren würde, dass Marias Sohn höchstwahrscheinlich noch am Leben war. Vielleicht hatte er sogar eine Idee, an wen Siegfried den Säugling weitergegeben haben könnte.

Kurz entschlossen rief Dorli alle besseren Kurhotels in Baden an und fragte nach ihrem Geschäftspartner Räto Sillberg. Weil sie sich zu ihrem Meeting verspäten würde. Im »At the Park«, gleich neben dem Casino, wurde sie fündig. Man versprach ihr, ihm eine Notiz in sein Fach zu legen, da er im Moment außer Haus sei. Das war günstig. Dorli gab kurz im Amtshaus Bescheid, dass sie später kam, und machte sich auf den Weg.

Als Sillberg die Hotellobby betrat, erkannte Dorli ihn auf Anhieb, obwohl nichts an den Mann mit der Waffe aus dem Keller erinnerte. Er war in feine und sicher sauteure Klamotten gekleidet, wie ein erfolgreicher Geschäftsmann, der er ja auch gewesen war. Er hielt sich sehr gerade und schritt gemächlich zur Anmeldung, um seinen Schlüssel in Empfang zu nehmen. Dorli sah, dass er auch einen gefalteten Zettel erhielt. Vermutlich ihre Nachricht. Er öffnete das Blatt, las den Text, schüttelte den Kopf und blickte sich in der Lobby suchend um.

Nicht dumm, der Mann, dachte Dorli. Er vermutet, dass ihn

jemand ausfindig machen wollte, und guckt jetzt, wo der Verfasser der Nachricht stecken könnte. Dorli hob die Hand, um Sillberg auf sich aufmerksam zu machen.

»Sie! Was verschafft mir die Ehre? Ich nehme nicht an, dass Sie wieder den Hund auf mich hetzen wollen.«

»Nein. Wie ich sehe, hat Idefix Sie nicht schlimm verletzt. Sie haben ja nur ein Minipflaster auf dem Handgelenk.«

Sillberg winkte ab. »Nicht der Rede wert. Also: Was wollen Sie von mir?«

»Mit Ihnen sprechen. Es hat sich nämlich etwas ereignet, das den Fall plötzlich in einem ganz anderen Licht erscheinen lässt.«

»Warum glauben Sie, dass mich das interessieren könnte?«

»Weil möglicherweise Marias Sohn am Leben ist.«

»Nein!« Sillbergs Augen wurden groß. »Kommen Sie, wir gehen an die Bar und genehmigen uns einen Drink. Ich zumindest brauch jetzt einen.«

Er bestellte einen großen Cognac und einen kleinen Braunen. Dorli begnügte sich mit Cappuccino.

»Und jetzt erzählen Sie mir bitte, wie Sie auf die Idee mit Marias Kind kommen.«

Dorli berichtete, was sie von Sandra erfahren hatte.

»Unglaublich! Und meine arme Maria hat das nicht mehr erleben dürfen. Sie hätte sich so gefreut, wenn wir jemals eine Spur von ihrem Sohn gefunden hätten.«

»Vielleicht ist es besser so, dass sie das nicht mehr erlebt, denn wenn Sie nicht der Mörder sind, dann besteht der dringende Verdacht, dass es jener Mann ist, der von sich behauptet, er wäre der Erstgeborene von Siegfried Adametz.«

»Das will ich mir auch nicht vorstellen. Ich hoffe, dass es nicht so ist. Aber verzeihen Sie die Frage: Wer war dann der Säugling im Kellergrab?«

»Das herauszufinden wird eine unserer Aufgaben sein, schätze ich. Ich möchte Ihnen aber auch ein paar Fragen stellen. Haben Sie eine Ahnung, an wen Siegfried das Kind abgegeben haben könnte?«

»Keine Ahnung. Ich war zehn, als wir wegliefen. Und da wir ähnlich komfortabel wie das Vieh gehalten wurden, hatten wir wenig bis gar keinen Kontakt zur Außenwelt, mit Ausnahme der Schule.«

»Gab es Hausangestellte, während Sie dort waren? Knechte, Mägde, Putzfrauen?«

Sillberg lachte freudlos. »Wozu hätten sie so etwas haben sollen? Sie hatten ja uns.« Er strich sich mit einer müden Geste das immer noch volle Haar aus der Stirn. Dunkle Locken mit silbernen Strähnen. »Aber ja, eine Magd gab es. Die Gerti. Das war eine weitschichtige Verwandte, die erst auch als Pflegekind dort untergebracht war, weil ihre Eltern im Krieg verstorben waren und sie keine weiteren Angehörigen hatte.«

»Gerti also. Und wie noch?«

»Keine Ahnung. Sie hat sich ein bisserl um Maria gekümmert, als sie in den Wehen lag. Dabei war sie da selbst ganz schön im Stress, weil sie kurz vor der Hochzeit stand.«

»Ach, interessant. Wie alt war denn Gerti, und wen wollte sie heiraten? Wissen Sie da etwas drüber?«

»Gerti kam mir damals uralt vor. Sie muss so an die dreißig gewesen sein. Aber sie sah abgearbeitet und verhärmt aus. Sie war nicht viel besser dran als wir. Und wie der Witwer geheißen hat, der sie dann doch noch heiraten wollte, kann ich nicht sagen. Ich erinnere mich nur dran, dass sie mal erzählte, dass er ein Winzer aus Brunn oder so ähnlich ist und zwei Kinder hat.«

»Brunn am Gebirge?«

»Nein. Das war etwas mit einem Baum. Birkenbrunn, Eichbrunn?«

»Ah, Sie meinen Enzesfeld-Lindabrunn.«

»Könnte sein. Ich glaube mich allerdings zu erinnern, dass das damals nur Lindabrunn hieß.«

»Da haben Sie sicher recht. Die beiden Orte wurden erst 1970 zusammengelegt. Da waren Sie schon seit Jahren weg. Also diese Gerti war auf dem Sprung, als Marias Sohn auf die Welt kam. Halten Sie es für möglich, dass Siegfried ihr das Baby anvertraut hat?«

»Fragen Sie mich was Leichteres. All die Jahre habe ich Maria und mir eingeredet, dass Siegfried sein eigenes Kind sicher nicht umgebracht haben könnte. Doch als ich dann von dem Säuglingsskelett im Keller las, war ich sicher, dass er es doch getan hat.

Und jetzt kommen Sie daher und behaupten, dass Marias Kind lebt.«

»Leben könnte. Wir wissen es ja noch nicht sicher. Aber wer sonst sollte Erbansprüche stellen?«

»Ein uneheliches Kind einer anderen Freundin aus der Zeit?«

»Gab's denn da noch welche?«

»Aber ja. Der konnte doch seinen Pimmel nicht in der Hose lassen. Entschuldigen Sie den Ausdruck. Aber der hat alles gepempert, was bei drei nicht auf den Bäumen war oder sich nicht wehren konnte.«

»Erinnern Sie sich an Namen?«

»Keine Namen. Es gab da eine vollbusige Magd von einem Bauernhof in der Umgebung. Die war so etwas wie die Dorfmatratze. Mit der soll er angeblich auch ins Stroh gegangen sein. Aber ich war damals noch ein Kind, solche Sachen haben mich noch nicht so sehr interessiert, und das ist alles so lang her. Vielleicht bilde ich mir die dralle Dirn auch nur ein.«

»Wissen Sie, was ich auch nicht verstehe? Sie haben gesagt, Sie wollten die Adametz dort treffen, wo es Ihnen am meisten wehtat: beim Geld. Warum haben Sie dann nur zwanzigtausend Euro gefordert?«

»Wie kommen Sie denn auf die Idee?«

»Wir haben die Erpresserbriefe gefunden.«

»Keine Ahnung, wovon Sie sprechen. Ich habe Siegfried einen Brief geschrieben. Darin habe ich ihm mitgeteilt, dass Maria gestorben ist und er dafür, dass ich seine Schuld nicht öffentlich mache, hunderttausend Euro an das österreichische Kinderdorf oder den Weißen Ring überweisen soll.«

»Ach. Und, hat er es getan?«

»Ich kann es nicht sagen. Er hat sich nicht gemeldet. Obwohl ich einen Absender auf den Brief geschrieben habe.«

»Dem werden wir nachgehen. Aber dann stellt sich ernsthaft die Frage, wer ihm die Erpresserbriefe über die zwanzigtausend geschickt hat.«

»Ich jedenfalls nicht.«

Dorli bekam schön langsam das Gefühl, dass sie mit Räto Sillberg wirklich den Falschen erwischt hatten. Was, wenn der potenzielle Erbe, wer immer das jetzt war, versucht hatte, Siegfried und Brunhilde zu erpressen? Aber dagegen sprach, dass der, egal, ob er Marias Sohn oder ein anderer außerehelicher Spross von Siegfried sein sollte, so lange gewartet hatte, bis er aktiv wurde. Wenn er Siegfrieds Sohn war, dann sollten sie vielleicht erst mal herausfinden, mit welchen Damen der noch uneheliche Kinder gezeugt hatte. So ein Schmarrn! Sie hatten vermutlich die ganze Zeit in die falsche Richtung ermittelt und auch noch völlig verkehrte Schlüsse gezogen.

»Danke, dass Sie mir Ihre Zeit geschenkt haben, Herr Sillberg. Ich mach mich jetzt auf den Weg und versuche herauszufinden, ob der Mann mit den Erbansprüchen Marias Sohn sein könnte.«

»Halten Sie mich auf dem Laufenden? Wenn dieses Kind überlebt hat, würde ich es gerne kennenlernen. Vor allem, um ihm von seiner Mutter zu erzählen.«

***

Lupo war ebenso überrascht, als er von den neuen Wendungen in dem Fall hörte, wie Dorli es gewesen war.

»Was tun wir jetzt?«, fragte er.

»Na weitermachen! War ja alles für den Hugo, was wir bisher glaubten herausgefunden zu haben.«

»Auf eigene Faust?«

»Na sicher! Oder willst du das Sandra in Rechnung stellen?«

»Eher nicht. Aber wir müssen wieder in der Vergangenheit herumstochern«, maulte er. »Wobei wir natürlich eine Chance haben: Wir wissen immerhin, wie der Mann heißt, der Erbansprüche stellt. Da können wir ansetzen.«

»Im Telefonbuch hab ich schon nachgesehen. Aber ich habe keinen Christian Baumgartner gefunden.«

»Ich will ihn eh nicht anrufen. Lieber mal sein Umfeld ansehen. Wissen wir, wo er wohnt?«

»Ich frag Sandra. Die hat das Schreiben vom Notar.«

Kurze Zeit später wussten sie, dass Baumgartner in Bad Vöslau ein kleines Lokal betrieb, das Tschocherl. Und im ersten Stock darüber wohnte er.

»Das kenn ich sogar. Das ist aber ein ziemlich abgefuckter Laden«, sagte Dorli.

»Wenn er 1960 geboren ist, dann ist er bald im Rentenalter. Ich nehme an, da hält sich die Bereitschaft, das Lokal zu renovieren, in Grenzen.«

»Das mein ich gar nicht so. Klar, er hat auch nichts investiert. Aber das hat sogar einen gewissen Charme. Nein, vor allem die Kundschaft ist so … ich weiß nicht, wie ich das bezeichnen soll. Das sind die Tschecheranten aus der ganzen Region. Die, die überall sonst schon rausgeflogen sind. Natürlich gibt es dort auch kein Rauchverbot, würde sich eh keiner dran halten. Und das Speisenangebot besteht aus einem Menü täglich, allerdings sehr günstig, und dazu noch Schinken-Käse-Toast oder Gulaschsuppe mit Gebäck. Mehr gibt's da nicht. Außer vielleicht noch Würstel, aber da bin ich nicht sicher.«

»Komm, Dorli, wir schauen uns das Lokal und seinen Besitzer mal an.«

»Ich esse dort aber nix! Und ob die Gläser sauber sind, weiß ich auch nicht.«

Lupo grinste. »Verstehe, du hast Angst, dass du dir da wieder eine Lebensmittelvergiftung einfängst. Dann bestellen wir uns ein Bier in der Flasche. Da kann nichts passieren.«

Wenn die Eingangstür des Tschocherl hinter einem zuging, befand man sich in einer anderen Welt. Der Geruch fiel einen an wie ein Raubtier: kalter Rauch und ranziges Fett. Sonst: Retro in Reinkultur, nämlich wirklich alt. Sogar eine Musicbox stand in einer Ecke.

Dorli trat zu ihr und studierte die Singles. »Mann, die Titel sind ja alle aus dem Jahre Schnee.«

»Was hast du erwartet? Ich glaube nicht, dass in den letzten zwanzig oder dreißig Jahren so etwas überhaupt noch erzeugt wurde.«

»Und das Ding wird mit Schilling betrieben! Lupo, wer hat denn heute noch Schillinge?«

»Wahrscheinlich kann man beim Wirt die Münzen mit Euro kaufen.«

»Geh, jetzt hast du die ganze romantische Stimmung zerstört.« Dorli musste selbst lachen. »Such uns einen freien Tisch.«

Das war nicht wahnsinnig schwer, denn es gab keinen einzigen

Tisch, der besetzt gewesen wäre. Die Tischplatten bestanden aus grünem Resopal. Hässlich wäre ein Kompliment gewesen. Dorli war schleierhaft, wie man hier essen konnte. Allein die Farbe erinnerte an erbrochenes Erbsenpüree. Die Stühle waren sicher aus einer Altmöbelsammlung oder vom Sperrmüll. Man musste vermutlich akribisch suchen, wollte man zwei gleiche finden. Das Lokal war gähnend leer. Nicht einmal der Wirt war anwesend.

»Wie machen wir jetzt auf uns aufmerksam?«, fragte Lupo.

»Gute Frage. Vielleicht solltest du ein Glas auf den Boden schmeißen.«

»Wenn du zahlst, gern.«

Das erwies sich dann aber doch als unnötig, denn der Gesuchte trat aus einer Tür neben der Schank. Er war mittelgroß, trug ein löchriges Shirt und eine kurze Hose, darüber eine fleckige Schürze, an der er sich die Hände abwischte. Das graue Haar, fettig an den Kopf geklatscht, wirkte nicht gerade anziehend. Die großporige und gerötete Gesichtshaut wies entweder auf eine Hautkrankheit hin oder auf übermäßigen Alkoholkonsum. »Heut is zua«, nuschelte er.

»Den kenn ich«, flüsterte Lupo Dorli ins Ohr.

»Ach, ist heute Ruhetag?«, fragte Dorli. Und an Lupo gewandt wisperte sie zurück: »Woher?«

»Später«, kam die leise Antwort.

»Na«, sagte der Wirt. »Da Gerichtsvollzieher war da und hat ma den Kuckuck auf alles pickt, was ma no brauchen könnt. I sperr zua. Für immer.«

»Das tut mir leid. Können Sie denn kein Geld auftreiben, damit die Bude wieder flott wird?«

»Sie san lustig. Wenn i was verdienen wollt, brauchert i andere Gäst. Wenn i andere Gäst wollt, müsst i was investieren. Und wenn i was investieren muass, brauch i viel mehr Geld. I hab aber ned amoi des für die deppate Registrierkassa, de ma seit heuer braucht. So schaut's aus, Verehrteste. Und weil's da nix mehr gibt, habe d'Ehre.« Damit drehte er sich um und verschwand dorthin, woher er kurz vorher gekommen war.

»Hm. Netter Zeitgenosse.« Dorli stand auf. »Jetzt ist jedenfalls klar, dass der dringend Geld braucht. Denkst du, er hat die Alten erpresst? Und als sie nichts herausrückten, beseitigt, um an das

Erbe zu kommen? Und was mich am meisten interessiert: Woher kennst du den?«

»Ich bin nicht ganz sicher. Aber ich glaub, das war der, der Johannes in dem verfallenen Haus nachgerannt ist, als er entführt wurde.«

»Denkst du, der war beteiligt?«

»Keine Ahnung. Waren ja mehrere Motorradfahrer dort. Und die wollten mich alle nachher verprügeln.«

»Die sind aber von der Polizei überprüft worden.«

Lupo zuckte mit den Achseln. »Sie konnten keinem eine Beteiligung nachweisen. Wäre aber schon ein komischer Zufall.«

»Find ich auch!«

»Fragt sich, warum hat er dann so lange gewartet, um seine Ansprüche geltend zu machen?«

»Das werden wir auch noch herausfinden müssen. Vielleicht, weil er gehofft hat, wenn ein wenig Gras über die Sache gewachsen ist, würde ihn niemand damit in Verbindung bringen. Seine Pflegemutter werden wir nicht mehr befragen können. Wenn die 1960 dreißig Jahre alt war, dann wäre sie heute sechsundachtzig. Na, wer weiß, vielleicht lebt sie noch.«

»Finden wir es raus.«

»Die Frage, lieber Mann, lautet nur: Wie?«

***

»Lupo, ich muss heute ins Büro. Die Schöne ist schon wieder ausgefallen!«

»Ist die jetzt wirklich schwanger?«

»Ja. Ich will gar nicht an das arme Kind denken. Die Erbanlagen vom Kofler und ihr! Wenn das keine Hypothek der schlimmen Art ist.«

»Geh, sei nicht so! Vielleicht schlummert irgendwo in den Genen ein kleiner Einstein, der sich jetzt durchsetzt.«

»Möglich, aber unwahrscheinlich. Was machst du heute?«

»Ich ruf jetzt Sandra an. Sie soll versuchen, ob sie nicht herausfinden kann, ob Siegfried irgendwann im letzten halben Jahr hunderttausend Euronen an den Weißen Ring oder ein Kinderdorf überwiesen hat.«

»Das sollte sich anhand alter Kontoauszüge feststellen lassen.«

»Genau. Wenn der Bauer die nicht aufgehoben hat, dann kann sie sicher von der Bank Duplikate erhalten.«

»Und dann?«

»Werde ich versuchen, ein wenig mehr über die Familie Baumgartner herauszubekommen. Ich weiß ja nicht einmal, ob diese Gerti mit ledigem Namen Baumgartner hieß oder ob ihr Mann das Kind, das sie überraschend mit in die Ehe brachte, adoptiert hat.«

»Viel Glück! Wird nicht einfach werden.«

Als Dorli aus dem Haus war, ging Lupo mit Idefix in den Wald. Er hatte festgestellt, dass er am besten denken konnte, wenn ihn die laute Stille des Waldes umgab: das Singen der Vögel, das Summen der Insekten, der Wind in den Baumkronen und der würzige Geruch der Föhren. Das alles machte sein Hirn frei und ließ seine Gedanken wandern.

So gestärkt nahm Lupo eine Stunde später die Ermittlungen in Angriff. In Lindabrunn fand er keine Spur mehr von den Baumgartners. Nicht einmal eine Erinnerung an einen Weinbauern, der in den frühen sechziger Jahren eine Frau dieses Namens geheiratet hatte. Er wandte sich an das Gemeindeamt in Enzesfeld-Lindabrunn, schräg gegenüber vom Bahnhof. Und dort traf er auf eine resche Mittfünfzigerin.

»Ich weiß nichts darüber, aber meine Mutter war vor mir die Gemeindesekretärin. Vielleicht kann sie sich erinnern. Wenn Sie eine halbe Stunde warten, dann schließt das Amt. Ich könnte Sie dann zur Mama bringen.«

Die Mama wohnte ganz in der Nähe, in der Büchelgasse. Daneben und gegenüber vom Haus nur Felder. Ein schönes Plätzchen zum Wohnen. Die alte Dame, sie war vielleicht fünfundsiebzig, aber geistig frisch und agil, konnte im ersten Moment nichts mit dem Namen Gerti Baumgartner anfangen. Aber sie griff flugs nach ihrem Telefon und rief eine Freundin an. Danach schien sich die Frage nach Gerti im Schneeballsystem unter den Freundinnen der alten Dame zu verbreiten, und kaum eine halbe Stunde später trafen die Ergebnisse ein.

Baumgartner hatten wirklich nur die Gerti und ihr lediger

Sohn geheißen. Der Bauer namens Herwig Kralik hatte Gerti zwar aufgenommen, aber nicht geheiratet. Trotzdem hatte Gerti nach dem frühen Tod des Weinbauern, etwa sechs Jahre nachdem sie zu ihm gekommen war, seine beiden Kinder und Christian aufgezogen, seinen Weingarten weiter bewirtschaftet und war ob ihres Fleißes und ihres freundlichen Wesens beliebt gewesen. Doch dann musste etwas geschehen sein. Was das war, wusste niemand. Fest stand, dass plötzlich über Gerti Gerede im Umlauf war. Dass die katholischen Frauen sie schnitten, also eigentlich fast alle, und dass die umliegenden Weinhauer ihre Trauben nicht mehr kaufen wollten. Gerti musste nach einiger Zeit aufgeben und überließ den Hof den beiden fast erwachsenen Kindern ihres Gefährten.

Die hatten jedoch wenig Lust gehabt, sich die Schinderei auf einem Bauernhof und mit einem Weingarten anzutun, und hatten verkauft. Soweit bekannt, waren sie mit einer ansehnlichen Summe nach Wien übersiedelt. Keiner hatte je wieder von ihnen gehört. Sie glaubten wohl, sie seien was Besseres, meinten die alten Damen.

Gerti und Christian waren schon vorher weggezogen. Doch wohin, ließ sich nicht so leicht herausfinden. Einige waren überzeugt, sie sei nach Wiener Neustadt gegangen und habe sich dort als Arbeiterin bei Nemetz, einer Fabrik für Maschinenbau, verdingt, um ihren Sohn durchzubringen. Andere schworen Stein und Bein, sie hätten Gerti auf einem Hof in Lichtenwörth gesehen, wo sie als Magd lebte. Lupo würde es herausfinden.

»Von dem Weinbauern hat sie also nichts geerbt?«, fragte er sicherheitshalber noch einmal nach.

»Nein. Und weil er sie nicht geheiratet hat, weil sie plötzlich mit einem Kind vor der Tür stand, obwohl nie von einer Schwangerschaft die Rede war, gab es nicht einmal einen kleinen Betrag. Wenn Sie mich fragen, war sie eine arme Haut. Denn immerhin hat sie die Kinder aufgezogen und keinen lukerten Heller dabei verdient. Und die haben dann nichts Besseres im Sinn gehabt, als das Land zu verhökern und mit dem Geld abzuhauen. Ich glaube nicht, dass die Gerti auch nur einen Schilling davon gesehen hat.«

Auch so ein Opfer der Familie Adametz. Denn wenn sie

wirklich aus Gutmütigkeit Siegfrieds Kind angenommen hatte, damit er es nicht umbringen musste, war sie damit um ihre Heiratschancen gekommen. Und somit unversorgt zurückgeblieben, als der Weinbauer starb. Es sah wirklich so aus, als wären alle, die mit Brunhilde und Siegfried je in Kontakt gekommen waren, vom Schicksal besonders schlecht behandelt worden.

***

Auf dem Heimweg traf Dorli die Holzinger Anni.

»Hast schon gehört? Den Janoš alias Räto Sillberg hat die Polizei wieder auf freien Fuß gesetzt. Und so wie es ausschaut, war er's auch wirklich nicht. Jetzt hat sich ein angeblicher Sohn vom Siegfried mit Erbansprüchen gemeldet.«

»Was du ned sagst? Meinst, das ist der Sohn vom Russenkind und dem Sigi?«

»Könnte sein. Aber wenn der noch lebt, wer ist dann das vergrabene Baby im Keller?«

»Gute Frage? Hat man das genaue Alter feststellen können?«

»Nein, Anni. Der Gerichtsmediziner hat sich schon gewundert, dass nach mehr als fünfzig Jahren überhaupt noch Knochen übrig waren. Könnte natürlich sein, dass das Skelett noch älter war, aber auch etwas jünger.«

»Jünger eher nicht. Ich hab auch darüber nachgedacht, weil ich das Gefühl hatte, dass dies nicht das Kind von Siegfried und Maria war. Stell dir nur mal vor, es ist Krieg und du kriegst ein Kind, das eventuell schon tot zur Welt kam. Wenn die Bomben fallen, kannst vielleicht nicht raus. Oder wenn ein strenger Winter ist, ist der Boden so fest gefroren, dass man am Friedhof kein Grab ausheben kann. Dann bestattest es halt im Keller. Und damit die Totenruhe nicht gestört wird, mauerst den Raum zu.«

»Du meinst, es könnte von der Bäuerin gewesen sein? Ein Geschwisterkind vom Siegfried?«

»Möglich?«

»Aber wieso hat man dann keine Kleider oder zumindest eine Decke gefunden?«

»Wenn das so lang her ist, dann ist jeder Stoff, vor allem der

Nesselstoff, der damals ja wirklich noch aus Brennnesseln erzeugt wurde, längst vermodert gewesen, als ihr das Kind gefunden habt. Das war ja alles mindere Qualität.«

»Tja, Anni, wenn es wirklich so gewesen sein sollte, dann wird uns das heute niemand mehr bestätigen können.«

»Außer die Geburt und der Tod wurden ins Kirchenregister eingetragen. Red mal mit dem Pfarrer, ob die alten Kirchenbücher noch vorhanden sind.«

»Anni, du bist die Beste!«

Der Weg zum Pfarrer war aber nicht die dringlichste Sache auf Dorlis Aktivitätenliste. Erst wollte sie mit Bertl Wagner sprechen. Denn der sollte mal Christian Baumgartner ein wenig im Auge behalten und seinen Hintergrund beleuchten, so es da etwas zu beleuchten gab. Für ihn galten die gleichen Motive wie für Maria und Janoš, es stellte sich aber auch die gleiche Frage: Warum erst jetzt? War er erst jetzt in die Schuldenfalle getappt? Eher nicht, sonst hätte sein Lokal ein wenig anders ausgesehen. Andererseits: Was wussten sie denn von ihm? Vielleicht war er verheiratet gewesen, und seine Frau hatte ihm bei der Scheidung die Hosen ausgezogen. Oder er hatte eine Geschäftsidee gehabt und war gescheitert. Alles war möglich.

Dorli informierte daher Bertl Wagner und bat ihn, Baumgartner nicht aus den Augen zu verlieren – vor allem im Hinblick auf den zu erwartenden Termin beim Notar.

Nach dem Gespräch mit der Polizei war immer noch Zeit, den Pfarrhof aufzusuchen. Dorli begrüßte den alten Pfarrer herzlich und erkundigte sich zuallererst, ob er von seinem ehemaligen Stellvertreter etwas gehört hatte.

»Ja, vor ein paar Wochen. Er trägt immer noch schwer am Tod seiner Schwester. Zuletzt hat er geschrieben, dass er sich versetzen lassen wird. In irgendein Kaff im Osten des Kongo, wo immer wieder marodierende Rebellen die Bevölkerung massakrieren.«

»Oh Gott. Ist er lebensmüde?«

»Vielleicht auch das. Aber vor allem will er seinem Leben Sinn verleihen. Die Republik Kongo ist immer noch eines der ärmsten Länder, das Sozialsystem zählt zu den schlechtesten der

Welt. Die medizinische Versorgung war ohnehin nie gut und wurde durch die andauernden Kriege weiter zerstört. Es gibt besonders am Land kaum sauberes Trinkwasser, keine Sanitäranlagen, dafür eine erhöhte Kindersterblichkeit, wobei die der Mütter nicht viel geringer ist. Dazu Malaria, Ebola, das sogar nach dem kongolesischen Fluss nahe dem Ursprungsort der Krankheit benannt ist, außerdem Lungenpest und Aids. Durch die vielen Kriege und die Zerstörung der staatlichen Strukturen können auch immer weniger Menschen lesen und schreiben. Und in eine der Regionen, wo das alles am schlimmsten ist, hat er sich versetzen lassen. Er will dort eine Schule und eine Krankenstation aufbauen.«

Der Pfarrer geleitete Dorli in die Küche des Pfarrhofes und bat sie, an dem gemütlichen Jogltisch in der Essecke Platz zu nehmen. »Aber deswegen bist du sicher nicht zu mir gekommen. Was kann ich für dich tun, Dorli?«

»Herr Pfarrer, Sie haben doch sicher von dem Babyskelett im Keller der Familie Adametz gehört. Es sah lange Zeit so aus, als wäre dort ein illegitimes Kind des Siegfried Adametz begraben worden. Doch wie es scheint, dürfte dieses Kind überlebt haben. Jetzt stellt sich natürlich die Frage, wer dort wirklich versteckt wurde. Könnte es sein, dass Siegfrieds Mutter in den Kriegsjahren eine Totgeburt hatte, die aus welchen Gründen auch immer im Keller begraben wurde? Gibt es in den alten Kirchenarchiven Aufzeichnungen über Geburten und Todesfälle während des Krieges?«

»Die gibt es schon. Aber ich weiß, dass sie nicht vollständig sind.«

»Könnten Sie da bitte nachsehen?«

»Mach ich. Aber versprich dir nicht allzu viel davon. Gerade für die Zeit während des Krieges klaffen dort große Löcher. Abgesehen davon, dass ein Jahrbuch überhaupt verschollen ist. Wahrscheinlich während eines Bombenangriffes zerstört oder verbrannt. Es wäre schon ein großer Zufall, wenn ich etwas über die Familie Adametz finden würde.«

»Versuchen Sie es bitte trotzdem. Die Familie hat schon so viel mitgemacht. Es wäre schön, könnten wir jetzt alle Altlasten aufklären.«

»Ist gut, Dorli. Ich geb dir Bescheid, sobald ich was entdeckt habe.«

***

Lupo und Bertl Wagner trafen sich beim Notar Komarek, um den Mann in Augenschein zu nehmen, der Erbansprüche auf das Adametz-Vermögen stellte. Doch der ließ auf sich warten. Sie verbrachten mit dem alten Herrn fast eine Stunde, aber Christian Baumgartner kam nicht.

Als sich Bertl und Lupo eben auf den Weg machen wollten, klingelte der Postbote mit einem Einschreibebrief für den Notar. Absender war ein Rechtsanwalt in Baden.

»Warten Sie noch einen Moment«, murmelte Komarek. »Ich hab da so ein Gefühl, dass das hier«, er hielt den Brief in die Höhe, »etwas mit unserem ›Erben‹ zu tun hat.«

Er nahm einen Brieföffner vom Tisch, der schon fast als Krummsäbel durchgehen würde, und schnitt das Kuvert auf. Er schob seine Brille näher an die Augen und begann zu lesen.

»Nun, der Absender ist Dr. Anastasius Grünfeld, der Christian Baumgartner in der Erbsache vertritt. Er bietet einen DNA-Test an, um die Rechtmäßigkeit der Ansprüche seines Mandanten zu untermauern.«

»Hat er denn überhaupt eine Chance, nachdem die Verlassenschaft schon vor Wochen abgewickelt worden ist?«, fragte Lupo.

»Kommt drauf an. Wenn es dafür gute Gründe gibt, dass er sich erst jetzt meldet, dann vielleicht. Ich werde die Erbin informieren und die Bitte um den DNA-Vergleich weiterleiten.«

Lupo und Bertl Wagner verließen das Notariat. Auf der Straße hatte leichter Regen eingesetzt, und es roch wie in der Sauna beim ersten Aufguss.

»Was hältst du von dem Schreiben des Anwalts?«, fragte Bertl.

»Wenn Christian Baumgartner wirklich Siegfrieds Sohn mit Maria sein sollte, dann ist es sicher eine gute Idee, das mit Hilfe eines Rechtsanwaltes durchzufechten.«

»Was ich nicht verstehe: Warum macht er das erst jetzt? Ist ja nicht so, dass nicht in allen Zeitungen von den Morden hier berichtet wurde.«

»Ich hab da eine Theorie dazu, Bertl.«

»Lass hören!«

»Vielleicht hat dieser Christian seinen Erzeuger erpresst, und als der nicht zahlen wollte, ihn beseitigt. Aus welchen Gründen auch immer. Wir müssen in der Zwischenzeit als gegeben annehmen, dass Sillberg mit den Erpresserbriefen nichts zu tun hatte. Und wer außer Siegfrieds Sohn, der bei der ehemaligen Magd der Bauern aufgewachsen ist, könnte noch vom ›Russenkind‹ wissen? Dann hat er sich nicht getraut, sich als Erbe anzumelden, aus Angst, als Mörder entlarvt zu werden. Als dann aber Räto Sillberg verhaftet wurde, erschien ihm das Risiko gering. Und er schritt zur Tat.«

»Gewagte Theorie mit vielen Löchern. Erstens: Warum hat er seinen Erzeuger nicht schon vor vierzig Jahren umgebracht? Zweitens: Warum Brunhilde? Drittens: Warum Werner? Da war doch schon bekannt, dass der gar nichts erbt. Da hätte doch eher Sandra sein Ziel sein müssen.«

»Na ja, zum letzten Punkt gäbe es eine Erklärung. Dass Werner enterbt war, wusste zwar jeder im Ort. Heißt aber nicht, dass es Baumgartner bekannt war. Und wer geerbt hat, stand im Gegensatz zu den Morden in keiner Zeitung.«

»Trotzdem bleiben da viele Fragen offen.«

»Hast du den Mann schon überprüft?«

»Ja, Lupo. Nichts Aufregendes. Ein paar Jugendstrafen. Er hat gestohlen und einige Einbrüche verübt. Aber nur, um sich und seine Geschwister durchzubringen.«

»Ich dachte, die hatten einen reichen Winzer zum Vater.«

»Schon. Aber der ist früh gestorben. Er hatte einen Unfall mit dem Traktor. Seine beiden Kinder waren noch relativ jung, ich glaube, zehn und zwölf Jahre alt. Christian war sechs. Gerti wurde im Erbe nicht bedacht – der Mann hat sie nie geheiratet. Die Kinder waren zwar Erben, konnten aber erst nach ihrem neunzehnten Geburtstag über das Geld verfügen. Es gab einen vom Jugendamt bestellten Kurator. Gerti hat also die drei Kinder aufgezogen, weiterhin den Hof bewirtschaftet und den Weinberg. Die Trauben haben ihr die Winzer aus der Umgebung abgekauft. Da ging es der Familie immer noch recht gut. Aber Extrawürste waren nicht drin. Da hat der Jüngste des Trios gelegentlich etwas gemopst. Doch dann muss etwas passiert sein.«

»Ich weiß«, sagte Lupo. »Ich habe mit einer ehemaligen Angestellten vom Amtshaus in Lindabrunn gesprochen.«

»Irgendwie hast du's mit den Gemeindesekretärinnen!«

»Na bitte, werd jetzt nicht frech. Die Dame ist hoch in den Siebzigern.« Lupo grinste. »Sie sagte, plötzlich kam Gerede über Gerti auf und man hat ihr nichts mehr abgekauft. Letztendlich musste sie mit Christian gehen. Und die Kinder des Winzers, zumindest eines gerade großjährig, haben verkauft und sind weggezogen.«

»Genau. Aber keiner weiß wirklich, was damals passiert ist. Und Gerti hat mit Sicherheit keinen Cent gesehen, als das Gut veräußert wurde. Sie war damals auch nicht mehr die Jüngste. Irgendwo um die fünfundvierzig, ausgelaugt von der schweren Arbeit, mit einem halbwüchsigen Kind, ohne Job, ohne Dach über dem Kopf und ohne Geld. Kein Wunder, dass der Bub dann plötzlich auch einbrechen ging.«

»Aber wenn das Siegfrieds Sohn war, warum hat sie dann nicht Alimente verlangt?«

»Keine Ahnung. Vielleicht hat sie eh, aber er nichts gezahlt. Wir sind dabei, herauszufinden, wo sie heute lebt. Falls sie noch lebt.«

»Verzwickte Geschichte.« Lupo schüttelte den Kopf.

»Und ich hab gedacht, alles ist vorbei, als wir den Räto Sillberg verhaftet haben. Dabei schaut es jetzt so aus, als wäre er unschuldig.«

»Und als hätten wir die richtige Herausforderung noch vor uns«, ergänzte Lupo.

***

Sandra und Adam Adametz saßen mit Dorli in der Küche des mittlerweile schon fast fertigen Umbaus des Biohofes. Die Verwandlung war schleichend vor sich gegangen, sodass man am Anfang wenig bemerkte. Nur im Hof herrschte Dauerchaos. Da stand eine Mulde, in die der Schutt entsorgt wurde. Und an der Baustelle für den Indoorpool merkte man, dass sich hier größere Veränderungen anbahnten.

Drinnen allerdings wirkte alles schon frisch, fröhlich, modern und doch einfach. Es war dem Architekten gelungen, das Alte mit neuem Anstrich und da und dort kleinen Veränderungen zu erhalten, dabei aber alles Muffige und vom Zahn der Zeit Angenagte zu beseitigen. Es roch nach frisch gebackenem Kuchen und ein wenig nach der Farbe, mit der die Wände gestrichen waren. Durch das offene Fenster hörte man die Geräusche der Tiere auf der Weide: Kuhglockengebimmel, hin und wieder Muhen der Kühe und öfter das Meckern einer Ziege. Fliegen zogen ihre Kreise und hielten Ausschau nach Krümeln.

»Und der angebliche Sohn Siegfrieds will einen DNA-Test?«, fragte Dorli.

»Ja. Aber das Witzige daran ist, dass er einen Vergleichstest mit dem Erben des Hofes will«, sagte Sandra und verschränkte die Arme hinter dem Kopf. »Und damit haben wir ein wenig Schwierigkeiten.«

»Warum?«, fragte Dorli und streckte Sandra die Handfläche entgegen, um sie an einer Antwort zu hindern. »Was ist schon dabei, wenn es keine Übereinstimmung gibt? Wenn er drauf besteht – soll er seinen Willen haben.«

»Du weißt Bescheid?«, fragte Sandra.

»Nein, aber ich habe eine Vermutung.« Dorli lächelte. »Und mehr will ich gar nicht drüber wissen. Dann kann ich auch nichts verraten, nicht einmal unabsichtlich.«

Adam nahm Dorlis Hand und drückte sie. »Danke. Warst immer scho a liabs Dirndl.«

»Na, da kenn ich einige, die das Gegenteil behaupten würden.«

»Wenn er wirklich Siegfrieds Sohn wäre, stünde ihm allerdings auch was aus dem Erbe zu.«

»Kann schon sein, Sandra. Und ihr könntet ihm ja auch immer noch etwas zukommen lassen. Sogar als anonyme Spende. Aber es wäre hochinteressant, zu sehen, wie er sich verhält, wenn sich herausstellen sollte, dass er eben nicht mit dem Erben verwandt ist. Denn irgendwer hat Siegfried und Brunhilde erpresst und umgebracht und auch noch Werner auf dem Gewissen.«

»Und du glaubst, das könnte Christian Baumgartner gewesen sein?«, fragte Sandra.

»Wer sonst hätte noch von dem ›Russenkind‹ wissen können, wenn Janoš alias Räto Sillberg nichts damit zu tun hat?«

»Mann, wenn der Baumgartner das war, dann läuft er frei herum und kann jederzeit wieder einen von uns umbringen.« Sandra zwirbelte sich eine Haarsträhne um den Finger.

»Theoretisch ja.« Dorli blickte von Sandra zu Adam und wieder zurück. »Doch wenn er jetzt an die Erbschaft denkt, wird er im Moment eher nichts dergleichen tun. Die Gefahr, dass er erwischt wird, ist viel zu groß, da der ursprünglich Verdächtige freigelassen wurde. Gefährlich wird es meiner Meinung nach erst wieder, wenn feststehen sollte, dass er mit dem Erben nicht verwandt ist. Falls er der Mörder ist, wird er durchdrehen. Denn dann war alles umsonst. Ab dem Zeitpunkt werden wir euch Tag und Nacht bewachen.«

»I glaub, i werd erst wieder guad schlafen, wenn des alles vorbei is.« Adam stand auf und reichte Dorli die Hand. »I muass in Stall. Danke, Dorli, dass ihr uns helft.«

Als Dorli wenig später die Hauptstraße entlangfuhr, schlug sie erst den Weg nach Hause ein und holte Idefix. Dann fuhr sie weiter Richtung Lindabrunn. Sie wollte sich ein Bild von dem ehemaligen Weingut machen, auf dem Gerti vierzehn Jahre ihres Lebens geschuftet hatte. Und wieder war die arme Frau nicht mehr als eine unbezahlte Arbeitskraft gewesen. Wie Dorli mittlerweile wusste, ein typisches Schicksal für ein Pflegekind, das zu Bauern gekommen war.

Eine von Lupos alten Damen mit dem guten Netzwerk hatte ihm die Adresse des Gutes verraten, das mittlerweile schon zweimal den Besitzer gewechselt hatte.

Dorli bog in den Weg ein, der zur Flurgasse führte, wo sich der Hof befand. Die dazugehörigen Weingärten lagen etwas weiter Richtung Osten, nahe der Kompostieranlage, die die Umgebung – je nach Windrichtung – mit einem eigentümlich mostigen Geruch eindeckte.

Dorli ließ ihr Auto in einiger Entfernung stehen und holte Idefix von der Ladefläche.

»Komm, Hund, wir gehen jetzt spionieren.«

Dem Hund war es egal, was Dorli plante. Er war glücklich, dass sie auf einem Weg entlangschlenderten, den sie nicht schon hundertmal gegangen waren. Es gab hier auf jeden Fall eine

Menge neuer Gerüche, sozusagen die Lindabrunner Hundemorgenpost.

Dass Idefix den Weg gründlich beschnupperte, mal links, mal rechts den Wegrand begutachtete und gelegentlich das Haxl hob, verschaffte Dorli genügend Zeit, die Gegend um den Hof gründlich in Augenschein zu nehmen. Es fiel ihr auf, dass neben den üblichen Gebäuden, Schuppen und Gerätschaften eine Menge Graffel über eine größere Fläche verstreut herumstand und -lag. Ein altes Auto ohne Nummerntafeln, bei dem auch die Windschutzscheibe fehlte. Verbeulte und rostige Arbeitsgeräte, wie eine alte Egge, und riesige abgefahrene Reifen von einem Traktor. Dahinter, ganz an der Grundstücksgrenze, erhob sich ein kleiner Erdhügel mit einer gemauerten Front und einem eisernen Tor. Wohl ein Erdkeller, der auch schon bessere Tage gesehen hatte.

Von den bewohnbaren Gebäuden, den Schuppen und Ställen war der Eingang zu dem Kellergewölbe vermutlich nicht einsehbar. Umso mehr interessierte Dorli, dass dort ein Mann rauskam, das Tor versperrte, sich umsah, als fürchte er, entdeckt zu werden, dann über den hinteren Zaun kletterte und sich Richtung Wald davonmachte. Die Haltung des Mannes, die Art, wie er ging, erinnerte Dorli frappant an den Wirt des Tschocherl, Christian Baumgartner. Sein Gesicht konnte sie nicht erkennen, der Abstand war einfach zu groß. Wenn er es wirklich war, wieso trieb er sich hier herum? Konnte es sein, dass er auf dem Hof, wo er seine Kindheit verbracht hatte, ein Versteck für gewisse Dinge angelegt hatte? Die man beispielsweise bei ihm zu Hause nicht finden sollte? Das zu erkunden wäre sicher spannend, aber absolut keine Unternehmung für den hellen Tag. Da musste sie wohl in der Nacht wiederkommen.

Dorli umrundete das Grundstück in weitem Bogen. Es wirkte etwas verwahrlost, und möglicherweise stand es neuerlich zum Verkauf. Sie sah keinen Menschen, und das Wohnhaus wirkte unbewohnt. Die Fensterscheiben waren verdreckt, im Hof wuchs das Unkraut meterhoch. Tiere waren weder zu sehen noch zu hören. Nur eine grau getigerte Katze saß auf einer Steinmauer und putzte sich hingebungsvoll.

Die Weingärten, die zumindest früher mal zu der Liegenschaft gehört hatten, waren allerdings bewirtschaftet, möglicherweise verpachtet oder mittlerweile an andere Weinbauern verkauft. Das herauszufinden war nicht schwer. Dorli brauchte vermutlich nur die Gemeindesekretärin von Enzesfeld-Lindabrunn anzurufen und würde die gewünschte Auskunft bekommen.

Höchst zufrieden mit den Erkenntnissen dieses für Frauerl und Hund sehr angenehmen Spaziergangs kehrten Dorli und Idefix zum Auto zurück.

»Na, dann wollen wir mal herausfinden, was der Bursche dort zu suchen hat«, murmelte Dorli und startete den Wagen. »Und hoffen, dass Bertl Wagner nicht wieder davon erfährt, dass ich einbrechen gehe. Sonst gibt's Zoff.« Dorli blickte zum Hund zurück. »Weißt du was? Ich werde dich einfach mitnehmen, zum Wachehalten. Und wenn wer kommt, bellst du.«

Doch vorerst ergab sich dazu keine Gelegenheit. Denn es war Schönwetter und Vollmond. Nicht gerade die günstigsten Voraussetzungen, um heimlich fremdes Terrain zu erkunden.

***

Die DNA-Proben waren abgegeben worden, wunschgemäß die vom Erben des Adametz-Hofes, und mit der Probe von Christian Baumgartner verglichen worden. Das Ergebnis lag nun in Form eines Schreibens des Labors vor. Wie vorauszusehen war, gab es keinerlei Übereinstimmung. Der Erbe des Hofes war mit Baumgartner nicht verwandt.

»Jetzt wär ich gerne Mäuschen beim Baumgartner!« Dorli lachte und reichte Sandra das Schreiben zurück.

»Und hier ist gleich noch das vom Notar an den Rechtsanwalt.«

Dorli las: »Da keinerlei Verwandtschaft zwischen Ihrem Mandanten und dem Erben des Adametz-Hofes festgestellt werden konnte, sehen wir die Forderungen nach einem Pflichtteil aus dem Erbe nach Siegfried Adametz als hinfällig an. Die Kosten für unsere Aufwendungen stellen wir Ihnen mit gleicher Post in Rechnung.«

»Falls Baumgartner sich als Siegfrieds Sohn sieht, wird er schäumen vor Wut. Jetzt müssen wir echt aufpassen. Keiner aus der Familie Adametz sollte alleine das Haus verlassen. Am besten sollten Lupo oder ich immer mit von der Partie sein. Und Bertl Wagner werde ich bitten, Baumgartner ein wenig im Auge zu behalten, wenn es irgendwie möglich ist.«

»Denkst du, dass er nun wieder zu morden beginnt, falls er der Mörder war?«

»Eindeutig ja. Denn er hat nichts mehr zu gewinnen durch Wohlverhalten. Und ob er für einen, drei oder zehn Morde verurteilt wird, wenn man ihn schnappt, wird ihm vermutlich schnurzegal sein.«

»Schöne Aussichten«, murrte Sandra. »Immerhin könnte es sein, dass diesmal der Richtige verhaftet wird.«

Oder dass es noch ein Todesopfer gibt. Aber das sprach Dorli nicht laut aus.

Am Himmel zogen, nach einem wunderbaren Tag mit Sonne und fast tropischen Temperaturen, dunkle Wolken auf. Es würde ein Gewitter geben. Das wäre eigentlich die Nacht, um in Baumgartners Unterschlupf auf Erkundungstrip zu gehen. Es gab nur einen kleinen Haken bei der Sache: Wenn ein Gewitter kam, konnte sie Idefix nicht mitnehmen. Er hatte Angst vor Blitz und Donner. Aber alleine losziehen, ohne Rückendeckung, das wollte Dorli auch nicht mehr. Beide Male, als sie das getan hatte, war es für sie nur mit viel Glück gut ausgegangen. Es blieb ihr nichts anderes übrig, als Lupo ins Vertrauen zu ziehen. Doch wer würde dann auf die Familie Adametz aufpassen? Verdammt! Sie musste es alleine probieren. Und darauf vertrauen, dass ihr Schutzengel nicht gerade Kaffeepause machte, während sie unterwegs war.

Dorli fuhr nach Hause, schlich auf Zehenspitzen ins Schlafzimmer und zog sich um. Schwarze Hose, schwarzer Pulli, schwarze Regenjacke, Arbeitsschuhe mit Stahlkappen. Damit konnte man auch ganz schön schmerzhaft zutreten. Die Schuhe zog sie noch nicht an, sondern trug sie in der Hand nach unten.

Lupo werkelte in der Küche herum. Besteck klimperte, als er es in den Geschirrspüler steckte. Pfannen und Töpfe klapperten, als er sie im Küchenkasten zusammenschob. Das Radio schmetterte Ravels »Boléro«, und Lupo pfiff mit.

»Fährst du dann zum Adametz-Hof?«, rief Dorli laut aus dem Vorzimmer.

»Ja. Ich dachte, wir gehen gemeinsam und bleiben heut Nacht dort.«

»Ich hab noch einen Weg, ich komme nach. Nimm bitte Idefix mit.«

»Klar. Ich lass ihn doch bei Gewitter nicht allein zu Haus. Aber wohin willst du denn bei dem Wetter?«

Doch Dorli gab keine Antwort und flitzte auf Socken zur Tür hinaus. Sie sprang ins Auto und fuhr im einsetzenden Regen davon. In der Ferne grollte der Donner. Die Schuhe hatte sie einfach auf den Nebensitz geworfen. Die musste sie noch anziehen, bevor sie sich auf den Kriegspfad begab.

***

In Lindabrunn angekommen, fuhr Dorli erst einmal mit dem Auto rund um den Hof. Alles war dunkel. Nur hin und wieder erleuchtete ein entfernter Blitz gespenstisch die Szenerie. Sie parkte den Wagen hinter einem Gebüsch und unter einem Baum, sodass man ihn im Vorbeifahren nicht sofort bemerkte. Außerdem war er nicht so weit weg, dass sie ihn nicht mit einem rasanten Sprint erreichen konnte. Dann schlüpfte sie in die Schuhe und verknotete die Schnürriemen so, dass sie möglichst nicht über lose Enden stolpern konnte. Sie steckte Stablampe und Pickset in eine der zahlreichen Taschen ihrer Jacke, vergewisserte sich, dass sie ihr Handy auf lautlos gestellt hatte, zog die Kapuze über den Kopf und öffnete die Autotür. Nur um sie blitzschnell und so geräuschlos wie möglich wieder zu schließen. Verdammt! Sie hatte vergessen, die Innenbeleuchtung auszuschalten. Mit zusammengebissenen Zähnen holte sie das nach und stieg aus. Hoffentlich hatte sie durch ihre Dummheit nicht jemanden auf sich aufmerksam gemacht.

Dorli kletterte über den halb verfallenen Zaun und hoffte, dass er nicht unter ihrem Gewicht zusammenbrach. Andererseits war Baumgartner ohne Zögern drübergestiegen. Der war bestimmt mindestens genauso schwer wie sie.

Innerhalb des Grundstückes hielt sie sich möglichst in der Deckung der Büsche und der hohen Grasbüschel. Wenn ein Blitz über den Himmel fuhr, blieb sie bewegungslos stehen und hoffte, dass sie mit ihrer dunklen Kleidung für einen zufälligen Blick eines ungebetenen Gastes nur wie ein weiteres Büschel Unkraut oder ein Strauch aussah und mit dem Hintergrund verschmolz.

Zu viele Wenns und Abers, keifte ihre besorgte innere Stimme. Zu viel Angst und Schiss, konterte die freche Seite in ihr. Dorli musste sich eingestehen, dass sie am liebsten auf dem Absatz kehrtgemacht hätte und heim zu Lupo und Idefix in die Sicherheit ihres Hauses oder zum Adametz-Hof gefahren wäre.

Endlich hatte sie die Eisentür des Erdkellers erreicht. Dorli fingerte das Pickset aus ihrer Jacke und begann, im Finstern mit den Dietrichen herumzuprobieren. »Verdammter Mist«, fluchte sie leise. Ohne Licht würde sie nie die passende Kombination finden. Mit einer Mischung aus Bedauern und Wut wurde ihr klar, dass sie noch jede Menge zu lernen hatte, bevor sie eine einigermaßen passable Detektivin wurde. Dabei standen ihre Prüfungen unmittelbar bevor, und sie würde sie vermutlich ganz gut bestehen. Aber in Situationen wie der jetzigen halfen gute Noten beim Abschluss gar nichts. Da zählten Erfahrung und Routine. Dinge, die man nicht lernen, sondern sich nur durch jahrelanges Training aneignen konnte.

Beim nächsten Blitz wagte es Dorli, ihre Lampe kurz einzuschalten. Dann endlich führte sie den richtigen Teil in das Schloss ein. Die Klinke ließ sich hinunterdrücken, und die Tür schwang geräuschlos auf. Baumgartner war also nicht nur zufällig hier gewesen. Er schien hier ein gutes Versteck gefunden zu haben und wartete die Tür, sodass sich der Schlüssel lautlos im Schloss drehte und die Tür ebenso leise aufging.

Dorli schloss das Tor hinter sich und blieb regungslos im Finstern stehen. Lauschte. Doch außer dem stärker werdenden Regen und dem näher kommenden Donnergrollen hörte sie nichts. Sie knipste die kleine Lampe an und schirmte den Lichtstrahl mit ihrer Hand so ab, dass sie nur die Dinge unmittelbar vor ihr erkennen konnte.

Ihr Blick fiel auf eine Menge aufgetürmtes Gerümpel. Dazwischen führte ein kaum erkennbarer schmaler Weg in den hinteren Bereich. Dorli versuchte, möglichst leise zwischen den Sesseln, Tischen, Fässern, alten Werkzeugen, Benzinkanistern, ausgemusterten Lkw-Reifen und anderem Trödel weiter ins Innere vorzudringen.

Hinter dem ersten Wall öffnete sich ein erstaunlich aufgeräumter Raum. An einer Wand stand ein Sessel vor einem stabilen Schreibtisch. Darauf ein Computer, mit Bildschirm und Drucker. Was machte Baumgartner da mit einem PC? Gab es in diesem Loch etwa Strom? Dorli ließ den Lichtstrahl der Lampe an der Wand rauf- und runtergleiten. Doch sie konnte keine Steckdose erkennen. Komisch. Denn wäre der Computer nicht gelegentlich in Betrieb, würde er sicher nicht so prominent auf einem sonst fast leeren Schreibtisch stehen.

Dorli wandte sich um und beleuchtete den Rest des Raumes. An der Wand neben dem Schreibtisch stand ein Regal, das mit mehreren Ablagekisten bestückt war. Gegenüber vom Tisch befand sich ein massiver Kasten. Als Dorli die Tür öffnete, schnappte sie nach Luft. Der ganze Schrank war voll mit Waffen. Gewehre lehnten an der Wand, Pistolen lagen in einem Fach. In einem weiteren darüber stapelte sich Munition. Auf der anderen Seite lagen ein halbes Dutzend Messer, die nicht so aussahen, als würde Baumgartner damit nur seine Steaks schneiden. Oh Gott, wo war sie da hineingeraten?

Dorli schob entschlossen die Kastentüren zu und ging wieder zum Schreibtisch. Gedankenverloren drückte sie auf den Einschaltknopf des Computers. Zu ihrer nicht geringen Überraschung summte der PC-Lüfter, und kurz darauf wurde der Schirm hell und verlangte ein Password. Rasch schaltete sie das Gerät wieder ab. Ohne Passwort hatte sie ohnehin keine Chance. Aber woher kam der Strom? Sie ging vor dem Schreibtisch in die Knie und leuchtete die Wand darunter an. Nichts zu sehen. Doch dann entdeckte sie in der Fuge zwischen Boden und Wand ein Kabel, mit Erde und Dreck gut getarnt. Es führte durch ein Loch im Schreibtisch, das man nicht erkennen konnte, wenn man davorstand, weil der Drucker darauf platziert war.

Dorli beschloss, sich auf den Heimweg zu machen. Hier waren Fachleute gefragt. Bertl und das Spurensicherungsteam, ein Computertechniker. Sie begann, unter dem Schreibtisch hervorzukriechen.

Knirsch.

Was war das für ein Geräusch? Ein krachender Donner schluckte jeden Ton. Vermutlich hatte irgendwo in der Nähe der Blitz eingeschlagen, denn die Erde schien leicht zu beben. Nur weg von hier!

Knirsch.

War das der Regen? Nein, der trommelte auf den Dachvorsprung und gegen die Eisentür im Vorraum. Es musste jemand hier sein. Langsam kroch Dorli wieder unter den Tisch. Wartete auf den nächsten Donner und drehte sich um, damit sie sehen konnte, was auf sie zukam. Plötzlich glitt der Strahl einer starken Lampe in den Raum. Verdammt! Sie war nicht mehr allein. Und kein Mensch wusste, wo sie war. Dorli nestelte ihr Handy aus der Tasche, wählte Lupos Nummer und schob es wieder zurück. Sie hoffte, dass er abhob und mithören konnte. Dann würde er vielleicht mitbekommen, was hier passierte.

Baumgartner betrat den Raum und wandte sich dem Waffenschrank zu. Dorli liefen Schauer über den Rücken, und auf ihren Armen fühlte sie, wie sich die Haare aufstellten. Gänsehaut! Und ihr war ganz und gar nicht kalt. Im Gegenteil. Sie schwitzte. Angstschweiß. Baumgartner hatte doch merken müssen, dass der Eingang nicht verschlossen war. Warum suchte er den Einbrecher nicht?

In dem Moment hörte sie, wie er ein Magazin in eine der Waffen schob. Mit einem Klicken entsicherte er sie. Dann drehte er sich langsam um, leuchtete unter den Schreibtisch, machte eine unmissverständliche Bewegung mit der Waffe und bellte: »Raus da!«

***

Lupos Handy läutete. Als er sah, dass Dorli dran war, meldete er sich. Doch jeder Laut ging in einem lauten Donnerschlag unter. Er lauschte kurz, ob Dorli ihn trotzdem gehört hatte. Doch statt Dorlis Stimme hörte er, wie jemand »Raus da!« kommandierte. Ein Mann, und es klang gar nicht freundlich. Du lieber Himmel, wo hatte sich Dorli da wieder reingeritten? Und vor allem, wo war sie?

Lupo bedeutete den anderen im Raum, sie sollten leise sein. Er hörte ein schleifendes Geräusch, dann Dorli.

»Wollen Sie mich jetzt umbringen, Baumgartner?«

»Ka schlechte Idee. Aber wozu? Sie san ma wurscht.«

»Die Familie Adametz aber nicht. Warum eigentlich nicht?«

»Weil der alte Sigi mein Vater war. Ka Ahnung, wie die des mit dem DNA-Test draht ham. Aber mei Pflegemutter hat ma vor ihrem Tod alles erzählt.«

»Gerti ist tot?«

»Ja. Vor an halben Jahr g'storben. Zehn Jahr hat der Sigi zahlt für mi. Aber dann is die Bruni draufkommen. Er hat nix mehr überweisen dürfen. Und die alte Schreckschrauben hat meine Mutter überall schlechtg'macht. Keiner hat mehr unsere Trauben kauft. Die Leut haben ihr die kalte Schulter gezeigt beim Einkaufen. Zuletzt is sie gar nimmer aus dem Haus gangen. Und die undankbaren Bankerten vom Weinbauern haben uns rausg'schmissen, den Hof verkauft, und die Mama is mit mir weg'schickt worden wie's Dirndl vom Tanz.«

»Und deswegen haben Sie dann den Siegfried erpresst.«

Baumgartner zuckte mit den Achseln. »Er hat eh nix brennt.«

»Und dann mussten erst die Brunhilde und anschließend er dran glauben.«

»Und wenn schon! Aber jetzt is Schluss mit der Fragerei. I muass weg. Schlaf guat, neugierige Nasen!«

Dann hörte Lupo einen dumpfen Ton, und gleich darauf klang es, als fiele etwas oder jemand zu Boden. Der Saukerl hatte Dorli niedergeschlagen! Schritte entfernten sich. Kurz darauf schlug scheppernd ein Tor zu.

»Sandra, leih mir dein Handy, schnell.«

Ohne die Leitung zu Dorlis Telefon zu unterbrechen, rief Lupo Bertl Wagner an. »Bitte lass Dorlis Handy orten. Die ist irgendwo gefangen, aber ihr Telefon ist noch an. Baumgartner hat ihr gegenüber ein halbes Geständnis abgelegt. Und ich vermute stark, dass er jetzt hierher unterwegs ist, um den Rest vom Adametz-Klan abzuschlachten.«

Lupo hörte, wie Bertl einige Kommandos rief. Dann war er wieder in der Leitung.

»Pass auf. Ich komm mit zwei meiner Leute zum Adametz-

Hof. Dorli dürfte im Moment nicht akut bedroht sein. Sobald wir wissen, wo sie ist, kriegst du von mir die Adresse und kannst sie suchen gehen.«

Lupo informierte die Familie über die neueste Entwicklung.

Erika brach in Tränen aus. »Der wird uns alle umbringen«, schluchzte sie.

»Wird er nicht. Die Polizei ist eh schon auf dem Weg.«

»Als ob uns de schon amoi g'holfen hätten! Wieso rennt denn der Scheißkerl immer no frei da draußen herum?«

Adam nahm seine weinende Frau in den Arm. »Beruhig di. Wird scho nix passieren.«

»Und alles hat ang'fangen, wia des blede Mensch wieder heimkommen is!« Erika richtete ihren Zeigefinger anklagend auf Sandra.

»Jetzt hörst aber auf! Die Sandra hat damit gar nix zum tuan.«

Lupo hielt es kaum auf seinem Platz. Die Familie stritt da um des Kaisers Bart herum, während er sich Sorgen um Dorli machte. Warum nur war sie wieder mal allein losgezogen? Und wo zum Teufel war sie? Es konnte nicht sehr weit sein, denn sie hatte gemeint, sie käme gleich nach. War sie in Baumgartners Wohnung über dem Tschocherl eingebrochen? Hoffentlich nicht. Denn das würde ihr neben der Gefahr, in der sie jetzt schwebte, auch noch ein Verfahren hinterher einbringen. Nein, das hätte sie nicht gemacht. Sie war in ihrer Ausbildung schon so weit, dass sie die rechtlichen Folgen abschätzen konnte. Wo war sie dann?

Zwei Polizeiautos fuhren mit rotierendem Blaulicht in den Hof ein.

Lupo rannte hinaus. »Drehts das Blaulicht ab!«, schrie er ihnen entgegen. »Wenn der Baumgartner das sieht, dann geht er nicht auf den Hof und entkommt wieder.« Und dann fährt er wahrscheinlich zurück und bringt Dorli um. Aber das sagte er lieber nicht.

Bertl Wagner sprang aus dem ersten Wagen. Er erteilte nicht nur den Befehl, das Blaulicht zu beenden, sondern auch, die Polizeiautos in die Remise zu fahren.

»Dann alle ins Haus.« An Lupo gewandt fragte er: »Sind alle beisammen? Und wenn ja, wo?«

»Oben, in den Räumen der Altbauern. Sie haben Johannes im Schlafzimmer zu Bett gebracht und sitzen jetzt im Wohnraum.«

»Gut. Wir werden uns dort draußen und drinnen postieren.«

»Wisst ihr schon, wo Dorli ist?«

»Nicht wirklich. Ihr Handy hat nämlich die Verbindung unterbrochen. Aber ich kann dir sagen, wo es eingeloggt war. Nämlich in Lindabrunn. Und dort in der Flurgasse liegt der Hof, auf dem Baumgartner seine Jugend verbracht hat. Irgendwo in der Gegend wirst du Dorli finden.«

Lupo schnappte sich eine Stablampe und rannte zu seinem Wagen. Dort wollte er zuallererst seine Glock aus dem versperrten Ablagefach holen. Doch die war nicht da. Mist. Sie lag in Dorlis Haus im Safe. Dann musste es eben so gehen. Er brauste los.

***

Wenn Dorli bei dem Anwesen in Lindabrunn war, musste ihr Auto in der Nähe geparkt sein. Er fuhr zu der Adresse. Das Gewitter war weitergezogen, aber der Regen rauschte immer noch sturzbachartig nieder. Lupo konnte kaum fünfzig Meter weit die Straße vor sich sehen. Wo war Dorlis Wagen?

Als er die zweite Runde um das Grundstück drehte, fiel ihm ein Lichtreflex ins Auge. Er hielt darauf zu. Und da stand Dorlis Octavia, fast vollständig unter der Krone eines großen Baumes und hinter mehreren Büschen verborgen. Er stellte sein Auto daneben ab.

Kurz versuchte er sich zu orientieren. Im Regen und bei der Dunkelheit gar nicht so einfach. Er kletterte über den halb verfallenen Zaun. Sowohl das Wohnhaus als auch die Stallungen und Schuppen lagen in vollkommener Dunkelheit vor ihm. Wo könnte Dorli sein? Im Haus? Eher nicht. Wenn Baumgartner hier ein Versteck hatte, dann kaum in einem bewohnten Gebäude. Obwohl es so aussah, als hätte schon längere Zeit keiner mehr hier gelebt. Der Krempel überall, das Unkraut, das hoch im Hof stand, wiesen nicht gerade auf ständige Bewohner hin.

Lupo trabte durch den großen Hof. Umrundete Müllhaufen. Sein Herz klopfte ihm bis in den Hals. Wo war Dorli? Kam er zu spät?

Plötzlich sah er einen Erdkeller mit einer Metalltür. Er ging hin und rüttelte an dem Tor. Geschlossen. War vorauszusehen. Baumgartner hatte Dorli sicher eingesperrt. Wenn nicht Schlimmeres. Dreh jetzt nicht durch, redete er sich selbst zu. Er rannte zurück zu dem nächsten Abfallhaufen und suchte etwas, das man als Brechstange benutzen konnte. Nichts Brauchbares dabei. Zum nächsten Haufen. Plötzlich huschte der Lichtstrahl von Autoscheinwerfern über den Hof.

Lupo duckte sich. Kam Baumgartner zurück? Dann war höchste Eile geboten. Er nahm eine Eisenstange und rannte zu der Tür, rammte sie mehrfach gegen das Schloss, immer in der Angst, dass Baumgartner zurückkehrte und ihn hören konnte.

Mit einem Mal gab das altersschwache Schloss nach, und Lupo konnte die Tür aufziehen. Er stürmte hinein und wäre fast über die aufgetürmten Müllberge gefallen. Er knipste die Lampe an und sah sich um. Gleich darauf entdeckte er den schmalen Pfad durch das Gerümpel. In dem Raum dahinter entdeckte er Dorli auf dem Boden. Mit entsetztem Blick kroch sie mühsam von ihm weg. Lupo senkte den Strahl der Lampe zu Boden.

»Keine Angst. Ich bin es.«

»Oh Lupo!«

»Dorli, ich fürchte, Baumgartner ist kurz hinter mir gekommen. Und ich habe keine Waffe. Können wir uns irgendwo versteck–«

Dorli wies auf den Schrank an der Wand. »Da drin ist ein ganzes Waffenarsenal. Nimm dir was raus und wirf mir eine geladene Pistole her. Leider kann ich nicht aufstehen. Bin schwindlig.«

Lupo stürzte zu dem Schrank. Nach kurzer Überlegung schnappte er sich eine Repetierflinte mit abgesägtem Lauf und schob Munition rein. Dann lud er eine Luger und warf sie Dorli zu. In dem Moment hörten sie, wie etwas über den Boden kullerte. Jemand war im Keller.

Lupo flüsterte Dorli ins Ohr: »Ich hab die Tür aufgebrochen. Er wird wissen, dass jemand hier ist.«

»Kriech unter den Schreibtisch und mach die Lampe aus. Dann sieht er dich nicht sofort«, antwortete sie leise.

Doch Baumgartner dachte nicht daran, die innere Kammer zu betreten.

»Kommts raus da, wer immer drin is. Und zwar dalli. Sonst brennt's, dass glaubts, ihr seids in der Höll!«

»Du lieber Himmel, was sollen wir denn jetzt tun? Ich kann nicht aufstehen. Der hat mir eine über den Schädel verpasst, dass mir immer noch kotzübel ist.«

»Bleib sitzen. Ich geh raus.« Lupo kroch im Finstern vorsichtig in die Richtung, in der er den schmalen Pfad durch das Gerümpel vermutete. Er hörte etwas gluckern und plätschern. Und dann roch er es. Benzin!

Lupo schaltete seine Lampe ein. »Dorli, du musst dich zusammenreißen. Der will uns abfackeln. Wir müssen da raus.«

Er hob sie auf und legte den Arm um ihre Mitte, schob ihren Arm um seinen Hals und achtete darauf, dass seine rechte Hand mit der Pumpgun frei blieb. Dann taumelten sie auf den Ausgang zu.

Sie hatten noch nicht einmal den halben Weg zurückgelegt, als es plötzlich hell wurde. Rasend schnell kam eine Flammenwand auf sie zu.

»Dorli, wir müssen laufen.« Entschlossen ließ Lupo die Lampe fallen, warf sich Dorli über die Schulter und hastete, so schnell er mit seiner Last konnte, Richtung Ausgang, ohne diesen dabei aus den Augen zu lassen. Es schien so, als würde Baumgartner sie draußen erwarten. Kurz vor dem Tor setzte Lupo Dorli ab. Die Hitze war schlimm, aber noch erträglich. »Warte hier und ruf Bertl und die Feuerwehr an. Ich hol dich raus, sobald die Luft rein ist.«

Dorli murmelte etwas, das »ja« heißen konnte. Lupo schlich um die Eisentür und warf einen Tontopf nach draußen. Noch während ein Schuss abgegeben wurde und man den Topf splittern hörte, hechtete Lupo nach draußen und um die Tür herum, sodass er nicht mehr im Licht des brennenden Gerümpels stand. Baumgartner war nirgends zu sehen. Doch Lupo hatte keine Zeit. Er musste Dorli so schnell wie möglich aus der Flammenhölle holen.

Er bückte sich, nahm einen Stein und warf ihn in die andere Richtung als vorher den Topf. Der Schuss folgte im Sekundenbruchteil. Lupo ahnte den Mündungsblitz mehr, als dass er ihn sah, und hielt mit der Pumpgun in diese Richtung. Ein leiser Schmerzenslaut gab ihm die Rückmeldung, dass er den Mann getroffen haben musste. Gleich darauf hörte er, wie sich trampelnde Schritte entfernten.

Lupo stürzte zurück in die Gluthölle. Dorli war nahe zur Tür gekrochen. Doch dort musste sie zusammengebrochen sein. Neben ihr loderten die Flammen, die alten Autoreifen fingen Feuer und entwickelten eine Hitze, die auf der Haut brannte, dazu schwarzen Rauch, der sich über alles legte und die Sicht erschwerte.

»Dorli!« Lupo stürzte auf sie zu. Doch sie reagierte nicht. Er hob sie auf die Arme und trug sie Richtung Ausgang. Es war nicht leicht, in all der mörderischen Hitze und dem Rauch und mit den tränenden Augen den richtigen Weg zu finden. Hinter ihm explodierte etwas mit einem infernalischen Krach, und gleich darauf schlug ein Deckenbalken neben ihnen auf den Boden, genau dort, wo vor Sekunden Dorli gelegen war. Lupo wurde schwarz vor den Augen. Aber er durfte jetzt nicht aufgeben, sonst waren sie beide tot. Mit letzter Kraft taumelte er aus dem Tor und hoffte, dass Baumgartner wirklich die Flucht ergriffen hatte. Wenn nicht, würde er sie jetzt abknallen.

Doch nichts dergleichen geschah. In der Deckung eines der Abfallberge ließ er Dorli zu Boden gleiten und suchte in den Taschen ihrer Jacke nach ihrem Handy. Er wählte 144 und fragte nach einem Notarzt. Dann lief er noch einmal dorthin zurück, wo er Dorli gefunden hatte. Sein Handy war ihm dort aus der Hosentasche geglitten, die schon länger ein Loch hatte. Als er jedoch die Feuerwalze sah, die ihm entgegenkam, wurde ihm klar, wie knapp sie dem Tod entronnen waren. Und sein Telefon war ihm in diesem Moment echt egal.

Wieder draußen, schnappte er sich die Pumpgun, die er fallen gelassen hatte. Das Feuer griff auf das aufgestapelte Zeug im Hof über, zum Großteil alte Möbel und Plastikteile, aber auch Traktorreifen. Die dabei freigesetzten Chemikalien raubten Lupo buchstäblich den Atem. Er hielt die Luft an und rannte zurück zu Dorli.

Baumgartner schien geflüchtet zu sein. Weit würde er jetzt nicht mehr kommen. Sicher lief schon die Fahndung nach ihm. Lupo war sich sicher, dass sie diesmal den richtigen Mörder gefunden hatten.

Er bettete Dorlis Kopf in seinen Schoß. Ihre Kleider waren völlig durchnässt und schlammig. Der Regen hatte zwar aufgehört, aber der Boden war voll Pfützen, in denen das Wasser stand. Sie würde sich eine Erkältung einfangen. Aber das war noch das geringste Übel an diesem Abend. Wahrscheinlich hatte sie nicht nur angekokelte Haare, sondern auch eine Gehirnerschütterung. Hoffentlich zog sie daraus die einzig richtige Lehre: nämlich sich nicht mehr allein und auf eigene Faust auf Mörderjagd zu begeben.

***

Als Polizei, Feuerwehr und Rettung mit lautem Getöse in den Hof einfuhren, schlug Dorli die Augen auf.

»Alles vorbei?«, fragte sie.

»Ja. Du bist in Sicherheit«, antwortete Lupo und küsste ihr rußverschmiertes Gesicht. Die Sanitäter schoben ihn beiseite und begannen, Dorli zu verarzten.

»Fahren Sie mit in die Klinik?«, fragte einer.

Lupo schüttelte den Kopf. »Wohin bringen Sie meine Frau? Ich komme nach. Hier läuft nämlich ein Mörder noch frei herum.«

Der Mann bedachte ihn mit einem seltsamen Blick, so als würde er ihn für den Mörder halten. »Nach Wiener Neustadt«, sagte er und schob mit seinem Kollegen die Trage mit Dorli in den Rettungswagen.

Lupo ging zu den Polizisten. »Habt ihr Baumgartner gefasst?«

»Wer will das wissen?«

Lupo wies sich aus und erklärte, dass er mit Bertl Wagner zusammenarbeitete.

Der Beamte hob seine Arme, Handflächen nach oben. »Er ist weg. Aber wir haben ihn sicher bald. In seiner Wohnung und dem Beisel sitzen die Kollegen, die eine Haussuchung vornehmen. Und die Fahndung ist raus.«

»Möglicherweise hat er eine Verletzung.« Lupo erklärte, wie es dazu gekommen war.

»Der hat da drin eine ganze Waffensammlung?«, fragte der Polizist.

»Die Verrückten sterben ned aus«, kommentierte ein anderer die Situation.

Nachdem Lupo den Beamten seine Daten und eine vollständige Sachverhaltsdarstellung gegeben hatte, machte er sich auf den Weg zum Adametz-Hof. Und er kam gerade rechtzeitig, um zu sehen, dass Baumgartner von Bertl Wagner in einen Polizeiwagen verfrachtet wurde.

»Ist der wirklich wieder hierher zurück, nachdem er versucht hat, Dorli und mich zu grillen?«, fragte Lupo.

»Ja. Er hat auch hier versucht, Feuer zu legen. Aber das Stroh war nass und hat nicht gebrannt. Der Kollege, der Wache gehalten hat, ist auf ihn aufmerksam geworden. Und das hat der Baumgartner jetzt davon.«

»Hat er eine Schusswunde?«

»Ja, an der Hand. Hast du ihm die verpasst?«

»Klar. Mit einer seiner eigenen Waffen, weil meine liegt zu Haus im Safe.«

»Dort gehört sie ja auch hin«, kommentierte Bertl grinsend. »Allerdings nicht, wenn man auf Mörderjagd geht.«

»Ich weiß: Wer den Schaden hat, spottet jeder Beschreibung.«

»Einsicht ist der erste Weg zur Besserung. Wo ist Dorli?«

»Im Krankenhaus. Ich fürchte, sie hat eine Gehirnerschütterung.«

»Und was machst du dann noch da? Los, fahr zu ihr!«

»Na ja, vielleicht sollte ich mich vorher noch waschen und umziehen. Die lassen mich so vermutlich gar nicht rein.«

Bertl ließ einen kritischen Blick über Lupos schlammverkrustete und von Ruß geschwärzte Erscheinung schweifen. »Schätze, da hast du ausnahmsweise mal recht. Also, hau ab. Und grüß unsere verrückte Heldin. Den Kopf reiß ich ihr erst ab, wenn er wieder fest auf ihren Schultern sitzt.«

Epilog

Heute war der große Tag. Der Biohof Adametz würde seine Pforten öffnen.

»Dorli, bist du jetzt endlich fertig?«, rief Lupo nun schon sicher zum dritten Mal.

»Natürlich, schrei nicht so.« Dorli trat aus dem Schlafzimmer, und Lupo verschlug es den Atem. »Ja, so hätte ich bei unserer Hochzeit aussehen sollen. Aber da hat's nicht so richtig geklappt.«

Dorli trug das chamoisfarbene Kleid mit den hochhackigen Pumps, das zierliche Hütchen mit Schleier und ein winziges Etwas von Täschchen, in das maximal der Hausschlüssel und ein Taschentuch passten. Unpraktisch. Doch sie musste selbst zugeben, dass sie kaum jemals so toll ausgesehen hatte.

»Na, was ist? Ich dachte, du wolltest losfahren!« Dorli strahlte Lupo an.

»Oh Mann! Ist mir an unserem Hochzeitstag gar nicht aufgefallen, wie schön du bist.«

»Da war ich auch etwas derangiert. Aber du hättest meinen Mann sehen sollen! Der kam aus der Güllegrube.«

»Nein! Wie konnte er nur!«

Lachend liefen sie zum Auto. Das Wetter hatte sich zum Glück gebessert. In der Nacht war ein starker Regenguss niedergegangen. Doch am Morgen schien die Sonne, und nur ein paar Schäfchenwolken segelten über den milchig blauen Sommerhimmel.

Beim Biohof war kaum mehr ein Parkplatz frei. Das Gebäude war kaum wiederzuerkennen. Verschwunden war der graue Putz, das Haus erstrahlte in Sonnengelb. Die Fenster waren gegen größere ausgetauscht und die Wirtsstube war unterteilt worden. Im Empfangsbereich gab es eine Glasfront, die den Blick in ein gemütliches Entrée freigab, mit dem hell erleuchteten Empfangstresen und dahinter einem Schlüsselkasten. Davor zwei kleine, sehr gemütlich aussehende Sitzgruppen. Die andere Hälfte war in einen lichtdurchfluteten Frühstücksraum verwandelt worden. Ein warmer Gelbton an den ehemals von Rauch und Schmutz grauen Wänden, helle Möbel und Verbauten aus Naturholz sowie zahlreiche geschmackvolle Accessoires hatten die bedrückende Atmosphäre in ein wohliges Ambiente verwandelt, das zum Verweilen einlud.

Der ehemals schlammige und vergammelte Innenhof war nun gekiest und eingefasst von blühenden Blumenbeeten. Dahinter befanden sich zwei neue Gebäude. Eines war das neue Hallenbad mit Sauna und Ruhezone. Das andere der umgebaute Stadl, in dem zwei gemütliche Apartments Platz gefunden hatten. Davor ein kleiner Brunnen, wo sich das Wasser plätschernd von der oberen Schale in die untere ergoss. Darin planschten trotz des Trubels ein paar Vögel. Die zwei massiven Holzbänke unter dem Schatten der alten Platane hatten zwar schon immer dort gestanden, waren aber in der trostlosen Umgebung kaum aufgefallen.

Der Hof war voll mit Menschen. Auf einem kleinen Podium saß die Blasmusikkapelle, daneben marschierte eben die Kindervolkstanzgruppe auf. Der Herr Pfarrer, der Haus, Hof und Tiere schon gesegnet hatte, nahm eben in der ersten Sitzreihe davor Platz. Der Bürgermeister wartete neben der Tribüne, bis die Musik mit dem Begrüßungsstück fertig war. Er würde eine Rede schwingen.

»Willst du ganz nach vorne, Dorli?«

Sie schmiegte sich in Lupos Arm. »Nein. Bleiben wir hier hinten stehen. Da überblicken wir alles. Schau, wie Janni Sandra anhimmelt. Das wird wieder Zoff mit Erika geben.«

»Toll, was diese Frau in der kurzen Zeit allen Widrigkeiten zum Trotz hier aus dem Boden gestampft hat.«

»Ist zu hoffen, dass jetzt auch die Gäste nicht ausbleiben.«

Erika hatte sich von allen hier am meisten verändert. Die immer schlecht aufgelegte Person, die an niemandem ein gutes Haar gelassen hatte, schien überall gleichzeitig zu sein. Sie begrüßte die Gäste mit einem Lächeln auf den Lippen, sie strahlte mit dem renovierten Haus um die Wette, gab Auskunft über die Veränderungen, sprach mit den Vertretern der Presse. Mit einem Wort: Hier hatte jemand seine Berufung gefunden.

Auch Adam wirkte glücklich und zufrieden in diesem neuen Umfeld. Er stand mit Sandra und Johannes etwas abseits und beobachtete Erikas Einsatz voll Freude.

Nachdem alle Reden geschwungen, alle Besucher durch den Hof gepilgert waren und sich bewundernd oder abschätzig über das Projekt geäußert hatten, baten Erika und Adam zur Festtafel.

Als Dorli und Lupo Platz genommen hatten, trat Sandra, die sich die ganze Zeit im Hintergrund gehalten hatte, mit einem jungen Paar zu ihnen.

»Für euch hab ich heute eine besondere Überraschung: meine ersten Gäste.«

Dorli und Lupo blickten das junge Paar erstaunt an.

Die Überraschung schien darin zu bestehen, dass die Leute ihnen völlig unbekannt waren, dachte Dorli. Oder wie sollte sie das sehen?

»Darf ich vorstellen«, fuhr Sandra fort, »Anselm de Bontemps und seine Frau, die dank eurer Hilfe den Wahnsinnssturm in der Antarktis überlebt haben.«

Mein Gott! Dorli erinnerte sich an ihren ersten Fall mit Lupo. So nebenbei hatten sie nicht nur einen Serienmörder überführt, sondern auch noch in der Antarktis nach einem Sturm eine Suchaktion für diese beiden Menschen eingeleitet. Ohne ihre Initiative hätten sie wohl kaum überlebt. Wie unbeholfen Lupo damals noch war! Anders als heute, wo er hier selbstbewusst neben ihr saß.

Dorli und Lupo sprangen auf und wurden spontan von Anselm und seiner Frau umarmt.

»Ich wusste ja gar nicht, welch prominente Detektive wir hier haben«, flachste Sandra. Dann überließ sie die beiden Rückkehrer aus der Kälte Dorli und Lupo und widmete sich den anderen Gästen.

»Wie sind Sie denn ausgerechnet auf diesen Gasthof aufmerksam geworden?«, fragte Dorli.

»Wir haben meine Schwester Agnes gefragt«, antwortete Anselm, »wo die Leute daheim sind, die uns damals das Leben gerettet haben – zumindest indirekt. Sie hat uns den Namen des Ortes genannt. Und als wir ihn gegoogelt haben, sind wir auf die Neueröffnung des Hauses Adametz gestoßen. Da dachten wir, das wäre eine gute Gelegenheit, Sie zu besuchen und uns persönlich zu bedanken.«

»Das wäre zwar nicht nötig gewesen«, bemerkte Dorli, »aber

wir freuen uns ungemein, dass Ihr Abenteuer gut ausgegangen ist. Erzählen Sie uns ein bisschen was über die Antarktis?«

»Sie werden es nicht glauben, aber es ist wunderschön dort. Man kann das mit Worten kaum beschreiben. Das Licht im Sommer auf dem Schnee. Die Sonne, die nie am Horizont versinkt, die Berge.« Anselm war sichtlich begeistert von dieser Weltgegend.

»Der Winter hat aber auch so einiges zu bieten. Allein diese diffuse Dunkelheit, der Wahnsinnssternenhimmel. Und erst die Aurora Australis, also das Polarlicht am Südpol. Unvergesslich«, setzte seine Frau hinzu.

»So wie Sie klingen, haben Sie sich in diese kalte Gegend verliebt. Werden Sie dorthin zurückkehren?«

»Sicher!«, antwortete Anselm für beide. »Aber erst wollen wir unser Kind hier zur Welt bringen. Meine Frau ist schwanger.«

»Oh, da gratulieren wir aber!«, rief Dorli.

Und Lupo küsste der Dame formvollendet die Hand. »Herzlichen Glückwunsch!«

Kurze Zeit später trafen sie auf Bertl Wagner.

»Na, hat der Baumgartner gestanden?«, fragte Lupo.

»Sicher. Er konnte ja kaum leugnen, dass er euch in seinem Geheimversteck rösten wollte. Und dann war ihm der Rest auch schon egal. Aber eins kann i dir schon sagen: Ihr habts ein Sauglück g'habt, dass ihr dort lebend rausgekommen seid.«

»Und hat er auch verraten, warum er die alle umgebracht hat?«

»Na ja, die Brunhilde, weil sie schuld dran war, dass der Siegfried die monatlichen Zahlungen eingestellt hat. Und außerdem hat sie Lügen über seine Pflegemutter verbreitet, sodass sie von dort wegziehen mussten, wo Christian Baumgartner seine Kindheit verbracht hatte. Und seinen Vater hat er getötet, weil er auch später nichts zahlen wollte. Er war es auch, der die Erpresserbriefe geschrieben hat.«

»Das macht ja noch halbwegs Sinn, denn die beiden haben ihn und seine Mutter wirklich mies behandelt. Aber warum musste Werner sterben? Hat Baumgartner tatsächlich gedacht, er sei der Erbe gewesen?«, fragte Lupo.

»Ganz und gar nicht. Die Entführung von Johannes haben

Werner und Baumgartner gemeinsam geplant. Das Geld wollten sie sich danach teilen. Doch ihr habt ihnen dazwischengepfuscht und den Buben befreit. Da hat Baumgartner dann Angst bekommen, dass sich Werner im Suff mal verplaudern könnte. Und vielleicht war da auch noch ein Streit, weil die Sache in die Hosen gegangen ist. Jedenfalls gibt er an, Werner im Affekt erstochen zu haben.«

»Ich bin nur froh, dass der Fall endlich geklärt ist und die Familie Adametz zur Ruhe kommen kann«, erklärte Dorli, und Lupo nickte.

»Eines würde mich allerdings noch interessieren«, sagte Bertl und sah Dorli fragend an. »Wie haben die das geschafft, dass Sandras DNA und die vom Baumgartner keinerlei gemeinsame Merkmale hatten?«

Dorli grinste ihn an. »Da muss ich auch noch mal nachfragen. Das war ein genialer Trick, oder?«

Mit diesen Worten ließ sie Bertl stehen, schnappte Lupos Hand und zog ihn weiter zum Pfarrer.

»Herr Pfarrer, haben Sie noch etwas dazu rausgekriegt, wer die Babyleiche im Keller gewesen sein könnte?«

»Nein, mein Kind. Leider sind gerade die Bücher, die interessant wären, nicht mehr aufzufinden.«

»Dann werden wir nie erfahren, wer das arme Gschrapperl war.«

»Dorli, es gibt Geheimnisse, die nur mehr der liebe Gott lüften kann – so er denn will.«

Bertl Wagner trat zu der Gruppe. »Nicht nur der alte Mann mit dem weißen Bart kann das. Manchmal gelingt es auch der Polizei, Licht ins Dunkel zu bringen.«

»Ach. Hast du eine Erscheinung im Traum gehabt?«, ätzte Dorli.

»So was Ähnliches. Der Baumgartner hat mir eine irre Story erzählt. Dass nämlich der vergrabene Säugling sein Zwillingsbruder war.«

»Nein! Wie kommt er denn darauf?«

»Seine Mutter hat es ihm am Totenbett erzählt. Das erste Kind war das, das später im Keller eingemauert wurde. Das hat wirklich der Siegfried oder die Brunhilde oder wer auch immer

›entsorgt‹. Er erschien erst, als Gerti auf die Nachgeburt wartete. Niemand außer ihr wusste, dass es einen zweiten Knaben gab. Nicht einmal Maria, denn die war halb ohnmächtig und bekam nichts mehr mit. Also hat die Gerti den Kleinen in einen Packen Tücher gewickelt und ihn mit warmer Kuhmilch gefüttert. Da sie ohnehin am nächsten Tag weg vom Hof ist, ist niemandem groß was aufgefallen.«

»Was für eine Geschichte!« Dorlis Augen glänzten. »Und wie viel Leid dadurch entstanden ist.«

»Was weißt du, was ich nicht weiß?«, fragte Lupo, als sie wieder alleine waren.

»Keine Ahnung. Vermutlich eine Menge. Aber ich werde dir schon noch so allerlei beibringen.«

»Lenk nicht ab. Du weißt genau, was ich meine. Sandra und die DNA-Analyse.«

»Ach das. Das ist ein Geheimnis zwischen Sandra und Adam. Oder Sandra und ihrer Mutter. Aber das geht uns gar nichts an.«

Dorli drückte Lupo einen Kuss auf den Mund. Und zum ersten Mal hatte er das Gefühl, dass ihm seine Frau etwas verschwieg. Aber vielleicht sollten kleine Geheimnisse auch solche bleiben. Er würde ihr auch nicht gerne von Sandras Kuss erzählen.

»Hat Sandra dir jemals verraten, ob ihr Großvater auf Räto Sillbergs Brief reagiert hat und Geld an den Weißen Ring oder ein Kinderdorf überwiesen hat?«

»Ach ja, Lupo, das hab ich dir noch gar nicht gesagt. Er war halt doch ein alter Geizkragen. Tausend Euro hat er dem Kinderdorf überwiesen. Und damit war für ihn die Sache wohl erledigt.«

»Ob Sillberg das auch so gesehen hätte?«

»Er hat es ja nicht erfahren.«

»Vielleicht besser so. Tanzt du heute mit mir?«, fragte Lupo.

»Ich dachte, du magst keinen ›Bauernjazz‹«, stellte Dorli fest und drehte sich kokett im Kreis.

»Eh nicht. Aber du bist mir noch unseren Hochzeitswalzer schuldig.«

»Na dann!« Dorli schnappte seine Hand und zog ihn auf die Tanzfläche. Und schon bereute Lupo, dass er gefragt hatte. Denn was spielten die Wahnsinnigen jetzt? Den »Zillertaler Hochzeitsmarsch«!

Als sie völlig atemlos und verschwitzt nach dem Tanz wieder auf ihre Stühle sanken, hob Lupo das Glas. »Auf uns, geliebtes Weib!«

»Ja, auf uns.«

»Eines musst du mir heute versprechen, Dorli.«

»Muss ich?«

Lupo nickte. »Keine Kriminalfälle mehr.«

»Wir werden sehen«, antwortete Dorli und grinste.

Glossar

a – ein, eine
allanig – allein
amoi – einmal
ang'rührt – schnell beleidigt
anzige – einzige
ausse – raus
aussehaut – rauswirft
Bankert – uneheliches Kind
Beisel – Gasthaus
Brennobestinkauffe – starker Schnaps; brennt bis in den Magen und führt oft zum Aufstoßen
brennt – zahlt, bezahlt
Buam – Buben
DDT – Dichlordiphenyltrichlorethan; Insektengift, wegen seiner Toxizität für Mensch und Tier in D seit 1972 verboten, in Ö erst seit 1992
des Mensch – das Mädchen
di – dich
docht (i hob) – gedacht (ich habe)
Dolm – Dummkopf
eam – ihm
einschichtig – einsam gelegen
Engelmacherin – Spezialistin für Abtreibung
Essigpatscherln – kalte Wadenwickel mit Essigwasser
Falott – Gauner
fäult – stinkt
Fetzenmarkt – Marktstände, an denen gebrauchte Kleider verkauft werden
Flitscherl – leichtes Mädchen
Fracksausen – Angst

Fratzen – schlimme Kinder
Gatsch – Matsch
gepölzt – mit Holzpfosten abgestützt
Gfrast – Nichtsnutz
Gfrieser – Kinder; eigentlich: Gesichter
g'hackelt – gearbeitet
gnua – genug
Graffel – wertloses altes Zeug
Grammeln – Grieben
Graten – abfällig für Frau; ursprünglich: (Fisch-)Gräte
Gschaftelhuberin – Wichtigtuerin
Gschloder – spülwasserartiges Getränk
Gschrappen – Kinder
guat – gut
Haberer – Freund, Liebhaber
Hacken – Arbeit
Häfen – Gefängnis
Häferl – Tasse
hamkommen – heimgekommen
hammas – haben wir es
heit – heute
Hurenbankert – Schimpfwort; wörtlich: uneheliches Kind einer Prostituierten
i – ich
Jaga – Jäger
Jogltisch – bäuerlicher Tisch mit Besteckladе und Trittleiste knapp über dem Boden (»Vergeltsgott« genannt)
kana – keiner
Kapazunder – Koryphäe
Kastentür – Schranktür
Katzelmacher – Italiener
Kemenate – Kammer
klauben (Holz) – Kleinholz im Wald sammeln

Kolatsche oder *Golatsche* – Gebäck aus Blätterteig, meist mit süßem Quark gefüllt

Koschernod – Resteessen, Schweinefutter

kumm – komm

liagt – lügt

lukerten Heller (keinen) – kein bisschen Geld

ma – mir

Mülli – Milch

na – nein

ned – nicht

neich – neu

no na ned – selbstverständlich

Obacht, der Watschenbaum blüht – Strafandrohung, kurz vor der Ohrfeige

oid – alt

Pamperletscheln – Kinder; ursprünglich: Fetzenpuppe

papierln – foppen, zum Narren halten

Pappen – Mund

Rattler – kleine Kinder; ursprünglich: kleiner Hund

ruaf – ruf

Ruam – Rüben

Sandler – Obdachloser, Strotter

Schuach – Schuhe

Schupfen – Scheune, Schuppen

Teife – Teufel

terrisch – taub

Tram – dicke Holzbalken

Tschecheranten – Trinker

überringeln – verstehen, durchschauen

Übersiedlung – Umzug

umanand – herum

umziagn – Kleider wechseln

ungustig – eklig
unwohl sein – menstruieren
versumpern – abstürzen
Viecha – Tiere
Waß ned. – Weiß ich nicht.
waßt – weißt
Watschen – Ohrfeige
wermer – werden wir
wiederham – wiederhaben
wurscht sein – egal sein
Wutzappel – Mensch mit häufigen Wutausbrüchen
Zeppelschritte – kleine, zaghafte Schritte
Ziag di aus. – Zieh dich aus.
Zores – Ärger

Nachwort der Autorin

Nachdem seit Mitte der neunziger Jahre aus aller Welt die Horrormeldungen eingetroffen waren, was Kindern in Heimen, egal, ob der katholischen Kirche oder den jeweiligen Ländern unterstellt, angetan worden war, wurden im Jahr 2010 – also erst fünfzehn Jahre später – von der Stadt Wien Studien in Auftrag gegeben, die die Geschichte der Fremdunterbringung von Kindern und Jugendlichen in Heimen untersuchten.

Im Laufe der medial ziemlich aufgeregt diskutierten Thematik von Kindesmissbrauch und Gewalterfahrungen wandten sich ehemalige Pflegekinder der Gemeinde Wien an diverse Opferschutzvereinigungen, vor allem an den Weißen Ring. Der Weiße Ring verhalf zu Entschädigungen und psychosozialer Betreuung von ehemals in Heimen oder Pflegefamilien versorgten Personen.

Da es zu dem Thema »Fremdunterbringung in Pflegefamilien« überhaupt keine Unterlagen gab, wurde erstmals im Herbst 2012 das Kompetenzzentrum für Soziale Arbeit der FH Campus Wien mit einer Studie beauftragt. Ziel: die Erfahrungen und Lebenssituationen ehemaliger Pflegekinder zu erfassen.

Die Ergebnisse waren ernüchternd bis erschütternd. Das Wiener Jugendamt hat vielen Frauen einzig deshalb die Kinder entzogen, weil deren Väter einer der vier Besatzungsmächte angehörten und/oder die Mütter unverheiratet waren. Dazu kamen die Kriegswaisen und die gestrandeten unbegleiteten Kinder aus Fluchtfamilien.

Diese Praxis hat zu einem rapiden Anstieg der Belegung in den Wiener Kinderheimen geführt. Aus diesem Grund und vor allem auch, weil es wesentlich billiger kam, wurden Kinder zu Pflegefamilien verlegt. Bevorzugt in bäuerliche Großfamilien, wo noch das patriarchalische Erziehungsprinzip herrschte, die katholische Kirche das Sagen hatte und die Familienstruktur dem gängigen Bild einer »guten Familientradition« entsprach – ganz anders als ledige Mütter.

Dies alles geschah in bester Absicht zum Schutz des Kindeswohls. Doch in der Realität sah es meist ganz anders aus. Die Kinder wurden ohne jede Vorwarnung aus ihrer vertrauten Umgebung gerissen. Die zentrale Kinderübernahmestelle (KÜST) der Stadt Wien war die erste Station. Dort wurden die Kinder registriert und untersucht. Dann wurden sie auf diverse Kinderheime verteilt und schließlich auf Pflegefamilien.

Viele Kinder hatten im Alter vom Säugling bis zum vierten oder sechsten Lebensjahr schon mehrere Wechsel von Wohnorten und Bezugspersonen hinter sich. Sie wussten selten, warum etwas geschah, wohin sie gebracht wurden und wieso sie dort wieder wegmussten. Man kann sich vorstellen, wie sich allein diese Orientierungslosigkeit auf die jungen Seelen auswirken musste.

Durch die relativ hohen Pflegesätze kamen die Bauernfamilien mit mehreren Pflegekindern zu einem prächtigen Zusatzverdienst, vor allem dann, wenn sie die Kinder zu Arbeiten heranzogen, die sonst von Knechten oder Mägden zu verrichten gewesen wären, was eher die Regel und nicht die Ausnahme war. Viele Bauern, besonders im Südburgenland und in der südlichen Steiermark, haben mit den Pflegekindern ihren Wohlstand begründet. Nicht selten hatten sie bis zu zwanzig Pflegekinder gleichzeitig, bei Richtsätzen von zweihundertdreiunddreißig Schilling pro Kind und Monat bis 1955, dann stetig steigend bis zu eintausendsechshundert Schilling ab Mai 1975, vierzehnmal im Jahr. Darüber hinaus hatten die Pflegeeltern Anspruch auf zusätzliche finanzielle Leistungen für Kleidung, Schulbedarf, Arztbesuche et cetera. Auch wenn sich das heute nicht nach viel anhört: Zu dieser Zeit war das durchaus üppig dotiert.

Aus vielen Gesprächen mit Betroffenen wurde in der Studie deutlich, dass Ausbeutung, Gewalt und Missbrauch bei den Kindern an der Tagesordnung waren. Wenn Kinder aufbegehrten oder sich Erwachsenen anvertrauten, wurde ihnen nicht geglaubt, und oft wurden sie für ihre »Lügen« noch bestraft.

Die meisten der heute Erwachsenen, die eine derartige Kindheit erleiden mussten, hatten keine richtige Schulbildung und in der Folge keinerlei Berufsausbildung vorzuweisen. Das führte nach einer schrecklichen Kindheit zu einem entbehrungsreichen Erwachsenenleben. Von einer Bewältigung ihrer erlittenen Traumata gar nicht zu reden. Denn der Besuch eines Psychologen war bis vor Kurzem Privatsache. Die Krankenkasse übernimmt auch heute noch nur einen Bruchteil der Kosten.

Da die Aufarbeitung dieser Thematik in Österreich mit großer Verspätung begonnen hat, sind viele der ehemals betroffenen Kinder bereits im Rentenalter. Infolge ihrer oft mangelhaften Ausbildung, der physischen und psychischen Schäden aus ihrer Kindheit und der daraus resultierenden geringen Einkommen sind viele von ihnen Mindestrentner. Das heißt, zur Qual der schrecklichen Kindheit kam in vielen Fällen ein Leben, an dem der wirtschaftliche Aufschwung der Nachkriegsjahre spurlos vorüberging.

Im Alter verarmt, vom Leben enttäuscht, landeten sie oftmals als Alkoholiker oder infolge ihrer Gebrechen im Pflegeheim. Womit sich der Kreis eines von Beginn an chancenlosen Lebens schloss. Als Beispiel für viele von ihnen steht Franco in meinem Roman.

In den Medien war und ist über diese Zeit kaum etwas zu erfahren. Wer glaubt, dass die in Einzelfällen zuerkannten Entschädigungen, die nur zu einem geringen Teil bereits ausbezahlt wurden, auch nur annähernd eine Kompensation für das entstandene Leid und den späteren Verdienstentgang darstellen können oder auch nur für eine kleine Zusatzrente reichen, irrt gewaltig. Ein Beispiel: Ein heute siebzigjähriger Mann erhielt für siebzehn Jahre Gewalterfahrung und Folter in Wien inklusive Gefängnisunterbringung bereits als Kind, Durst, Hunger und Arbeit von vierzehn Stunden am Tag, sieben Tage die Woche ohne jeden Lohn von der Stadt Wien zwanzigtausend Euro. Umgerechnet auf die Dauer des Martyriums sind das etwas mehr als drei Euro pro Tag. Ein schlechter Witz. Entschuldigt hat sich bis heute niemand.

Ich habe meine Geschichte in eine Gegend verlegt, wo mutmaßlich keine Pflegekinder untergebracht waren. Die Handlung in dem Buch ist frei erfunden, allerdings stark beeinflusst von den Aussagen ehemaliger Pflegekinder.

Hier will ich nur einige wenige dieser Aussagen zitieren:
– »Also von normalen Ohrfeigen, Watschen, Hinternaushauen, davon rede ich gar nicht. Das waren Liebkosungen. Wir hatten schon massive Hiebe bekommen, bis zur Bewusstlosigkeit. Vom Pflegevater und von seinem Sohn.«
– »Du bist hinausgezerrt worden wie eine Sau aus dem Stall. Egal wo er dich erwischt hat, an den Ohren oder am Genick. Wie oft haben wir eingerissene Ohrläppchen gehabt.«
– »Wir sind auch gewürgt worden, bis wir bewusstlos waren. Vom Sohn, meistens unter der Anleitung vom Alten, weil der nimmer konnte.«
– »Ich bin pudelnackert ausgezogen worden, das werde ich nie vergessen. Wir haben so einen großen Tisch gehabt, da wurde ich hinaufgelegt, und der W. hat mich gedroschen. Da war ich elf Jahre. Natürlich, eine Woche keine Schule, weil ich Wunden am ganzen Körper hatte.«
– »Ich hab ihr (Anm.: der Pflegemutter) gesagt, dass ich schwanger bin. Da hat sie mich zu Boden gerissen, hat auf mich eingedroschen und geplärrt: Das Kind muss raus!«
– »Der Pflegevater war ein totaler Alkoholiker. Eines Abends hat er die Küchentür zertrümmert. Da sind wir hinaus, nur im Nachthemd, keine Schuhe, und sind (Anm.: bis in der Früh) im Kuhstall gesessen. Da hat sich keiner mehr hineingetraut. Im Kuhstall sind wir gesessen, damit wir nicht erfroren sind.«

Quelle: Elisabeth Raab-Steiner, Gudrun Wolfgruber, Wiener Pflegekinder in der Nachkriegszeit (1955–1970), Wien 2014

Aussagen wie diese inspirierten mich zu den fiktiven Kindern Janoš, Maria und Franco. Viele dieser Kinder von damals können selbst heute noch nicht über ihre Erlebnisse sprechen. Scham, Wut und sogar völliger Rückzug aus der Gesellschaft machen es ihnen unmöglich.

Ich wollte diesen weitestgehend vergessenen Kindern eine Stimme geben.

Veronika A. Grager
Dezember 2016

Danksagung

Wie immer haben mir viele gescheite Köpfe geholfen, dass aus einer Geschichte in meinem Kopf ein Krimi mit einem belastbaren Hintergrund wurde. Besonderer Dank dafür gebührt:

– Susanne Eder, die der Kräuterwabel vulgo Holzinger Anni abermals Konturen verlieh. Sie trifft keine Schuld dafür, dass meine eigenwillige Dorli wieder mal nicht auf sie gehört hat. Und schon gar nicht, wenn etwas nicht stimmen sollte, denn dann liegt die Schuld nur bei mir.

– Andreas Gruber, der mir auch noch das letzte lose Ende der Story um die Ohren gehauen hat, sodass ich mich noch mal hinsetzen und dafür eine logische Erklärung finden musste. Wie immer hatte er zu hundert Prozent recht.

– Dr. Manfred Lukaschewski. Er hat mir detailliert erklärt, wie der Boden beschaffen sein muss, dass man auch nach einem halben Jahrhundert noch ein Babyskelett finden kann. Denn im Gegensatz zu dem entwickelten Skelett eines Jugendlichen oder Erwachsenen zerfallen die Knochen von Kleinkindern viel eher. Und leider bleibt nach all der Zeit kein verwertbares Material für einen Gentest übrig.

– Manfred Wasshuber, dem Mann an meiner Seite, der mit erstaunlicher Geduld erträgt, dass ich entweder in Schreibwut dauernd vor dem Rechner sitze oder melancholisch Löcher in die Luft starre, weil ich nicht weiterweiß. Während der Arbeit an diesem Krimi hat er mir einen ganz entscheidenden Hinweis gegeben, wo die Geschichte hakte und wie es stattdessen weitergehen könnte.

– Jennifer B. Wind, die sich trotz drohenden eigenen Abgabetermins in meinen Krimi eingelesen und ihn fachfraulich kompetent kommentiert hat.

– Carlos Westerkamp, meinem Lieblingslektor, ganz ehrlich. Sein Feedback gibt mir Sicherheit. Er hat tolle Ideen, die dem Buch zweifellos den letzten Schliff verpassen. Ohne Hektik, immer freundlich – ein wahrer Schatz.

– Dem Emons-Team, das mir wieder das Vertrauen geschenkt

hat und mich voll unterstützt. Selbst wenn ich bei der Cover-Auswahl ein wenig herumzicke.
– Und ganz besonders bedanke ich mich bei Ihnen, liebe Leserin, geneigter Leser. Ohne Ihr Interesse, Ihre Rezensionen und Ihren Zuspruch bei Lesungen wäre Dorli und Lupo schon längst die Luft ausgegangen.

Veronika A. Grager
SAUTANZ
Broschur, 272 Seiten
ISBN 978-3-95451-262-1

Ein Toter im Neusiedler See, der ein wahrer Engel zu sein schien und sich dann als zweifelhafte Figur entpuppt: Was für Gemeindesekretärin Dorli und ihren Freund, den Wiener Privatdetektiv Lupo, als nette Segelpartie beginnt, entwickelt sich zu einem Fall, der nicht zu knacken ist. Bis ihnen endlich der Durchbruch gelingt, muss noch jemand sterben – und Dorli gerät in höchste Gefahr.

www.emons-verlag.de

Veronika A. Grager
SCHLOSSTEICHLEICH
Broschur, 240 Seiten
ISBN 978-3-95451-682-7

Livio Moretti, ein prominenter Maler und Bildhauer, wird am Christkindlmarkt von Schloss Hernstein tot aufgefunden. Sein Partner, der Pianist Peter Bernauer, ist unauffindbar. Die Polizei geht von einer Beziehungstat aus, doch dann taucht aus dem Eis des Schlossteiches die Leiche Bernauers auf. Er war schon tot, als sein Freund ermordet wurde. Die Polizei tritt auf der Stelle. Für Dorli Wiltzing ist klar: Das ist ein Fall für Lupo und sie!

www.emons-verlag.de